COMMUNITY

© 2020, Luna Joice

Tous droits réservés. Ce livre, ou n'importe laquelle de ses parties, ne peut être reproduit de quelque manière que ce soit sans la permission écrite de l'éditeur. Ce livre est une fiction. Les noms, caractères, professions, lieux, événements ou incidents sont les produits de l'imagination de l'auteur, utilisés de manière fictive. Toute ressemblance avec des personnes réelles, vivantes ou mortes, serait totalement fortuite.

Images de couverture :
© Colin Anderson Productions – Getty Images
Couverture : Camille Decoster

Collection dirigée par Arthur de Saint-Vincent
Ouvrage dirigé par Camille Léonard
© 2020, Hugo Roman, Département de Hugo Publishing
34-36, rue La Pérouse
75116 Paris
www.hugoetcie.fr

Dépôt légal : septembre 2020
ISBN : 9782755647365
Imprimé en Espagne par Blackprint

COMMUNITY
LUNA JOICE

Hugo·Roman

P.R.O.L.O.G.U.E.

« *Les armes nucléaires sont tellement destructrices, et les engins balistiques sont tellement rapides, que tout accroissement substantiel dans les moyens de les utiliser, ou que tout changement subit de leur emplacement peut parfaitement être considéré comme une menace précise à la paix.* »
John F. Kennedy, président des États-Unis, le 22 octobre 1962

« *La Terre est au milieu du néant. C'est à peine croyable.* »
Eugene Cernan, astronaute Apollo 10, le 18 mai 1969

« *C'est un petit pas pour l'homme, mais un bond de géant pour l'humanité.* »
Neil Armstrong, astronaute Apollo 11, le 20 juillet 1969

« *Il semble extraordinairement arrogant de penser que nous sommes les seuls habitants de ce cosmos.* »
Carl Edward Sagan, scientifique et astronome, octobre 1985

« *Sept planètes de taille terrestre autour d'une même étoile, dont trois dans sa zone habitable, et tout ça à moins de quarante années-lumière de nous, c'est exceptionnel !* »
Michaël Gillon, astrophysicien ayant découvert le système solaire Trappist-1, le 22 février 2017

COMMUNITY

« Certes, cette télépathie mécaniquement assistée ne fonctionne pour le moment que dans un seul sens, et elle nécessite un lourd appareillage. Mais ce dispositif non invasif est une piste d'étude des plus intéressantes pour mettre en place les communications d'esprit à esprit du futur. »
Erwan Lecomte, *Sciences et Avenir*, le 13 septembre 2019

« La NASA cherche à recruter de nouveaux astronautes dans le cadre de sa mission Artemis, qui prévoit un retour sur la Lune en 2024. »
BFMTV, le 12 février 2020

« Nous sommes trop nombreux, avec de moins en moins de ressources. Il est temps de se demander quoi faire, non ? »
Agatha Gimbel, candidate à la présidence américaine, le 9 octobre 2033

« La Chine rejoint l'Union Orientale tandis que l'Europe ne se prononce pas encore. »
The Times, le 10 juin 2041

« Après plus de deux ans de voyage, l'homme pose son premier pied sur Mars ! »
Futura-Sciences, le 21 avril 2046

« Regardez ce que nous allons offrir à nos enfants, trouvez-vous cela juste ? Souhaitez-vous la guerre pour y parvenir ? Espérons que nous ne sommes pas assez stupides pour ça ! »
Edward Liam, directeur de Médecins du Monde, le 22 avril 2052

« Avec une population mondiale à plus de douze milliards d'individus, ce n'est qu'une question de temps avant que tout n'explose. »
William Drake, statisticien, le 8 novembre 2056

« L'eau. Voilà l'une des raisons d'entrer en guerre. »
Guillaume Marchal, survivaliste, le 15 février 2060

« Les nations d'Orient répliquent par la transmission d'un virus mortel, l'état d'urgence maximale est déclenché en Occident. »
Daily Public, journal américain, le 16 mars 2073

« Toute personne contaminée se doit de rester chez elle. »
Aïden Parker, biochimiste, le 4 avril 2073

« Après trois ans de lutte, le virus est enfin neutralisé ! »
Daily Public, journal américain, le 11 juillet 2076

« Le premier missile a quitté le territoire occidental hier en direction de l'Asie centrale. Plus de cent mille morts recensés pour l'instant. »
The Times, le 19 décembre 2081

« Les dernières forces se sont retirées après dix années de guerre, et l'humanité est déjà en train de se demander : pour combien de temps ? »
Josh MacKalen, parlementaire, le 18 septembre 2093

« La neurologie progresse grâce aux études réalisées sur des personnes souffrant de lésions cérébrales, notamment les blessés des différentes guerres. »
Steeve Hamet, neurologue, le 3 novembre 2119

« Les recherches de Tishira Yuko ont ébranlé la sphère scientifique en matière de nanotechnologie et de compréhension du cerveau humain. Le professeur déclare vouloir, à terme, mettre au point un système de communication par télépathie de cerveau à cerveau. »
Daily Public, journal américain, le 18 octobre 2163

« Les premiers essais de Community sur des rats de laboratoire ont été plus que concluants. Nous y sommes, a déclaré le professeur Yuko. »
Yu Anakamo, chercheur à l'université de Tokyo, le 5 juillet 2168

« La puce Community a été introduite pour la première fois dans un cerveau humain. »
The Times, le 15 octobre 2171

« Alors que près de 10 % de la population est connectée avec Community, les individus reliés sont de plus en plus nombreux dans les différents gouvernements du monde. »
Daily Public, journal américain, le 12 juin 2183

« La déclaration des politiciens Community à propos de l'ordre mondial pour tous amuse les autres gouvernements. »
Galio, journal satirique français, le 11 septembre 2185

COMMUNITY

« *Aujourd'hui, près de 40 % de la population mondiale est connectée avec Community.* »
Tishira Yuko, professeur, le 14 janvier 2199

« *Le constat est sans appel : Community amène l'homme à une pensée globale, à une vision commune, en supprimant l'égoïsme.* »
Daily Public, le 19 octobre 2201

« *À l'ère de l'engouement télépathique, nous devons nous interroger sur nos droits à la liberté.* »
Beatrice George, fondatrice du parti politique « US », le 12 mars 2207

« *Devons-nous craindre cette technologie ? Gardera-t-elle nos valeurs ou nous mènera-t-elle à notre fin ?* »
Virgil Compain, représentant de « US », le 16 février 2210

« *L'Europe engage une nouvelle politique unique et rejoint le Japon, la Chine et les États-Unis.* »
The New Times, le 6 mai 2211

« *Le directeur de la NASA demande un appel aux dons de particuliers pour la mission Curiosity II. Les budgets publics alloués à l'exploration de Mars sont en constante baisse depuis près de trente ans.* »
Sciences & Co, le 9 juin 2213

« *Près de 98 % des utilisateurs de Community affirment être plus empathiques envers leur prochain depuis l'introduction de la puce.* »
Sondage de l'université de Tokyo, le 21 juillet 2215

« *La réglementation quant à la connexion enfantine est adoptée. Les enfants peuvent être reliés à Community après leurs 5 ans.* »
Congrès des Nations, le 12 avril 2218

« *60 % de la population connectée, une nouvelle victoire pour Community qui ne cesse de prendre de l'ampleur.* »
Déclaration mondiale des Fondateurs, le 13 mars 2222

« *Le décès du professeur Tishira Yuko, concepteur de Community, a entraîné un deuil mondial. Rares sont les hommes dont l'influence sur la communauté*

humaine tout entière a été si importante.»
Jim Lewis, neurophysicien, le 25 août 2224

« Nous devons nous concentrer sur nous, sur notre peuple, notre civilisation et non sur des recherches futiles. Ce qui compte, c'est notre planète et notre avenir ici. »
Estelle Chauront, porte-parole du parti politique Community, le 30 mai 2226

« La NASA amène son projet au congrès des Nations dans l'espoir d'obtenir les financements nécessaires à sa survie. »
Univers, Actualités mondiales, le 8 septembre 2228

« Le projet Go Europe d'exploration d'un satellite de Saturne est rejeté au congrès des Nations. Ce dernier réaffirme la prévalence de la construction d'une communauté mondiale dans ses objectifs à poursuivre. »
Univers, Actualités mondiales, le 27 janvier 2229

«Tandis que l'on finit d'installer le réseau mondial, les poches de récalcitrants sont de moins en moins nombreuses. »
Univers, Actualités mondiales, le 7 janvier 2231

« L'empathie humaine développée depuis de nombreuses années nous permet aujourd'hui de revoir les frontières. »
Univers, Actualités mondiales, le 14 mai 2233

« Community pour tous. Aujourd'hui, 1 % seulement de la population mondiale n'est pas connectée. »
Univers, Actualités mondiales, le 8 mai 2235

« L'adoption de la constitution Community dans plus de 95 % des pays est une avancée majeure dans le projet de fusion des entités nationales en un gouvernement mondial. »
Univers, Actualités mondiales, le 23 novembre 2242

« Une Communication pour un Ordre Moral et Mondial Unique, la Nouvelle Intelligence de Tishira Yuko est active. Ainsi entre en vigueur la constitution C.O.M.M.U.N.I.T.Y. qui maintiendra l'humanité dans l'ordre pour toutes les générations à venir. »
Déclaration mondiale des Fondateurs, le 25 juin 2243

CONSTITUTION C.O.M.M.U.N.I.T.Y.

Article 1 : Communication
Chaque être humain est pourvu d'un moyen de communication avec son semblable et il lui est possible d'interagir avec lui s'il le souhaite.

Article 2 : Ordre
Chaque être humain est dans l'obligation de contribuer au bien-être de tous. Ainsi, il est de son devoir d'œuvrer pour la communauté.

Article 3 : Moral
Les pensées néfastes pour la communauté ne doivent plus exister. Chaque être humain doit tendre vers une morale commune.

Article 4 : Mondial
Chaque être humain est en droit de communiquer avec le monde entier.

Article 5 : Unique
Dans le respect des articles précédents, chaque être humain est en droit de garder sa pensée comme étant unique.

Article 6 : Nouvelle
L'être humain est dans l'obligation de préserver les nouvelles générations et leur lieu de vie.

Article 7 : Intelligence
Dans le respect des articles précédents, tout savoir utile à la communauté est libre d'être partagé.

Article 8 : Tishira
Les lois de la constitution Community sont libres d'être abolies dès lors où elles deviendraient néfastes à la communauté.

Article 9 : Yuko
La technologie Community est libre d'être désactivée dès lors où elle nuirait à la santé et à la nature humaine.

1

21 juin 3006. District 2, Zone T6, Terre.

Mes yeux s'ouvrent. Community s'active. Je ressens aussitôt un pincement dans ma nuque, signe que tout est en ordre. Quelques secondes après, une chaleur délicieuse se répand dans mes mains. Je prends une grande inspiration et me tourne vers mon Andi, qui s'opacifie dès que je le place sur mes yeux. La vidéo que j'ai lancée hier soir s'affiche encore sur la fine membrane : un vieux film que je finirai plus tard… Je le ferme, l'écran collé à mon visage redevient transparent.

Toujours allongée dans le confort de ma bulle de sommeil, j'observe ma chambre avant de me frotter les yeux et de bâiller. Je ne souhaite pas bouger pour l'instant, mais je n'ai pas vraiment le choix. Je fais une demande de connexion aux personnes les plus proches.

CONNEXION EN COURS
CONNEXION ÉTABLIE

La discussion de mes parents, au rez-de-chaussée, retentit dans mon esprit. Ils parlent de leur journée à venir ; je n'interviens pas, m'efforçant de ne penser à rien encore. J'écoute juste.

– Lyah ?

Il n'a fallu que très peu de temps à ma mère pour comprendre que je m'étais connectée à son esprit…

– Oui ? réponds-je.

– Allez, debout. Tu n'es pas en avance.

COMMUNITY

Ça y est, c'est le moment de quitter le cocon de ma sphère de sommeil… Pour économiser l'énergie, nous chauffons nos demeures au minimum : je l'ai appris en cours.

Grimaçant d'appréhension, je me redresse dans ma bulle puis la désactive. La membrane de sécurité se disloque, laissant la chaleur qu'elle retenait se répandre. Un frisson familier me parcourt. J'expire avant de me lever.

Les murs de ma chambre affichent encore le décor que j'ai sélectionné hier. Debout, j'observe un peu les étoiles qui m'entourent. Certains préfèrent le noir, d'autres les vagues ou encore la forêt pour les accompagner dans leurs rêves. Pour ma part, c'est la Voie lactée qui m'emporte dans mes songes la plupart du temps. Je suis si fascinée par l'espace… Tout y est si grand, si brillant… et intouchable.

Il ne se passe pas un jour sans que je fixe les étoiles au-dessus de ma tête. Que ce soit du haut de la colline non loin de chez nous ou ici dans ma chambre, je passe beaucoup de temps à les regarder. Je suis ensorcelée par les constellations, par l'univers immense que je m'amuse à toucher du bout de mes doigts chaque soir.

– Nous t'attendons.

La voix de ma mère dans mon esprit me fait froncer les sourcils. Je lève les yeux au ciel une dernière fois.

OPACITÉ 20%

La voûte céleste s'efface tandis que les murs en verre de ma chambre redeviennent translucides, ouvrant ma vue à l'extérieur. La luminosité du soleil et des nuages qui l'entourent oblige mes yeux à se plisser ; je me détourne et attrape l'une de mes trois combinaisons blanches dans mon armoire. Tout en l'enfilant, je m'avance vers la sortie de mon petit monde pour rejoindre mes parents. Mon vêtement se moule à mon corps en même temps que je me déplace. Pieds nus, je commence à descendre l'escalier… avant de le remonter en catastrophe : j'ai oublié de m'attacher les cheveux. Je commande l'ouverture du tiroir de ma table de chevet grâce à Community, récupère la ficelle en laine qui s'y trouve et l'enroule à ma crinière acajou.

De retour dans l'escalier, j'entends d'une oreille mes parents manger sans parler. Je sais pourtant qu'ils sont en conversation en ce moment même, je perçois leurs pensées dans mon esprit. Ma mère met sur le tapis le sujet que je redoute.

Mon Assignation.

Quand j'arrive dans la cuisine, je fais comme si de rien n'était. Je tiens autant que possible à éviter les remarques…

Mon père se redresse un peu lorsqu'il me voit et me sourit. Ma mère, elle, esquisse un faible rictus. Elle ne me partage pas ses pensées, mais son visage me suffit pour comprendre ce qui la préoccupe. Je dois avoir les traits tirés, ayant navigué une fois encore sur mon Andi durant une bonne partie de la nuit. Je sais qu'elle ne voit pas cela d'un bon œil : elle s'inquiète pour moi, elle ne comprend pas mon comportement. Mon père, lui, ne m'en tient pas rigueur : il se dit simplement que sa fille a une passion différente de ses camarades… Et moi, j'essaye juste de faire de mon mieux pour concilier mes devoirs et mes envies.

Je m'installe à table et saisis un quartier d'orange, sentant mon ventre gargouiller. La voix de ma mère s'invite aussitôt dans ma tête.

– Tu n'as plus le temps de manger, me sermonne-t-elle.

Je grimace : elle n'a pas tort. J'accuse le coup sans broncher avant de chercher mes chaussures pour les enfiler. Elles se serrent toutes seules dès que j'y insère mes pieds. Je me prépare à quitter la maison, espérant que ma mère me laissera tranquille pour ce matin. Je pose la main sur le mur, prête à ouvrir une sortie, et…

– Lyah !

Raté. Je me retourne vers les yeux accusateurs de ma mère.

– Et tes soins nettoyants ? lâche-t-elle.

– Je pensais prendre une capsule sur le chemin.

L'information transite jusqu'à mon père, qui me jette une gélule avec le sourire.

– Voilà, ma fille.

J'attrape la petite pilule et l'ouvre. Aussitôt, des Nanos par centaines s'extirpent de leur prison et se mettent au travail pour rendre mes dents parfaitement blanches et ma peau douce. Ma mère dévisage mon père, le sermonnant de me couver autant. J'en profite pour filer vers la sortie ; alors qu'une ouverture s'ouvre vers l'extérieur, mon père me salue :

– Mon esprit est le tien.

– Et mes pensées sont les tiennes, réponds-je machinalement.

CONNEXION INTERROMPUE

★★★

Dehors, l'air frais me fait du bien. Le soleil est encore timide. Je regarde tout autour de moi en m'avançant vers mon transporteur. La maison à ma gauche est entièrement opaque : mes voisins doivent déjà être aux champs…

COMMUNITY

Je pose un pied sur la plaque en acier de mon transporteur et ma chaussure s'y accroche fermement.
CONNEXION TRANSPORTEUR DEMANDÉE
CONNEXION ÉTABLIE
Une fois mon autre pied arrimé à l'engin, il s'envole à quelques centimètres du sol. J'active mon Andi et programme ma destination par la pensée : je vais profiter du trajet pour vérifier mon emploi du temps.

Je ne sais pas ce que je ferais sans ce masque qui m'accompagne du matin au soir. Il me permet de tout avoir à portée de tête : mes cours, mes bases de données, ma musique, mes films, les constellations et, bien évidemment, le programme de l'Union. Aujourd'hui, ce sont des cours de biologie et de chimie qui me sont imposés. Mais c'est la classe d'histoire qui commence dans dix minutes qui me tente le plus ; heureusement, je peux choisir à quelles heures facultatives j'assiste en fonction de mon District. Je m'inscris au cours via mon Andi, et je me réjouis de découvrir le nom de mon ami Isaak dans la liste des élèves qui seront présents.

Athia, la professeure d'histoire, a le don de m'intriguer et de me fasciner : c'est grâce à elle que je me suis intéressée au passé. Je ne compte plus les bases de données que j'ai téléchargées à ce sujet, pour en apprendre de plus en plus. Athia s'est déjà amusée plus d'une fois à me tester par des questions pour mesurer ma progression.

Néanmoins, même si j'adore mon enseignante, j'ai remarqué que depuis quelque temps, je n'apprends plus grand-chose dans ses classes. C'est sans doute parce que la fin de mon cursus est proche : mes camarades sont pour la plupart bien plus jeunes que moi. Peu importe. J'aime écouter ce qu'Athia a à raconter.

À mon arrivée à l'Union, je descends de mon transporteur et observe un instant mes camarades, qui s'agglutinent dans le bâtiment transparent : une tour de verre emplie de salles de classe, d'étudiants et de professeurs, à la vue de tous. L'Union fonctionne comme nos têtes : en dehors des heures d'enseignements obligatoires, chacun, quel que soit son âge, est libre d'observer le cours des autres et de s'y aventurer s'il le souhaite, comme le rappellent les écrans dans le hall d'entrée.

Pour ma part, je passe la majeure partie de mon temps ici, pour mon plus grand plaisir. J'aime apprendre et je crois que je ne me lasserai jamais d'approfondir mes connaissances.

Je m'avance vers le bâtiment ; un fourmillement de pensées enfle progressivement dans mon crâne. Des bribes de discussions grésillent dans ma tête. Je ne m'infiltre dans aucune d'entre elles ; je cherche Isaak du regard, en vain.

Je parviens dans le hall en verre de l'Union. Ici, des centaines d'étudiants prennent place sur des tapis de transmissions, qui permettent de se rendre d'un endroit à un autre sans qu'il soit nécessaire de marcher. Nos chaussures s'ancrent au sol, et nous suivons le parcours jusqu'à donner l'ordre de descendre une fois que nous sommes arrivés à destination. Je rejoins l'ascenseur principal. Il monte, heureusement : je ne tiens pas à faire un aller-retour désagréable au sous-sol. Les jeunes déjà présents dans la cabine s'écartent pour me laisser de la place. Nous attendons en silence d'être assez nombreux pour que l'appareil se mette en marche ; ma vue bloquée, je songe à mon Assignation. La plupart des personnes qui m'entourent ne s'en soucient pas encore, mais la mienne aura lieu dans moins de deux semaines, et c'est tout l'inverse.

Je l'appréhende.

Je fais de mon mieux pour dissiper mes angoisses lorsque je vois Isaak s'approcher de l'ascenseur, le pas pressé, de concert avec Jeff. Je m'infiltre aussitôt dans leurs têtes pour rejoindre leur conversation.

CONNEXION ÉTABLIE

Isaak s'esclaffe, expliquant à son ami que ses Nanos n'avaient plus de batterie pour astiquer ses orteils.

– Ça signifie que, sous tes chaussures blanches, tu pues des pieds ? lâché-je, moqueuse.

Son regard joueur me trouve dans le groupe compact déjà présent dans l'ascenseur.

– C'est toi qui dis ça ? rétorque-t-il.

Il me pointe du doigt. Je me mords l'intérieur de la joue, consciente que la plupart du temps, j'ouvre une capsule pour me nettoyer en vitesse sur le chemin de l'Union, comme je l'ai fait ce matin. Il m'est même arrivé d'en activer une en plein cours, un jour où il m'avait été particulièrement difficile de me réveiller.

Je retrousse mon nez en guise de réponse. Isaak me sourit.

– Je plaisante.

La montée s'enclenche peu après. Lorsque nous arrivons au bon étage, Isaak, Jeff et moi sortons de l'ascenseur et rejoignons la salle de cours d'Athia. En nous voyant, elle nous sourit, attendant que Community prenne la relève.

CONNEXION GROUPÉE ÉTABLIE

—Voilà les derniers.

Nous nous excusons pour notre retard, et je m'installe au côté d'Isaak, comme d'habitude.

— On mange ensemble tout à l'heure ? me demande-t-il brièvement avant que le cours commence.

J'acquiesce. Il s'apprête à me répondre, mais la voix de Jeff, qui a pris place à l'autre bout de la classe, s'immisce dans nos têtes.

— Je m'incruste avec vous, décrète-t-il.

Isaak et moi nous retournons vers lui d'un même mouvement.

— Ou bien vous préférez être seuls ? ajoute-t-il. Il paraît que vous allez être assignés ensemble, c'est vrai ?

Je me renfrogne.

— Comment peux-tu savoir ça ? l'interrogé-je.

Je croyais que personne ne connaissait son Assigné à l'avance… Mon ventre se contracte tandis que ma tête bouillonne, avide d'en savoir plus.

— Pour le moment, nous allons retourner en 2020, vous voulez bien ? nous coupe Athia.

Je ne dis rien de plus et observe Isaak du coin de l'œil. Son visage reste impassible. Cela me perturbe. J'imagine une petite seconde mon avenir si Jeff a raison. Ça ne me dérangerait pas tant que ça, en fait. Isaak et moi sommes proches depuis tant d'années…

Athia plonge la salle de classe dans le noir et active un écran, me ramenant à elle.

— Que savez-vous des lois de cette époque ? demande-t-elle.

— Il y en avait beaucoup, répond l'une des plus jeunes élèves, d'une dizaine d'années, assise à ma droite.

— Oui, et pourquoi ?

Pendant plusieurs secondes, personne n'intervient. Je finis par lancer :

— Les différents peuples ne parvenaient pas à se mettre d'accord.

Athia hoche la tête.

— C'est exact.

Elle se retourne vers la carte du monde qu'elle vient de faire apparaître et la pointe du doigt.

— Avant Community, la planète était divisée en pays, et chacun avait ses propres lois. Ce qui en faisait un monde incompréhensible.

Je suis distraitement le reste de l'explication d'Athia. Je connais déjà tout cela ; toutefois, j'aime son cours quand même. Son savoir est une mine d'or pour l'Union ; elle étudie depuis toujours nos origines et nos ancêtres.

Mes yeux parcourent la salle de classe. Les pensées de tous les élèves se mêlent dans un bruit de fond. Quand je le souhaite, Community me permet de cibler des personnes précises pour me faire entendre. Il me suffit de demander une connexion à une autre puce.

Étrangement, même quand je suis reliée à un grand nombre de personnes, je sais toujours qui me parle. Chacun a une «voix» différente dans ma tête, une voix créée par ma propre imagination. Ainsi, pour mon esprit, la mienne est enrouée, voire grave. Isaak, lui, a un timbre doux, presque chantonnant. J'ignore cependant si c'est ainsi que lui-même le perçoit.

Je reporte mon attention sur Athia, qui explique devant la carte :
– Des puissances mondiales se partageaient à elles seules les richesses. Une économie et une monnaie régissaient ce pouvoir destructeur.
– Une monnaie ? répète la jeune élève à ma droite.

Sa surprise me fait sourire. Elle a encore beaucoup d'années d'études devant elle…

– Oui, une masse d'argent était distribuée aux méritants, explique Athia. Ou parfois non. Le travail ne s'organisait pas comme à notre époque. Certains s'enrichissaient afin de garder égoïstement tous les pouvoirs. Il y avait par exemple de petites et grandes zones sur la Terre qui avaient plus ou moins de monnaie.

– Pourquoi certaines zones étaient-elles plus petites que d'autres ? demande Jeff.

Lui aussi, il me surprend. Nous avons tous les deux le même âge, mais ce genre de questions, je me les suis posées bien avant lui…

Je fronce le nez. J'ai conscience depuis longtemps que j'apprends plus vite que mes camarades, et c'est l'une des raisons pour lesquelles ma mère s'inquiète à mon sujet. Je ne me cantonne pas aux cours obligatoires. Non, je passe mon temps à parcourir les bases de données les moins consultées, et elle ne comprend pas mon obstination.

– Les frontières entre les zones avaient été mises en place par des guerres de territoires, indique Athia. Certains pays étaient plus puissants que grands, ou inversement. Il n'y avait pas vraiment de logique.

Je soupire et balaye la classe du regard. La fillette à ma droite grimace avant de couper la professeure :

– Il y a beaucoup de pays…
– Oui, cent quatre-vingt-douze à cette période ! confirme Athia. Imaginez cent quatre-vingt-douze zones…

Cette idée perturbe la classe. Des pensées jaillissent de toutes parts.

– Ils n'utilisaient pas le fuseau horaire ? s'étonne Isaak.

Je grimace. Bien évidemment que nos ancêtres utilisaient le fuseau horaire, mais pas du tout dans le même but que nous… Isaak devrait le savoir depuis longtemps. Je l'aime beaucoup, mais parfois, il m'inquiète à ne pas retenir grand-chose de ce que nous voyons en cours…

Athia pivote vers lui.

– Le fuseau horaire existait déjà, c'est d'ailleurs pour ça que les fondateurs ont décidé de se baser sur lui pour découper la planète en zones, rappelle-t-elle. La Terre n'a jamais cessé de tourner sur elle-même, mes amis ! Mais en 2020, il n'était pas question d'enlever les frontières. Des pays se faisaient la guerre, tandis que d'autres étaient alliés.

– Pourquoi ne se sont-ils pas regroupés pour être moins nombreux ? s'exclame ma petite voisine. Ça aurait été plus simple !

– La monnaie, lancé-je.

Athia se tourne vers moi, amusée.

– C'est exact, Lyah. C'était la monnaie qui dirigeait, et non les hommes. Tenez, ce pays, par exemple, était spécialisé dans l'extraction des énergies fossiles. Vous vous souvenez de ces ressources ?

J'opine, même si j'ai encore du mal à comprendre comment nos ancêtres pouvaient se limiter à ces énergies. Et pourtant, j'en ai vu, des vidéos de bases de données à ce sujet…

– Il revendait sa production aux autres pays, comme ceux-là.

Athia pointe du doigt une partie de la carte qui est maintenant pour nous une vaste exploitation.

– Le rendant plus riche que… ces États-là, par exemple, où il n'y avait pas de ressources.

Certains de mes camarades s'insurgent en voyant la zone qu'Athia pointe.

– Oui, je sais, ce n'est plus le cas aujourd'hui, précise l'enseignante. Mais l'Afrique, comme on l'appelait alors, n'était pas exploitée à sa juste valeur.

– Comment pouvaient-ils croire qu'il n'y avait pas de ressources ici ? s'exclame un jeune à l'autre bout de la salle.

— Je sais, cela paraît fou, répond Athia, amusée. La monnaie et le système mondial ne permettaient pas de voir le potentiel de ce continent.
— Comment ont-ils pu passer à côté du *soleil*? insiste Isaak.
— Ils le voyaient tous les jours, ils ne se concentraient pas dessus, dis-je. Il leur paraissait juste normal.

Je hausse les sourcils tandis que mes camarades me dévisagent, étonnés. Leur réaction ne m'émeut plus : je me suis habituée avec le temps à ce que les précisions que j'apporte pendant les cours les surprennent.

J'ajoute :
— Les ressources solaires sont maintenant captées massivement par des panneaux placés aux endroits les plus judicieux, et alimentent toute la planète en énergie.
— Ce que vient d'expliquer Lyah est juste, confirme Athia. Car oui, nos ancêtres ne pensaient pas de manière commune et gardaient leurs territoires fermés. Le partage était très peu concevable à cette époque. Il y avait des gouvernements et des lois très différents les uns des autres. C'était la monnaie qui dirigeait, et non les peuples.
— Mais pourquoi la monnaie empêchait-elle de construire? s'interroge ma voisine.
— Parce qu'elle payait les travailleurs, et sans eux, il n'y avait pas de construction, indiqué-je.

Athia laisse les autres imaginer ce monde brouillon, si mal organisé, puis rappelle :
— N'oubliez pas que c'est Community, autrement dit « une *Communication* pour un *Ordre Moral* et *Mondial Unique*; la *Nouvelle Intelligence de Tishira Yuko* », qui a permis de prendre conscience que l'organisation du monde n'était pas optimisée. Tout est dit dans le nom de notre technologie. Sans les études menées par le professeur Yuko, nous n'aurions jamais pu utiliser l'intégralité des fonctions de notre cortex et ainsi changer notre vision du partage. Avant, ce n'était pas possible. Les pensées étaient aussi scellées que les frontières. Les ressources telles que l'eau ou la nourriture étaient insuffisantes, et le réchauffement climatique ne s'arrangeait pas avec la surpopulation. La monnaie limitait la civilisation, Community a permis de la reconstruire.

Isaak se redresse un peu sur le bureau en ne quittant pas des yeux la carte. Il semble la découvrir pour la première fois.

Parfois, je me demande si mon ami a vraiment écouté les cours d'histoire ces dernières années. Il est plus intéressé par les enseignements à propos des bienfaits de Community sur l'organisme, certes, mais il pourrait se montrer plus studieux, tout de même… J'adore d'ailleurs le chambrer à ce sujet.

— Athia, tu as dit qu'il y avait des alliances, n'est-ce pas ? demande-t-il.
— Oui.
— Où sont-elles, alors ? Quand je regarde notre zone, elle passe par plus de quinze…
— Pays ?
— Oui, étaient-ils alliés ?

Athia esquisse un rictus et pointe la carte du doigt.

— Eux, ici, oui. Mais là, là, et encore là, non. Ces deux-là se faisaient même la guerre depuis des décennies.

Ma gorge se noue en entendant ce terme. Quelle abomination… J'ai encore du mal à concevoir une telle barbarie.

— Il a fallu du temps à l'homme pour comprendre ce qui était bon pour tous, ajoute la professeure. Community nous y a aidés : sans cela, nous serions toujours enlisés dans des guerres et une organisation inégale. Sachez qu'il y avait des centaines de lois, dans toutes les langues. Les neuf de Community sont notre plus grande réussite.

Établies après la mort du professeur Yuko, elles nous ont permis de nous organiser. Parallèlement à leur adoption, les frontières ont été revues. Chaque fuseau horaire définit désormais une zone sur Terre. Même si nous appartenons à une seule et unique communauté, cela nous donne la possibilité de nous structurer. Si nécessaire, des messages télépathiques mondiaux peuvent être lancés : récemment, nous avons ainsi été avertis d'un séisme à venir en T3. Cela a permis une évacuation immédiate de la population là-bas, et les zones T2 et T4 ont pu venir en aide aux déplacés temporaires. La nature conserve toujours ses droits sur nous…

Athia continue de répondre aux questions tandis que je me pince l'arête du nez. Je lâche le fil du cours et songe à autre chose. Comme souvent ces derniers temps, c'est la perspective de mon Assignation qui vient occuper mon esprit. Plus le temps avance et plus j'y pense… D'ici moins de deux semaines, je ne serai plus assise ici, à sourire aux questions des plus jeunes d'entre nous. J'aurai une fonction dans la société. Et tant de postes impliquent de travailler sous Terre, là où sont enfouies les unités de production… M'imaginer là-dessous me noue chaque jour un peu plus l'estomac. J'aime bien trop la surface pour être capable de passer ma vie dans les souterrains. Sans compter que j'ignore qui sera mon Assigné, avec qui je serai censée fonder une famille...

Mon regard se tourne vers Isaak. Je me penche un peu vers lui pour capter son attention et active Community.

CONNEXION DEMANDÉE / ISAAK - MATRICULE 46598761
Mon ami arque un sourcil, méfiant.
CONNEXION ÉTABLIE
— Tu ne veux plus écouter Athia ? s'étonne-t-il.
— Je sais déjà tout ça. Dis-moi plutôt pourquoi Jeff pense que nous allons être assignés ensemble. Tu sais quelque chose ?

Isaak se recule sur sa chaise. Il observe un peu nos camarades avant de me répondre :

— Non, rien du tout, mis à part que c'est notre zone qui sera la première dans laquelle l'Assignation sera organisée cette année. Et...
— Oui, mais si Jeff a dit ça, c'est que tu as dû en parler avec lui, non ?

Mon ami d'enfance peine à garder ses pensées pour lui. J'insiste, il se dandine avant de lâcher :

— Est-ce qu'on pourrait avoir cette conversation plus tard ?
— Non. Dis-moi ce qu'il y a, s'il te plaît.

J'aimerais en savoir plus, maintenant. Cependant, Isaak secoue brièvement la tête et braque son attention sur Athia. Je soupire, insiste encore, mais il ne me répond pas. Il m'ignore complètement.

CONNEXION INTERROMPUE
Agacée, je réactive aussitôt Community.
CONNEXION DEMANDÉE / ISAAK - MATRICULE 46598761
CONNEXION REFUSÉE

Je grimace. Mes angoisses à propos de l'Assignation continuent de me hanter.

Pour faciliter l'organisation de la société, les adultes sont répartis en quatre grands groupes : Cultivateurs, Distributeurs, Constructeurs et Chercheurs. Au cours de l'année de nos vingt et un ans, nous rejoignons l'un d'eux en fonction de nos capacités, et nous sommes liés à un homme ou une femme avec lequel nous élevons un enfant après une insémination artificielle. Un bébé, et un seul par couple... D'après les bases de données que j'ai consultées, il faudra encore attendre plusieurs siècles avant que les ressources de notre planète permettent aux familles d'avoir deux enfants.

Ma mère est Cultivatrice, et mon père, Distributeur. Elle travaille à la surface, lui sous terre ; c'est parce qu'elle doit s'occuper de champs que notre maison se trouve à l'air libre. Si mes deux parents avaient été Distributeurs, nous aurions occupé un logement souterrain. Afin de préserver l'air, la majorité des bâtiments sont désormais en sous-sol…

Je suis consciente que l'Assignation est bénéfique à la communauté. Toutefois, j'espère en secret qu'elle correspondra aussi à ce que moi, je veux. Tant que ce jour n'est pas arrivé, nous n'avons aucun moyen de savoir ce qui nous attend…

Je réessaye une nouvelle fois de me connecter à Isaak, avide de réponses.

CONNEXION DEMANDÉE / ISAAK - MATRICULE 46598761
CONNEXION EN COURS

Je tapote des doigts sur le bord de ma chaise, nerveuse. Mon ami me cache quelque chose, j'en suis certaine, d'autant plus lorsqu'il rentre sa tête entre ses épaules sans me regarder.

CONNEXION REFUSÉE

Je grogne et reporte mon attention sur Athia. Faute de mieux, je peux essayer de me reconcentrer sur le cours pour me changer les idées…

— Les plus belles ressources de la Terre sont l'eau et le soleil. Notre espace de vie a toujours été la petite planète bleue, et nous avons mis des décennies à comprendre son potentiel…

Le terme employé par Athia me fait sourire. Je ferme les yeux et visualise notre Terre perdue dans l'univers. Puis mon imagination dérive, et je rêve que je suis en orbite, seule, avec les astres brillants comme uniques compagnons.

— Lyah, tu songes encore aux étoiles ?

Je rouvre les yeux. Mon enseignante s'est incrustée dans mon crâne. J'acquiesce, penaude. Comment fait-elle pour toujours avoir un œil sur moi ?

— Nous parlons d'histoire ici. Tu pourras aller au cours d'astronomie demain.

En réalité, étant donné qu'il est au niveau -12, je n'ai jamais réussi à m'y rendre. J'ai dû tout apprendre seule avec les bases de données… Pour les cours obligatoires, je me force à descendre aux étages inférieurs, mais je les évite autant que possible le reste du temps.

Avec difficulté, je m'astreins à écouter Athia jusqu'à la fin de l'heure.

2

Le cours se finit, je me lève et me dirige comme mes camarades vers la sortie.

Isaak me fuit. Je presse le pas, mais c'est trop tard. Il prend le premier ascenseur sans que je puisse le rattraper.

Mais bien sûr, il n'est pas hors de portée de Community.

CONNEXION DEMANDÉE / ISAAK - MATRICULE 46598761
CONNEXION ÉTABLIE

– Je suis en retard, Lyah ! proteste-t-il d'emblée.
– Nous n'avons pas fini notre discussion.
– O.K. Je t'attends en bas.

CONNEXION INTERROMPUE

Je m'engouffre dans l'ascenseur suivant dès qu'il apparaît. Je déglutis et plante mes ongles dans ma paume en entamant la descente. Une fois au rez-de-chaussée, je laisse les autres personnes sortir en premier, puis je cherche Isaak du regard. Comme il me l'a promis, il m'attend un peu plus loin. Je demande une nouvelle connexion avec lui, il l'accepte dans la foulée.

– Je veux aller en cours, il ne me reste que quelques minutes pour faire le trajet, grogne-t-il. Nous pouvons très bien parler plus tard.
– Tu me caches quelque chose, je le vois bien !
– Mais non, je t'assure. Si j'apprenais quoi que ce soit à propos de notre Assignation, tu serais la première au courant, promis.

Je le fixe. Il penche la tête sur le côté, peiné. Il m'adresse ensuite un sourire complice, et cela achève de me convaincre qu'il me dit la vérité.

Il fait un pas vers moi, comme pour me prendre dans ses bras, mais se ravise en ne me voyant pas bouger. Ses pensées s'invitent à nouveau dans mon esprit :

— Tu déjeunes toujours avec moi, tout à l'heure ?

Je pince les lèvres, puis hoche la tête.

— Oui, bien sûr. Je vais prendre une base de données pendant que tu seras en classe. Je te retrouverai au réfectoire.

Isaak me sourit une fois de plus, puis file rejoindre le cours qu'il aime tant : celui qui détaille les bienfaits de Community sur le corps. Pour ma part, je demande l'heure à mon Andi avant de retourner vers l'ascenseur. Lorsqu'il arrive, je laisse sortir trois personnes, puis me faufile à l'intérieur sans toucher les autres. Je monte jusqu'au septième niveau, là où se trouve la bibliothèque de l'Union.

Dès que les portes s'ouvrent, mes lèvres s'étirent. Un couloir me fait face, encadré d'innombrables colonnes de verre. Chacune est à hauteur d'homme.

J'imagine parfois comment c'était avant. Des livres, du papier, de l'encre… Certaines anciennes bibliothèques sont encore ouvertes, mais elles sont si rares qu'il me faudrait aller en T1 pour espérer en trouver une. Et de toute façon, je ne pourrais même pas y lire les livres : ceux dont nous disposons encore sont exposés comme des reliques.

L'impression et la fabrication du papier ont été bannies de notre société depuis des décennies. Elles étaient trop néfastes pour les forêts, et ne procuraient qu'un confort superflu. Et puis, qu'aurions-nous écrit ? Nous n'avons plus besoin de ces langues qu'employaient nos ancêtres. L'une des découvertes les plus fascinantes du professeur Tishira Yuko, c'est que nous pensons et nous nous comprenons sans avoir besoin de disposer d'un langage prédéfini. Depuis que nous sommes reliés à Community, nous ne parlons plus.

Pour ma part, j'étudie tout de même les langues mortes depuis que j'ai dix ans. J'ai compris qu'il me fallait les apprendre si je voulais regarder de vieux films sur mon Andi…

Je soupire en songeant à toutes les vidéos qu'il me reste à voir tout en me faufilant dans une rangée de colonnes. Je m'arrête devant l'une d'entre elles et tapote sur la zone permettant de se connecter à elle. Je lance une recherche sur les bases de données concernant l'espace, comme souvent. Avec toutes les préoccupations qui me pèsent concernant l'Assignation, j'ai bien besoin de voyager.

Je suis en train d'hésiter entre une base qui concerne la constellation du Verseau et une autre sur Orion quand ma puce Community s'active.

CONNEXION DEMANDÉE / ATHIA - MATRICULE 96324564

J'autorise la connexion et entend aussitôt une voix dans ma tête.

– Lyah ?

Je me retourne et découvre ma professeure, qui me sourit en voyant la galaxie sur mon écran.

– Tu fais toujours des recherches sur l'espace, alors ? Je croyais qu'avec le temps, j'aurais réussi à t'intéresser à l'histoire.

– Bien entendu que je m'y intéresse, Athia ! m'exclamé-je. Vos cours sont fascinants. J'ai juste des difficultés à me mettre à la place de nos ancêtres, parfois.

Elle tapote à son tour le verre de la colonne.

– Ils n'étaient pas moins intelligents, tu sais, me fait-elle remarquer. Juste mal organisés, et peut-être un peu trop rêveurs… Sans compter que leurs désirs égoïstes les absorbaient complètement.

J'acquiesce, ne sachant quoi répondre, et retourne à mon téléchargement. Athia se plonge dans ses propres recherches de son côté.

Une fois que je me suis décidée et que j'ai téléchargé la base de données sur Orion, je parcours la liste des vieux films disponibles. Ma professeure penche un peu la tête pour voir ce que je consulte. Confuse, je déglutis, puis change de répertoire.

C'est idiot, mais j'aime bien regarder les films d'amour. Le sexe a été banni dans la société il y a longtemps. « La perfidie du plaisir est néfaste à notre communauté », voilà ce qu'indiquent les archives au sujet de cette décision. Le plaisir, moi, je ne sais même pas ce que ça signifie, et c'est ce que j'essaie de découvrir ces derniers temps. Les longs métrages d'époque constituent une première source d'instruction…

Gênée par le regard de mon enseignante, je me rabats sur une base de données à propos du nombre d'étoiles dans notre galaxie. Je sais déjà qu'il y en a plusieurs centaines de milliards, mais j'ai hâte d'en savoir plus sur la manière dont cette estimation a été faite.

Je soupire quand mon Andi m'alerte que c'est l'heure d'aller prendre mon repas. Je salue Athia et file vers l'ascenseur : Isaak doit déjà être en route pour le réfectoire. Je serre les dents tandis que la cabine plonge vers le niveau -2.

COMMUNITY

Une fois en bas, je me retrouve face à une fourmilière affamée. Mais pas question pour les étudiants présents de se jeter sur la nourriture. Nos portions sont calculées au gramme près en fonction des calories dont nous avons besoin. Il ne faut pas être en dessous de la limite, et certainement pas au-dessus.

Je me hisse sur la pointe des pieds dans l'espoir d'apercevoir Isaak. Je le repère un peu plus loin, à côté d'une fontaine à eau : il remplit sa gourde. Je sors la mienne de ma poche, appuie sur un bouton pour qu'elle quitte la forme aplatie qui me permet de la transporter facilement et me dirige vers mon ami.

CONNEXION DEMANDÉE / ISAAK - MATRICULE 46598761
CONNEXION ÉTABLIE

– Qu'as-tu choisi aujourd'hui ? l'interrogé-je en jetant un œil à son plateau.

– Purée de brocoli, haricots verts et petits pois.

Je pouffe.

– Encore du vert...

Amusé, il me dévisage.

– C'est pour être plus fort, comme Pompéi, plaisante-t-il.

– C'est Popeye. Pompéi était une ville qui a été engloutie par une éruption volcanique.

Il hausse les épaules.

– C'est presque pareil. Et puis, les deux n'ont jamais existé, de toute façon.

Je renonce à lui signaler son erreur et me dirige vers le distributeur le plus proche.

La première fois que nous avons communiqué, Isaak et moi, je devais avoir 2 ans. J'expérimentais Community en me connectant à chacun de mes camarades de classe pour converser avec eux, pour les connaître. Il n'y a que lui qui m'a avoué ne pas aimer l'école. Qu'il voulait rentrer chez lui. Je partageais le même sentiment, et depuis, nous nous disons tout.

Arrivée face à l'un des tubes de distribution, je me connecte à lui. Mon compteur s'affiche. Ce midi, je dois manger sept cents calories. Je choisis les aliments un par un, puis attends une minute devant le compresseur après avoir passé ma commande. Mes légumes arrivent dans le tunnel et sont maintenus en lévitation dans un sac le temps que j'insère une assiette en dessous. Ceci fait, ils tombent, et je grimace. J'aurais dû ajouter quelques fruits... Je me rattraperai ce soir.

Je pivote, mon plateau en main et ma gourde sous le coude, puis cherche Isaak du regard. Il est assis à côté de Jeff : tous deux dévorent déjà leur repas. J'active Community en les rejoignant.

CONNEXION GROUPÉE DEMANDÉE
CONNEXION ÉTABLIE

Mon cerveau atterrit au beau milieu d'une conversation animée. Son sujet ne me surprend pas : l'Assignation… Une fois de plus, je m'accroche à mon espoir de devenir Cultivatrice, comme ma mère. J'aime tant la nature… Quand le soleil est au zénith dans la forêt, j'ai l'impression qu'elle s'enchante de ma venue. Tout semble plus brillant ou coloré sous son éclat.

— Le soleil ? s'interroge Jeff.

Mon attention revient subitement à lui tandis que je m'installe à table.

— Oui, je me disais que j'avais hâte de retrouver ma parcelle.

Quelques après-midis par semaine, j'aide ma mère dans son travail : à ma demande, elle m'a délégué la charge d'une partie de la zone dont elle s'occupe. Je cultive des champignons en forêt et les cueille dès qu'ils ont bien poussé. J'aime cette tâche, d'autant que, lorsque je l'ai terminée, je peux passer mon temps libre en plein air, à consulter des bases de données, écouter de la musique, voir des films ou bien m'allonger sur la mousse pour observer les nuages à travers les feuillages. C'est ce que je préfère, au fond : être dehors, et seule.

— Que feras-tu si tu deviens Distributrice comme ton père, Lyah ?

Ma poitrine se serre, mais je réponds :

— J'accepterai. Pour le bien de tous.

Isaak doit sentir mon malaise, car il me glisse :

— Je suis sûr que tout ira bien, Lyah. Cesse de t'inquiéter.

Il m'adresse un faible sourire, que je lui rends avant de plonger dans mon assiette, pas vraiment convaincue. Mais après tout, je serai bientôt fixée…

3

Après manger, je regagne mon transporteur pour retourner chez moi : je dois me changer pour ensuite aller travailler sur ma parcelle. Pendant le trajet, j'active de la musique dans mon esprit via mon Andi. Tout en observant le paysage autour de moi, je me laisse porter par les notes du *Boléro* de Ravel.

Je me demande parfois si moi aussi, je parviendrais à jouer d'un instrument. Il m'est déjà arrivé de rêver que je maîtrisais le piano. Mais depuis que nous sommes connectés à Community, la musique ne se pratique plus… Sans compter que gaspiller des ressources pour créer des instruments n'est pas vraiment toléré.

Toutefois, je peux toujours écouter les mélodies du passé. J'en ai téléchargé de tous les genres, de tous les styles. Je m'aventure dans les sons qu'elles ont révélés aux hommes en fonction des époques. En ce moment, je suis dans ma période classique.

Autour de moi, la nature s'étend à perte de vue. Du haut d'une colline, je distingue toute la plaine qui s'étend en contrebas. Le village des Cultivateurs, mon chez-moi, paraît si petit dans cette immensité…

À quelques mètres de ma maison, je descends de mon transporteur. Il continue sa route et va se caler à sa recharge. Encore quelques pas, puis je touche la surface plane de la façade.

ACCÈS AUTORISÉ

COMMUNITY

Une porte se crée aussitôt. J'entre et pose mon Andi sur une commode. Je vois tout de là où je me trouve : la maison, meubles compris, n'est faite que de verre. Seuls les bulles de sommeil et les vêtements sont faits dans un matériau différent.

Je tapote sur l'écran principal de la maison pour l'activer. Dès que l'icône verte apparaît, mon cerveau prend la relève, et j'ordonne :

DIFFUSE LA MUSIQUE DE MON ANDI
MUSIQUE ACTIVÉE / *BAGATELLE N° 25* DE BEETHOVEN

Les murs résonnent. Le piano prend possession de tout l'espace, et j'adore ça. Écouter. Juste entendre, autre part que dans ma tête. C'est si agréable de discerner les sons à travers mon oreille…

PLUS FORT

Le volume augmente. Les notes se font plus profondes. Mon sourire ne me quitte pas. Je me sens apaisée. C'est mon moment, le seul où je peux faire cela. Mes parents ont du mal à entendre : à force de communiquer par la pensée, l'ouïe n'est plus nécessaire à notre quotidien et elle se trouve amoindrie chez bon nombre d'adultes. C'est à peine si mes parents entendent les oiseaux chanter…

Tout en montant dans ma chambre pour me changer, j'ordonne à la maison :

OPACITÉ 80%

Les murs se voilent. La bâtisse tout entière s'assombrit tandis que j'ouvre mon armoire. Je saisis ma combinaison d'extérieur et mes bottes un peu plus loin. Je m'habille ; mes chaussures se serrent toutes seules, et ma tenue se moule à mon corps lorsque je me relève de ma chaise.

CLARTÉ TOTALE

Je descends l'escalier et récupère mon Andi, puis je demande à la maison de remettre la musique dans ma tête et je ressors. Je rejoins mon transporteur et file vers ma forêt. Je n'ai pas beaucoup de trajet à faire : les parcelles de ma mère comme celles de mes voisins Cultivateurs sont réparties tout autour du village. Chacune d'elles dispose de son propre accès souterrain, une colonne de verre qui permet de transmettre la production via un conduit au centre des Distributeurs plus bas.

Sur la route, je joins ma mère grâce à Community pour la prévenir de mon arrivée.

CONNEXION ÉTABLIE

— Je suis en chemin, indiqué-je.

Elle me répond aussitôt :

– Je ne suis pas au bois, je te laisse t'occuper des champignons seule aujourd'hui.

– Très bien.

CONNEXION INTERROMPUE

J'ai encore plus hâte de retrouver mon petit coin de forêt maintenant que je sais que je vais y être seule. J'aime mes parents, mais ces derniers temps, leur attitude envers moi a changé. Ma mère estime que je passe trop de temps à consulter mes bases de données. Surtout celles qui concernent l'espace. Elle me dit de me concentrer sur la terre plutôt que le ciel. Que si je souhaite vraiment être Cultivatrice, c'est ce qui doit être le plus important à mes yeux. Pour ma part, je n'arrive pas à comprendre comment elle peut ne pas être intriguée par ce qui se trouve au-dessus de nos têtes. Mon père, lui, est un peu plus compatissant, même s'il m'a déjà recadrée plusieurs fois sur le sujet. La communauté, c'est ce qui est primordial, et non l'espace… Je l'entends bien, mais c'est plus fort que moi. Cela m'amène parfois à me dire que quelque chose ne tourne pas rond dans ma tête.

Comment réagiraient mes parents s'ils apprenaient que je fais de vrais songes la nuit ? Je n'utilise pas Community pour choisir le monde dans lequel je veux dormir : je rêve seule. Je m'emporte dans des univers incroyables, et cette capacité à créer me plaît. Une nuit, j'ai imaginé que je volais comme un oiseau. Je voyais toutes les zones, et leurs habitants étaient impressionnés.

Je me sentais si forte. Si exceptionnelle.

Si différente.

En me réveillant, je n'avais qu'une envie, c'était de me rendormir et de retourner dans ce monde.

Tous les autres jeunes adorent pourtant le protocole de sommeil. Pas moi. Pour ne pas attrister mes parents, je fais comme si je l'utilisais, mais après quelques essais qui ne m'ont pas plu, je n'ai plus jamais connecté mon esprit à cet outil avant de dormir. Je crois qu'ils s'en doutent… mais j'évite de leur en parler, je sais qu'ils seraient déçus.

Une fois de plus.

Ma parcelle n'est plus qu'à quelques mètres. Je demande une dernière accélération à mon transporteur, puis m'approche de la colonne de verre à l'entrée du terrain. J'active l'écran et me connecte aussitôt à lui, comme d'habitude.

DÉTAILS DEMANDÉS

COMMUNITY

PARCELLE DE VINGT ARES N° 556, ZONE T6. HUMIDITÉ 60%, 26 NOUVELLES POUSSES, CHAMPIGNONS COMESTIBLES : 885. CUEILLETTE PRÉCONISÉE SOUS DEUX JOURS

PLANTES ?
72 VARIÉTÉS DÉNOMBRÉES

Je grimace. J'espérais qu'une nouvelle serait apparue aujourd'hui. Ça aurait été un bon point juste avant mon Assignation, je suppose.

Mon transporteur m'amène ensuite au centre de la parcelle. Je laisse l'air fouetter mon visage, la tête penchée en arrière pour savourer les rayons de soleil qui se faufilent entre le feuillage des arbres. C'est si envoûtant qu'il m'est impossible de baisser le menton.

Mon transporteur slalome entre les arbres, il connaît ce lieu parfaitement. Je souris, niaise, heureuse de sentir l'odeur de la forêt. Des touches de pin et de mousse humide, l'empreinte boisée des sapins... Tout me plaît, ici.

Mes yeux s'écarquillent soudain en voyant une lumière intense me foncer droit dessus depuis le ciel. Saisie de panique, je me jette en arrière en la voyant transpercer les arbres devant moi. Je tombe de mon transporteur au moment où une onde de choc me parcourt. Je me crispe, l'air me manque, et mes mains tremblent. Je ne quitte pas des yeux le sapin que la boule incandescente a éventré.

Une fumée étrange brouille mon champ de vision. Je ne sais pas quoi faire, je suis paralysée. Je ne discerne pas grand-chose de là où je suis, mais je n'ose avancer plus près, terrifiée.

4

Il me faut quelques secondes encore pour retrouver mes esprits. Je m'avance ensuite d'un pas craintif en scrutant ce qui semble être un cratère. Il doit être à trois ou quatre mètres de moi. La fumée s'est maintenant dissipée, ce qui me permet d'observer ce qui m'entoure.

Un trou. Un simple trou d'une cinquantaine de centimètres de diamètre, voilà ce qui vient d'apparaître au beau milieu de la forêt. Je me penche au-dessus avec précaution. Ma bouche s'entrouvre de stupeur en découvrant une pierre étrange, différente de toutes celles que j'ai pu voir sur la parcelle jusque-là. Elle n'est pas grise, ni même rugueuse. Et elle est si petite, à peine de la taille de ma paume… Est-ce vraiment elle qui a causé la lumière intense qui m'a fait chuter de mon transporteur il y a à peine une minute ?

Je relève la tête, les pensées en ébullition. La dernière fois que j'ai vu un objet de ce genre, c'était lors d'une visite avec mes parents dans un musée de guerre. J'y ai découvert des avions et des voitures ainsi que la cruauté humaine. On y observait aussi des missiles, qui ressemblaient un peu à cette pierre. Mais ils étaient bien plus grands. Et ce caillou est difforme, noir et étrange. Je me penche pour tenter de le toucher. Dès que ma main le saisit, je le relâche aussitôt.

Il est brûlant.

J'observe cette… chose tombée du ciel, et tout un tas de questions me traversent l'esprit. Je n'arrive pas à déterminer ce qui se trouve

en face de moi. Il s'agit peut-être d'une nouvelle invention des Chercheurs ? Un appareil de contrôle des parcelles ? Dans ce cas, peut-être puis-je m'y connecter ? J'active Community.
CONNEXION DEMANDÉE
ERREUR. CONNEXION IMPOSSIBLE
J'insiste.
CONNEXION DEMANDÉE
ERREUR. CONNEXION IMPOSSIBLE
Je déglutis. Paniquée, je contacte ma mère.
CONNEXION ÉTABLIE
– Maman ! l'interpellé-je aussitôt. J'ai découvert quelque chose, il faut absolument que tu viennes.
– Quoi ? Mais… je ne peux pas venir maintenant, je viens à peine de lancer la récolte.
Mes sourcils se froncent, je pince les lèvres.
– Tu dois vraiment venir, maman, insisté-je.
– Lyah, calme-toi. Qu'y a-t-il ?
– Quelque chose est tombé du ciel, tu dois voir ça !
– Est-ce qu'il y a un problème avec la parcelle ? s'inquiète-t-elle.
J'observe ce qui m'entoure. Rien ne semble avoir changé, mis à part ce trou devant moi et le pauvre sapin que la pierre a calciné dans sa chute. Mais peut-être ne vois-je pas tout…
– Oui, enfin, je ne sais pas, bredouillé-je, confuse.
– Que veux-tu dire exactement ?
– Je…
J'hésite. Je ne sais pas comment expliquer ce qui vient de se produire à ma mère. Elle doit le voir de ses propres yeux.
– Où es-tu ? lui demandé-je.
– Dans les champs, me répond-elle après un temps d'hésitation.
– Je viens te chercher.
– Lyah, mais…
– J'arrive !
Elle soupire tandis que je cherche déjà à rejoindre mon transporteur.
– D'accord, finit-elle par lâcher. Mon esprit est le tien.
– Et mes pensées sont les tiennes.
CONNEXION INTERROMPUE
Un brin euphorique, je saute sur mon transporteur et lui indique ma destination. Le vent fouette mon visage sur le chemin. Cela ne me détourne pas de mes questionnements sur cet étrange objet tombé

du ciel. Une idée fugace me traverse l'esprit. Et s'il avait été envoyé par une forme de vie extraterrestre ? Ma respiration s'emballe. J'ai bien vu des centaines de vieux films traitant de ce sujet, mais nous nous sommes fait une raison après Community. Si un peuple autre que le nôtre vivait quelque part dans notre univers, il n'aurait aucune raison de nous rencontrer.

Et si nous nous étions trompés ?

Je secoue la tête, me sentant soudain stupide. Pourtant, il y a quelque chose qui est tombé sur ma parcelle. Depuis toute petite, je rêve d'étoiles, de soleils, de galaxies, de constellations, mais jamais je n'aurais imaginé faire une telle trouvaille. Je me demande bien ce que ma mère en pensera. Peut-être qu'elle préviendra le Centre et qu'ils examineront cette chose ? Peut-être qu'ils me féliciteront d'avoir découvert un objet hors du commun ?

Mon esprit s'emballe tandis que je fonce à toute allure en direction des champs où travaille ma mère. J'y suis presque… Je coupe à travers le blé, créant un sillon sur mon passage. Il y a urgence, je n'ai pas le temps de faire le tour. Maman me le pardonnera. Je ne quitte pas des yeux le point vert m'indiquant sa localisation sur mon Andi.

Elle sursaute quand je surgis devant elle sur mon transporteur. Je me jette aussitôt en arrière pour freiner de toutes mes forces et descends.

CONNEXION ÉTABLIE

— Lyah, mais qu'est-ce que tu fais ? s'indigne ma mère. Tu as vu ça ?

Elle se retourne et me pointe du doigt le sillon que je viens de créer dans son champ.

— Ce n'est pas important, je t'assure, lui dis-je. Viens !

— Je vais mettre des semaines voire des mois à rattraper ce que tu viens de faire, s'énerve-t-elle.

Nerveuse, je m'avance puis me place face à elle.

— Ce n'est pas grave. Où est ton transporteur ? Il faut que tu viennes voir ce qui est tombé dans la forêt, insisté-je.

Elle secoue la tête sans quitter des yeux la trouée dans le blé. Elle baragouine dans mon esprit, me reprochant ce que je viens de faire. Je ne dis rien, attendant qu'elle se calme ; jusqu'à ce que, n'y tenant plus, je lui agrippe le bras pour ramener son attention à moi. Elle se crispe et me lorgne.

Nous ne nous touchons pas. Jamais. Community a annihilé ce besoin.

Alors, quelle impulsion vient de me pousser à le faire ?

J'ôte ma main en douceur du bras de ma mère. Elle me dévisage comme s'il venait de me pousser une deuxième tête. J'ai dépassé les bornes... Elle doit une fois de plus croire que quelque chose ne tourne pas rond chez moi.

— S'il te plaît, maman, viens avec moi, la supplié-je.

Le regard troublé, elle me détaille quelques secondes avant de soupirer. Elle me fait ensuite signe de la suivre. Nous rejoignons son transporteur, sur lequel elle grimpe. Je lance le mien en avant pour lui montrer le chemin, regardant de temps en temps derrière moi pour être bien certaine qu'elle me suit. Je tremble de frustration en constatant qu'elle ne se presse pas. Elle me paraît si lente... Mais lorsqu'elle verra la pierre tombée du ciel, elle comprendra l'urgence de la situation.

Nous atteignons la forêt. Je slalome entre les arbres, concentrée. Dès que j'aperçois la clairière, je freine et m'arrête au centre. J'ôte mon Andi. Mon rythme cardiaque s'emballe tandis que mes yeux se posent sur le cratère.

Ma mère arrive à son tour et descend en douceur de son transporteur pour venir à ma rencontre. Je m'impatiente et lui fais signe de s'approcher plus vite.

— Lyah, qu'est-ce que tu regardes comme ça ?

Elle se place à côté de moi et observe elle aussi le trou apparu dans le sol.

— Lyah...

Le regard qu'elle me lance me noue l'estomac.

— Tu m'as fait venir ici pour un caillou ? ajoute-t-elle.

Je déglutis.

— Mais regarde, il est différent, il a presque anéanti un sapin !

Je m'avance vers le bout de la clairière pour lui désigner le pauvre conifère. Elle penche la tête, l'expression de son visage change. Elle paraît confuse. Elle s'accroupit et tend la main pour attraper la pierre. Je veux la mettre en garde, craignant qu'elle ne se brûle elle aussi, mais elle récupère l'objet sans douleur apparente. Elle le tourne pour l'observer, consternée.

— Ce n'est pas possible, ce n'est qu'un caillou, Lyah.

Je me renfrogne.

— Il est tombé du ciel et il n'est pas comme tous les autres, il brille, tu ne le vois pas ?

Je prends la pierre des mains de ma mère et constate qu'elle n'est plus chaude à présent. Je la détaille à mon tour.

– Est-ce que c'est une nouvelle invention ? demandé-je.
– Je serais au courant, si c'était le cas, soupire ma mère.

Ma gorge se noue tandis que je répète :
– Elle vient du ciel. Je l'ai vue tomber. C'est peut-être une technologie des étoiles ?

Ma mère me toise, puis soupire.
– Lyah, ne dis pas n'importe quoi.

Je tente de me justifier, mais elle me coupe :
– Ton père et moi avons bien remarqué que tu es perturbée en ce moment.

Je pince les lèvres, confuse.
– Tu parles beaucoup d'étoiles et d'espace, ajoute-t-elle, le visage fermé.

Je recule d'un pas et baisse le menton, peinée de la décevoir.
– Tu inventes beaucoup de choses et…
– Ce ne sont pas des inventions, c'est réel ! L'espace existe et il est juste au-dessus de nos têtes.

Maman grimace.
– Oui, mais je pense que tu t'égares. Je sais que tu n'utilises pas le protocole de sommeil et je ne crois pas que ce soit une bonne chose pour ton cerveau. Tu fais des cauchemars et tu…
– Ça n'a rien à voir.

Elle me fixe. Je serre les dents, comprenant qu'elle ne me croit pas.
– Lyah, combien de fois déjà t'es-tu endormie dans cette clairière au lieu de travailler ? me sermonne-t-elle. Je sais combien de champignons tu dois cultiver par jour, et parfois, ton quota est bien faible. Tu veux être Cultivatrice, mais tu passes ton temps à rêver ou parler des étoiles !
– Je ne rêve pas, là, soufflé-je en lui montrant la pierre que j'ai en main.

Les épaules de ma mère s'affaissent. Elle ne dit rien, mais son regard trahit toutes les émotions qu'elle dissimule. Elle est déçue. Terriblement déçue.
– Ça, c'est réel, tenté-je.
– Ce n'est qu'un caillou !

Ma mère et moi nous dévisageons quelques secondes, puis elle soupire, une fois de plus.
– J'espère juste que tout ira mieux pour toi après ton Assignation, me lance-t-elle, peinée.

Sur ces mots, elle me tourne le dos pour se diriger vers son transporteur. Mon ventre se serre. Je bouillonne en levant les yeux vers le ciel.

— Rentre te reposer, tu m'inquiètes, ajoute-t-elle.

Je jette un coup d'œil vers elle. Elle semble si attristée. Les mains tremblantes, je culpabilise soudain. Comme toujours.

— Pardonne-moi, je voulais juste…

— Ce n'est rien.

CONNEXION INTERROMPUE

Elle remonte sur son transporteur pour retourner dans son champ. Je me laisse tomber sur le sol, désemparée. Je ramène mes genoux contre moi et tourne à nouveau mon regard vers le ciel. Je ne sais pas combien de temps je passe ainsi, les yeux rivés sur les nuages. Dans l'espoir d'y lire une explication qui ne vient pas.

Ce n'est qu'au bout d'un long moment que je saisis la pierre, la fourre dans ma poche et décide d'abandonner pour rentrer chez moi.

★★★

Bien au chaud dans ma sphère de sommeil, je repense à ma journée. Les théories les plus folles me passent par la tête ; dans ma main, la pierre que j'ai trouvée dans la forêt brille faiblement. Ma mère a tort : elle est bien tombée du ciel. Et c'est important, je le sens ! Je me promets que je ferai des recherches pour comprendre ce qui s'est passé. Je ne suis pas du genre à baisser les bras.

Je me redresse soudain en entendant des bruits de pas.

CONNEXION DEMANDÉE / ANTON - MATRICULE 89654354

Mon père entre dans ma chambre et vient s'asseoir au bout de ma bulle. Cette dernière s'affaisse un peu sous son poids. Je m'installe à côté de lui et accepte la communication.

CONNEXION ÉTABLIE

— Papa, je ne sais pas ce qu'a dit maman, mais…

— Lyah, me coupe-t-il.

Ses yeux verts entourés de fines rides me happent. Il a les traits tirés. Je n'aime pas le voir ainsi : mon père a toujours été plus conciliant à mon égard. S'il est angoissé, c'est que la situation est grave.

— Je sais bien que tu aimes les étoiles et tout ce qui les concerne, mais…

Il soupire. Je me prépare à encaisser ses reproches.

– Ton Assignation aura lieu bientôt, poursuit-il. Ta mère et moi espérons que tu seras une bonne Cultivatrice, mais avec ce qu'elle m'a raconté tout à l'heure…

Il s'arrête. Je ne dis rien. J'en suis incapable, sachant à quel point j'ai dû les décevoir.

– Lyah, ce qui compte le plus, c'est le bien de tous, ajoute-t-il. Tu le sais, non ?

Je hoche la tête, penaude. Je ne cherche même pas à me défendre, je n'en vois pas l'intérêt. Mes parents pensent que je ne suis qu'une grande rêveuse depuis bien trop d'années. Me justifier ne changera rien.

Mon père m'observe, longtemps. Son absence de pensées me pèse. Je ramène mes genoux vers moi, contrariée.

– Et pour le fait que tu aies agrippé ta mère… reprend-il.

– Je ne sais pas ce qui m'a pris, je suis désolée.

Mon père hoche la tête avant de se lever. Parvenu à la porte de ma chambre, il se retourne pour me détailler. Je connais ce regard : c'est celui qui me dit qu'il m'aime, mais qu'il ne me comprend pas.

– Papa, je suis vraiment désolée, tenté-je.

Mes excuses ne semblent pas le toucher.

– Tu veux vraiment devenir Cultivatrice, n'est-ce pas ? me demande-t-il.

J'acquiesce vigoureusement.

– Ne te perds pas dans des idées trop grandes pour toi, alors.

– Cette pierre est tombée du ciel, papa. Je veux juste comprendre pourquoi.

Ses épaules s'affaissent.

– Cela est-il plus important que ton Assignation ? m'interroge-t-il.

Un goût amer emplit ma bouche. Je n'ai pas la réponse à cette question. Peut-être que c'est important, oui. Ou alors, pas du tout.

– Ce n'est qu'un caillou, poursuit mon père. Ce qui compte…

– C'est le bien de tous, complété-je.

Papa m'observe, le regard triste.

– Ne vois pas ça comme une punition, Lyah. C'est mieux ainsi.

Le menton baissé, mes doigts se crispent autour de ma pierre.

– Je sais, dis-je.

Le cœur lourd, je vois mon père quitter ma chambre sans un mot de plus. Notre connexion s'interrompt. Je me rallonge dans ma bulle en soupirant. Je me sens incomprise. Suis-je vraiment une rêveuse, comme mes parents en sont persuadés ? Je n'ai pas ce sentiment-là,

COMMUNITY

je crois surtout que j'ai envie de tout savoir, tout comprendre. Et cette pierre tombée du ciel est bien réelle...

J'expire, retenant mes sanglots, puis je me recroqueville sur moi-même dans l'espoir de tout oublier de cette journée.

5

Le lendemain, je me montre discrète à mon réveil. Les événements de la veille me perturbent encore, et je ne tiens pas à croiser mes parents... Je leur ai laissé un message prétextant un travail d'étude que Community leur délivrera à leur réveil.

Ils ont certainement raison : ils me rabâchent l'importance de l'Assignation, et d'une certaine façon, j'ai aussi l'espoir que cela changera quelque chose pour moi.

Arrivant plus tôt que d'habitude à l'Union, je me rends à la bibliothèque pour télécharger des bases de données. Tandis que l'ascenseur m'y amène, je triture la pierre, que j'ai glissée dans la poche de ma combinaison. Puis, dès que les portes s'ouvrent, je m'avance vers une colonne et me connecte à elle.

RECHERCHE : PIERRE ESPACE
RECHERCHE EN COURS
PLUSIEURS DOSSIERS CORRESPONDENT À VOTRE RECHERCHE

Je les parcours rapidement. Il est question de forme, de taille, de couleur des différentes roches présentes sur Terre... Rien qui puisse répondre à mes questions.

Soudain, mon esprit bute sur une notion qui m'interpelle, car je ne l'avais encore jamais rencontrée jusque-là.

Astéroïdes et Météorites ?

La désignation résonne dans mon crâne sans que je puisse la raccrocher à un concept que je connais déjà. Je sélectionne le dossier, curieuse et désireuse d'en savoir plus.

ACCÈS INTERDIT

Je me fige. Je ne me suis jamais retrouvée face à des bases de données non consultables, je ne savais même pas que certaines l'étaient. Cela achève de me convaincre que je dois comprendre comment cette fameuse pierre est tombée du ciel. Ne m'avouant pas vaincue, je fouille les dossiers jusqu'à en trouver un qui me soit accessible, concernant «la ceinture d'astéroïdes au-delà de notre système solaire». Je lance aussi une recherche dans les vieux films disponibles et en trouve trois qui paraissent traiter du sujet, que je télécharge.

Lorsque je me déconnecte de la colonne de verre, je me dis que je vais passer quelques nuits blanches.

★★★

Une fois en cours, je détaille les visages de mes camarades. Isaak est très concentré, comme à son habitude. Pour ma part, je ne fais que toucher cette pierre dans ma poche. Mon esprit est en ébullition : je dois me retenir de consulter ce que j'ai téléchargé tout à l'heure. Je ne veux pas manquer de respect à Athia, même si je maîtrise déjà les notions dont elle parle... Elle détaille la manière dont Tishira Yuko a développé Community afin d'unir l'humanité et de mettre un terme aux conflits qui nous divisaient, dont elle dresse un bref panorama. Puis elle nous explique comment le monde a été transformé, grâce à la construction à grande échelle, le renouvellement des frontières, la mise en place d'une unité de travail mondial, un changement radical de consommation, mais aussi une alimentation différente, un partage des richesses et des ressources, sans oublier nos neuf lois et l'Assignation...

À la fin de l'heure, alors que mes camarades quittent la salle, je m'approche de ma professeure pour lui poser la question qui me taraude depuis ce matin.

— Athia, puis-je vous demander quelque chose ?

Elle pivote vers moi, intriguée, puis acquiesce.

— Pourquoi certaines bases de données ne sont-elles pas accessibles ? l'interrogé-je.

Ses sourcils se froncent, et elle pince les lèvres.

– Elles sont confidentielles pour le bien de tous, Lyah.
– Pourquoi ? insisté-je.

Athia esquive ma question.

– Quelle base de données souhaitais-tu consulter ?
– Celle sur les astéroïdes et météorites.

Athia éclate de rire. Je me crispe, ne comprenant pas sa soudaine hilarité.

– Encore l'espace, n'est-ce pas ?

Je pince les lèvres, elle ajoute :

– Eh bien, Lyah, sache que les astéroïdes sont des blocs de pierre qui gravitent dans le vide intersidéral. Il n'y a rien d'extraordinaire là-dedans.

Athia se détourne, ne souhaitant visiblement pas m'accorder davantage d'attention. Incomprise, je quitte la salle à mon tour, ma curiosité inassouvie. À l'extérieur, je trouve Isaak qui m'attend. Notre connexion est encore active, et je comprends qu'il a écouté mon échange avec notre enseignante.

– Qu'est-ce qui te prend, en ce moment ? me lance-t-il.

Je me mords l'intérieur de la joue. Isaak est mon ami depuis toujours, et si lui aussi trouve que j'ai changé ces derniers temps, c'est que j'ai peut-être réellement un problème.

– Je ne sais pas, je veux juste en apprendre le plus possible, me justifié-je alors que nous prenons la direction des ascenseurs.

– Mais à quel sujet ? L'espace ? Tu devrais surtout te préoccuper de l'Assignation. Elle ne t'inquiète pas ?

– Si, beaucoup. Je ne sais pas où je vais finir, ça m'angoisse tellement… Tu crois que je devrais faire davantage de recherches pour mettre toutes les chances de mon côté ?

Isaak secoue la tête, amusé, tandis que la porte d'un ascenseur s'ouvre devant nous.

– Ça ne sert à rien de faire des recherches sur l'Assignation, c'est ta puce enfantine qui va aider à déterminer ton rôle pour la société, m'indique-t-il.

Je me fige, interloquée. Comment se fait-il qu'il ait cette information et pas moi ? De nous deux, c'est pourtant moi qui passe le plus de temps à la bibliothèque, et de loin ! Cependant, je ne m'attarde pas là-dessus : ce que je veux, c'est en savoir plus sur ce qu'Isaak m'a révélé, et vite.

– Pourquoi la puce enfantine aiderait ? Je croyais que c'était l'ADN qui comptait.

— Elle a son importance aussi, même si je ne sais pas pourquoi. De ce que je sais, nous devons la fournir le jour de notre Assignation.

Ma tête bouillonne. Ma puce enfantine, conçue spécialement pour m'aider à développer mon cerveau, c'est celle que j'ai portée jusqu'à mes 18 ans ; elle a remplacé ma puce de nourrisson, qui m'avait été implantée à la naissance. Où peut-elle se trouver, à présent ? Dans les affaires de mes parents, sans doute… Tandis que l'ascenseur descend les étages à grande vitesse, je réfléchis à son utilité possible pour l'Assignation.

— Que se passe-t-il si nous ne la donnons pas ? demandé-je à Isaak, curieuse.

Il pouffe.

— Je n'en sais rien ! Pourquoi on ferait ça, de toute façon ?

— Tu as raison… Ce serait absurde.

Les portes de l'ascenseur s'ouvrent. Nous nous dirigeons vers la sortie de l'Union, et Isaak change de sujet pour me parler de ses plans pour l'après-midi. Il pense aller courir sur le chemin de terre qui longe ma parcelle. Il embraye sur les bienfaits du sport sur son organisme, mais je l'écoute à peine, bien trop perturbée par ce qu'il vient de m'apprendre.

Nous rejoignons nos transporteurs et filons dans la même direction, nos Andi fixés à nos visages. Il poursuit ses explications, ne semblant pas se rendre compte que je ne m'y intéresse pas. Je reste focalisée sur l'utilité de la puce enfantine pour l'Assignation. Je sais que ma mère se connecte à la mienne de temps à autre, pour visionner des souvenirs de mon enfance, comme celui du jour où j'ai réussi à escalader un arbre.

— Lyah, qu'est-ce qu'il y a ? finit par me demander Isaak, se rendant compte que je ne m'intéresse plus à ce qu'il me dit.

Je ralentis un peu en basculant mon corps en arrière. Mon ami fait de même, puis il ôte son Andi pour capter mon regard.

— Qu'est-ce qui te tracasse ? insiste-t-il.

Je prends une profonde inspiration. J'ai peur qu'il me dise que je déraille, lui aussi.

— Tu ne trouves pas bizarre que nous n'ayons pas accès à toutes les bases de données ? répliqué-je. Et à quoi sert notre puce enfantine pour l'Assignation ?

— Qu'est-ce que tu sous-entends exactement ?

Je m'arrête et hésite. Isaak est mon ami, non ? Je peux tout lui dire… enfin, je crois. Je lui livre le fond de ma pensée :

– On nous répète depuis toujours que le savoir est important pour la communauté… alors, pourquoi ne pouvons-nous pas en apprendre plus sur certains sujets ?

Les épaules d'Isaak s'affaissent.

– Tout ça pour une pierre qui serait dans l'espace ? me lance-t-il.

Ses traits se durcissent.

– Comme l'a dit Athia, c'est pour le bien de tous, ajoute-t-il. Cette réponse devrait te suffire, non ?

J'acquiesce sans conviction. Pourtant, mes pensées continuent à s'agiter. Je réfléchis à ce que ma puce enfantine peut contenir. Si elle garde bien tous mes souvenirs en mémoire, l'Assignateur se rendra vite compte que ce qui compte le plus pour moi, c'est d'être à la surface et non pas de cultiver ma parcelle. Même si j'apprécie la nature, il faut admettre que je n'ai pas été très rigoureuse dans l'aide que j'ai apportée à ma mère. Elle n'a pas tort, mes cueillettes ne sont pas constantes : il m'arrive si souvent de laisser mon esprit divaguer…

Je me pince les lèvres, anxieuse. Mes souvenirs vont peut-être me trahir… Et cela ne doit pas arriver. Je dois être assignée comme Cultivatrice, pouvoir vivre à la surface.

Je ne veux pas qu'on me force à descendre sous terre…

6

Une fois devant ma parcelle, l'esprit encore embrouillé par ma conversation avec Isaak, je me connecte au Régulateur, la colonne en verre installée à l'entrée de la forêt.
DEMANDE DE TÂCHES À EFFECTUER
CUEILLETTE POUR TRANSFERT NÉCESSAIRE
Je tapote sur la carte qui s'affiche pour repérer les champignons comestibles. Je suis ravie : il y a des points partout ! Je télécharge leur localisation sur mon Andi avant de l'enfiler. Ma vision change : le vert de la nature se grise pour ne mettre en valeur que ce que je dois récolter, en surbrillance bleue. J'attrape une cagette avant de m'avancer vers un premier point. Des indications au sujet du champignon fluorescent défilent sous mes yeux. Lorsque je le touche, je ressens la douceur de son chapeau. Ce contact est si agréable… Je crois que c'est pour cela que j'aime tant aider à la cueillette. Le visionnage d'une base de données m'en a appris plus récemment au sujet des cinq sens : si l'ouïe a décliné depuis Community, le toucher est désormais bien plus développé. La vue, le goût et l'odorat sont également un peu plus précis.

En y songeant, c'est peut-être pour cela que j'aime écouter de la musique. Il n'y a plus rien dans notre quotidien qui émette du bruit : tout est dans notre tête. Lancer des mélodies du passé est la seule manière pour moi d'entendre vraiment des choses, grâce à mes oreilles et non à mon cerveau…

Tout en poursuivant ma cueillette, je lance la lecture de la base de données que j'ai téléchargée tout à l'heure, à la bibliothèque, concernant la ceinture d'astéroïdes. Il s'agit bien de roches dans l'espace, comme Athia me l'a révélé. Je m'étonne d'apprendre que leur taille varie. Certaines peuvent atteindre plusieurs centaines de kilomètres de diamètre !

Captivée, je me concentre sur ce que j'apprends tout en poursuivant ma cueillette. Je fais des allers-retours entre la forêt et le Régulateur pour y déposer mes cagettes, qui sont ensuite envoyées aux Distributeurs sous terre. Mon père est peut-être en train de récupérer mes champignons en ce moment même...

Je travaille jusqu'à ce que je ne voie quasiment plus aucun point bleu à travers mon Andi. Ma récolte a été abondante. Le soleil n'étant pas encore bas, je décide de me détendre dans la clairière, au milieu de la forêt. Je m'assois contre un arbre en scrutant le cratère qui s'est formé hier. Je sors de ma poche la pierre tombée du ciel pour l'observer. Si je comprends bien ce que j'ai appris via la base de données, ce petit caillou était certainement bien plus gros à son entrée dans l'atmosphère. Cette pensée me laisse perplexe. Je ferme les yeux, l'imaginant voler à travers l'espace. Rien que quelques secondes... Je reprendrai le chemin de la maison juste après.

★★★

J'ouvre avec peine les paupières en entendant dans mon crâne une sonnerie. Je me redresse, comateuse.
CONNEXION DEMANDÉE / ENYA - MATRICULE 57896423
Ma mère.

J'hésite. Je m'en veux de m'être endormie, je devrais filer d'ici en quatrième vitesse. Je n'ai pas envie que maman lise dans mon esprit que j'ai encore somnolé sur ma parcelle... Malgré tout, je n'ai encore jamais refusé un contact avec qui que ce soit, et certainement pas ma mère. Je n'ai pas le choix.
CONNEXION ÉTABLIE
– Lyah, où es-tu ? Tu m'inquiètes, il commence à se faire tard.

Confuse, je grimace. Le soleil est sur le point de se coucher. Je prends une grande inspiration avant de lancer :
– Je suis en route.
– Tu as rencontré un souci avec ta cueillette ?

– Non ! Je… j'ai pris du retard.

– Lyah…

Ma mère stoppe ses pensées une seconde puis se met à me réprimander, supposant que j'ai passé l'après-midi à consulter des bases de données sans m'occuper de la récolte. Je ne la détrompe pas. Je ronge juste mon frein et l'écoute me rappeler à quel point les tâches sont importantes pour la communauté. Elle me sermonne, me rappelle qu'après mon Assignation toute proche, je ne serai plus une enfant.

L'Assignation… Encore l'Assignation. Toujours l'Assignation. Tout ce que ce grand moment de mon existence fait, pour l'instant, c'est m'inquiéter. Je ne sais pas avec quel homme je vais finir ni quelles seront mes activités pour le reste de ma vie. À en croire ma mère, qui continue de déblatérer dans mon esprit, je n'ai aucun choix. Pourtant, ironiquement, ce seront les facultés de mon corps et de mon cerveau qui décideront à ma place. Autrement dit… moi, d'une certaine manière.

Sentant mon angoisse monter, je finis par interrompre ma mère.

– Oui, maman, j'ai bien compris. Je vais faire plus attention, promis.

– Bien. C'est important, Lyah…

– Je le sais.

Un temps s'écoule avant qu'elle ne me demande plus calmement :

– Quand arrives-tu ? Ton père et moi t'attendons.

– Très vite, je me dépêche.

– D'accord. Mon esprit est le tien.

– Et mes pensées sont les tiennes.

CONNEXION INTERROMPUE

Je me dépêche de rejoindre mon transporteur et le pousse à vitesse maximale jusqu'à la maison. Quand je pose ma main sur la surface en verre de cette dernière, une alerte sonne dans mon crâne.

ACCÈS AUTORISÉ

Une porte apparaît dans le mur ; je la franchis. À peine l'ai-je fait que deux connexions s'activent dans mon cerveau, et mon père surgit devant moi.

– Tu n'es jamais rentrée aussi tard, Lyah.

– Je suis désolée, papa. Je…

– Je sais, tu as dû t'endormir encore une fois en forêt, ou bien consulter tes bases de données jusqu'à en oublier l'heure… complète ma mère. Ton Assignation approche, tu devrais te montrer plus sérieuse !

Je soupire.

— Je sais, maman, mais j'ai peur… Si je ne deviens pas Cultivatrice…

Elle me toise.

— Alors, tu devras accomplir ton travail pour le bien de tous.

Je baisse la tête. J'aurais espéré un peu plus de compassion de sa part.

— Pour le bien de tous, oui… répété-je.

Je contourne mon père pour aller à l'étage et retrouver ma bulle de sommeil au plus vite. Je laisse mes pensées dévoiler mon envie à mes parents.

— Tu devrais manger avant de te coucher, lance ma mère.

— Non, merci. Je n'ai pas faim.

Je continue de monter les marches puis interromps la communication dans la foulée. Je ne souhaite pas discuter davantage, et c'est bien vrai que je n'ai pas faim. Je me sens surtout faible. En consultant mon Andi, je constate que mon apport calorique de la journée est resté au plus bas. Je grimace. Mon esprit, lui, tourne à plein régime, à la fois anxieux et affamé de connaissances.

J'ôte ma combinaison et ouvre une boîte de Nanos pour me laver. Nue dans ma chambre, je demande à la pièce de m'afficher les étoiles. Les quatre murs s'assombrissent pour refléter des milliards de points lumineux.

J'ai l'impression d'être si petite lorsque je fais ça… Je réalise à quel point notre planète n'est qu'un grain de poussière dans l'immensité de l'univers.

Une fois leur travail terminé, les Nanos retournent dans leur boîte. Je m'allonge dans ma bulle de sommeil, dont la fine membrane se referme autour de moi, diffusant une douce chaleur. Je la touche du bout des doigts. Elle est lisse : ce n'est qu'une couche plastifiée et conductrice, comme la maison en verre. Je bascule la voûte céleste de mes murs à la bulle. Un message s'incruste aussitôt dans mon esprit.

CHOISIR UN MODULE DE RÊVE À ACTIVER ?

NON

J'aimerais désactiver cette proposition automatique, mais je n'y parviens pas, alors je la décline à chaque fois… À la place, je lance la lecture d'une base de données concernant l'espace, sur les technologies de conquête spatiale développées aux XXe et XXIe siècles.

J'ai bien remarqué qu'avant Community, mes ancêtres avaient beaucoup œuvré pour explorer le système solaire en y envoyant fusées, vaisseaux, missions lointaines et j'en passe. Tout ceci me rend euphorique et triste à la fois, parce que nous ne faisons plus rien maintenant. Je ne comprends pas pourquoi. Dans certains domaines, la recherche a progressé, mais dans d'autres, elle est restée au point mort. Alors que nous étions si proches de conquérir d'autres planètes... Récemment, j'ai trouvé un article sur un scientifique qui avait créé un moyen de voyager à long terme dans l'espace. Une sorte de boîte permettant de rêver et de ne pas vieillir. Un peu comme nos protocoles de sommeil, mais pour une durée plus longue.

Ça me frustre de savoir que toutes ces connaissances ne sont pas utilisées. Alors, j'apprends. Tout ce que je peux.

C'est bien plus intéressant que tous les rêves artificiels que l'on peut injecter dans mon crâne...

7

C'est la énième fois que je demande l'heure à mon Andi. J'ai bien du mal à me concentrer sur les cours aujourd'hui... J'ai hâte de rentrer chez moi. Ça fait deux jours que je pense presque sans arrêt à ce qu'Isaak m'a appris à propos de la puce enfantine et de son rôle dans l'Assignation. Plus j'y réfléchis, plus j'ai peur de ce qu'elle pourrait révéler sur moi. Je veux tellement devenir Cultivatrice ! Mon ventre se noue quand je me remémore tous ces moments où, plus jeune, je ne me suis pas montrée si enthousiaste que cela quand ma mère me parlait de son travail, tous ces moments où je me cachais pour consulter des bases de données plutôt que de l'aider...

Hier, une idée a germé dans mon esprit. Si je ne veux pas que ma puce enfantine soit utilisée contre mon gré... pourquoi ne pas la faire disparaître, tout simplement ? Cette possibilité tourne en boucle dans mon crâne. Et je sais que cet après-midi, mes parents ne seront pas à la maison...

Le regard dans le vide, je prête à peine attention au cours qui se déroule. Je me sens nerveuse. De toute façon, je n'apprécie pas vraiment cette matière. Ma camarade de droite, en revanche, est concentrée.

– Lorsque nous activons un simulateur de rêves, que se passe-t-il exactement dans notre cerveau ? demande-t-elle.

Ça doit être sa cinquantième question depuis le début de l'heure. Le professeur, Alexis, un Chercheur d'une trentaine d'années, répond à toutes ses interrogations :

COMMUNITY

– Community permet de mettre votre cerveau en veille avec les protocoles de sommeil. Ainsi, vous vous reposez plus efficacement.

Oui, mais les rêves que l'on fait ainsi ne sont pas personnels. Voilà bien un détail que l'on n'apprend pas dans ce cours sur les bienfaits de Community pour l'organisme… Je m'ennuie toujours dans cette classe, j'ai l'impression qu'on nous répète encore et encore la même chose, et en ne nous présentant qu'une vision partielle de la situation. Comme toujours ici, je m'abstiens de faire part de ce que je pense. Ce professeur ne m'a pas particulièrement à la bonne depuis que j'ai osé remettre en cause certains protocoles comme ceux sur le sommeil. Depuis, je me tais et j'attends que l'heure passe.

– Votre hémisphère droit est sans cesse mis à contribution, poursuit-il. Les diverses connexions que vous activez dans votre journée nécessitent un effort de votre cerveau, c'est pourquoi il a besoin de se reposer pleinement.

Je soupire et lève les yeux au ciel avant de reporter mon attention sur mes camarades. Isaak, à ma gauche, est comme toujours obnubilé par ce cours. Il adore savoir que Community nous aide à être en meilleure forme, passionné d'activités physiques comme il l'est…

– Votre métabolisme s'est transformé au fur et à mesure des années avec Community, poursuit le professeur. Les méthodes de transfert de données ainsi que les simulateurs de rêve vous donnent…

Une fois de plus, je demande l'heure à mon Andi. Plus que deux minutes. Je peux tenir. Je n'ai pas le choix, de toute manière. Je suis coincée dans ce cours au niveau -6. À chaque fois, c'est pareil, je veux sortir au plus vite.

– Avons-nous la possibilité de créer nos rêves ? demande un autre de mes camarades.

Je me redresse un peu. Voilà quelque chose qui m'intéresse.

– Non, les scénarios sont prédéfinis. Toutefois, vous avez assez de suggestions dans la base de données pour vous satisfaire. Vous pouvez par exemple rêver de gravir l'Everest, ou même de naviguer sur les océans…

L'enseignant continue de déblatérer sur tous les songes préenregistrés. Les seules fois où j'en ai testé, cela ne m'a pas plu. C'est comme si, toute la nuit, je n'avais pas été moi, qu'on avait pris possession de mon cerveau. Je ne l'ai pas supporté, alors j'ai arrêté.

Soudain, je jubile quand une alerte sonnant la fin du cours résonne dans mon crâne. Je me lève aussitôt, fonce dans le couloir et prends la direction de l'ascenseur le plus proche.

Il est temps de rentrer chez moi… et de m'intéresser de plus près à cette fameuse puce enfantine.

★★★

Je retire mon Andi des yeux en arrivant chez moi. J'entre dans la maison… Personne, comme je m'y attendais. Le cœur battant, je monte à l'étage pour tenter de retrouver la boîte dans laquelle ma mère a rangé ma puce enfantine. Je n'ai pas beaucoup de temps : elle va se demander ce qui se passe si je n'active pas une conversation avec elle dans les vingt prochaines minutes. Je la préviens toujours de mon arrivée sur la parcelle… Je me hâte, fouille dans les armoires de mes parents. Mais je ne trouve rien à part des tenues de travail ainsi que des chaussures aimantées. Je peste intérieurement. La pièce n'est pas si grande que cela. Deux armoires, une bulle de sommeil et un écran. Où ma puce peut-elle bien être ?

Je me baisse pour vérifier sous la bulle. Bingo. Je souris en voyant un coffre en verre. Allongée sur le sol, je l'extirpe de sa cachette. Je l'ouvre dans la foulée et soupire, soulagée. Bien calé dans un coin, un tube transparent piège ma puce, à peine plus grande qu'un grain de sable mais pourtant capable d'avoir des conséquences si importantes sur mon avenir… Il me suffirait de l'enfouir quelque part dans la forêt pour qu'elle perde sa capacité de nuisance. Et alors, le choix de mon destin me reviendrait, plutôt qu'à des données que je ne maîtrise pas…

J'hésite soudain. Il y a là-dedans toute mon enfance. Suis-je vraiment prête à faire disparaître tous ces souvenirs ? Est-ce que cela en vaut vraiment la peine ? Et surtout, quelle sera la réaction de mes parents s'ils apprennent que j'ai volontairement caché ma puce ? D'ailleurs, est-ce que cela ne risque pas d'interférer avec mon Assignation de manières que je n'imagine même pas ? Est-ce qu'on me demandera vraiment mon avis sur ce que je souhaite devenir ?

Tant pis. Je veux avoir le sentiment de contrôler ma vie, et pour cela, cette puce doit disparaître. J'émets un long soupir, puis cale la fiole dans la poche intérieure de ma combinaison. Je prends bien garde à remettre le coffre exactement où il se trouvait et me redresse. Je me sens mal à l'aise. Je devrai garder jusqu'à ma mort le secret sur ce que je viens de faire… Je ne sais pas encore ce que je vais dire à mes parents lorsqu'ils chercheront ma puce, mais je ferai tout pour ne pas me trahir.

COMMUNITY

Pour l'instant, ce qui me préoccupe, c'est de gagner ma parcelle. Je file hors de la maison et grimpe sur mon transporteur. Cinq minutes plus tard, le temps de retrouver la maîtrise de mes pensées, j'active une connexion avec ma mère et lui signifie que je suis en chemin.

8

Je suis réveillée brutalement par mon Andi, qui vibre sur ma table de chevet en faisant trembler toute ma bulle de sommeil. J'ouvre avec peine les paupières et saisis l'appareil. Ma mère essaie désespérément de me contacter… Je soupire. Je n'ai pas vraiment envie de subir ses remontrances si tôt le matin… Néanmoins, quand Community s'active, j'accepte la communication.

– Lyah, réveille-toi ! Tu as vu l'heure ? Tu vas être en retard en cours !

Je me redresse d'un bond.

– Oui, j'arrive.

J'ôte mon Andi, puis me frotte les yeux. Cela va faire une semaine que, tous les jours, j'ai du mal à me réveiller. Je passe mes nuits à consulter des bases de données, pour ne pas penser à mon Assignation qui se profile. Plus j'y songe, plus j'ai peur…

Je demande à ma sphère de sommeil de s'ouvrir. La fraîcheur qui m'enveloppe soudain termine de me réveiller. Je me lève et saisis ma combinaison pour m'habiller tandis que mes chaussures s'enfilent à mes pieds, puis je descends au rez-de-chaussée en attrapant une boîte de Nanos au passage. Dans l'escalier, je regarde si quelqu'un a essayé de communiquer avec moi pendant la nuit, Isaak par exemple.

Mais non, il n'y a rien.

Je suis un peu déçue. Mon ami ne me parle plus beaucoup depuis quelques jours. J'ai bien essayé de savoir ce qui le tracasse, mais il reste fermé. Je suppose qu'il doit être aussi angoissé que moi par l'Assignation, même s'il le montrait moins jusque-là. Toutefois, il n'y a pas que ça : il m'évite. Je vois bien que quelque chose le dérange chez moi, et cela me peine...

En bas, je retrouve mes parents, qui se fixent sans bouger de part et d'autre de la table de la cuisine. Un léger rictus étire les lèvres de ma mère, signe qu'ils sont en pleine discussion. Je me connecte aussitôt à leur conversation. Elle tourne encore autour du même sujet : moi et mon Assignation...

Mon père tourne la tête dans ma direction et me sourit.

– C'est demain, Lyah...

Je hausse les épaules sans répondre et me connecte à la maison pour lancer une chanson.

– J'ai cherché ta puce enfantine ce matin, poursuit mon père.

– Sais-tu où elle est ? renchérit ma mère. Nous allons en avoir besoin pour ton Assignation.

Je déglutis, cherchant par tous les moyens à paraître neutre pour ne pas éveiller les soupçons.

– Non, désolée, maman, dis-je.

Mon père prend un air rassurant.

– Ne t'inquiète pas, Enya. Je suis sûr qu'elle est quelque part dans la maison.

Une fois mon petit-déjeuner terminé, je file dans ma chambre au lieu de partir directement pour l'Union. Je récupère cette fichue puce et la fourre dans ma poche intérieure : hors de question de prendre le risque que mes parents la retrouvent quand je serai en cours...

Dès que je suis à l'extérieur, je souffle un bon coup. J'ai réussi à ne rien leur dire. Je ne sais pas comment j'y arrive : cela me fait tant de peine de leur cacher quelque chose... Mon père et ma mère sont les seuls dans ce monde à être si importants à mes yeux. Même si on nous enseigne que nous comptons tous les uns et les autres, même s'ils ont du mal à me comprendre parfois, dans mon cœur, ce sont les premiers. Ils sont au-dessus de tout. Et je leur ai menti...

Je soupire sur mon transporteur et ravale mes larmes en relevant le menton quand, soudain, mon Andi me signale une demande de connexion. Je retrouve le sourire.

CONNEXION ÉTABLIE

– Isaak ?

– Lyah, où es-tu ? Je suis devant chez toi.
– Je suis déjà partie, rejoins-moi près de la colline.
– Très bien, j'arrive.

Je ralentis mon transporteur jusqu'à m'arrêter pour attendre mon ami. J'ai hâte de lui parler : peut-être sera-t-il enfin disposé à répondre à mes questions à propos de ce qui le tracasse ?

Quelques secondes plus tard, il apparaît à son tour au sommet de la colline et immobilise son transporteur. Il se place devant moi, les lèvres pincées. J'hésite, puis finis par oser l'interroger :

– Tu es fâché contre moi ?
– Non, me répond-il.
– Alors, pourquoi tu m'évites ?

Il soupire avant de m'avouer :

– J'ai peur.

Je hausse un sourcil, intriguée.

– De quoi ?
– C'est difficile à expliquer.
– Essaie toujours.

Il secoue la tête. Je me gratte la nuque, déçue qu'il paraisse si mal à l'aise avec moi. Soudain, il me lance :

– Es-tu prête, toi ?

Je comprends à quoi il fait référence sans qu'il ait besoin de l'expliciter : l'Assignation… C'est cela qui l'inquiète, alors ?

– Je ne sais pas si je suis prête, réponds-je. Nous verrons bien…
– Lyah, je sais bien que tu veux être Cultivatrice, tu n'as pas à te cacher avec moi… mais notre vie va changer, tu es prête à ça ?

Il est rare qu'Isaak s'ouvre à moi sur des questionnements aussi profonds. Je ne pensais pas qu'il était si angoissé par l'Assignation lui aussi. Son Andi dissimule ses yeux noisette, et je le regrette à cet instant : j'aimerais me plonger dans son regard pour me sentir davantage reliée à lui.

Ses pensées me révèlent brièvement l'image de son père. L'un des très rares Chercheurs de la zone… Je comprends ce qui peut inquiéter Isaak : lui qui aime tant les activités physiques ne veut sans doute pas se retrouver piégé dans une carrière uniquement basée sur des tâches intellectuelles…

– Je ne suis pas très rassurée non plus, dis-je.
– De quoi as-tu peur ? De la personne avec qui tu vas être assignée ou de ta tâche ? me demande Isaak.

Il enlève enfin son Andi, révélant des traits soucieux.
— Je crois que c'est un peu des deux, admets-je. J'ai peur de ne pas devenir Cultivatrice… mais que se passera-t-il si je ne m'entends pas avec l'homme à qui je serai liée pour le restant de mes jours ?

Une brise me donne un frisson. Isaak grimace.
— Ce n'est pas possible, affirme-t-il. Personne n'a jamais été déçu.
— Et si je n'ai pas d'assigné ? paniqué-je. S'il y a plus de femmes que d'hommes ? Je finirai peut-être seule !

Isaak éclate de rire.
— Tu te doutes bien que ces cas se sont déjà produits et que des solutions ont été trouvées pour régler ces problèmes. Tu auras un assigné, qu'il soit de cette zone ou d'une autre, c'est certain.

Les propos de mon ami me rassurent un peu… mais je prends conscience une fois de plus que je ne sais pas vraiment comment fonctionne l'Assignation. Il n'y a que très peu de bases de données sur ce sujet, alors qu'il devrait y en avoir des centaines. C'est le moment le plus important de notre existence, et il est entouré de tant de secrets… Je crois que c'est surtout ça qui me gêne : je n'aime pas l'inconnu.

Isaak, lui, semble disposer d'un peu plus d'informations : ce n'est pas la première fois que j'obtiens des précisions sur l'Assignation grâce à lui. Je fronce les sourcils, et il tend son doigt devant lui :
— Imagine-toi que cet arbre, c'est toi. Le tronc, ce sont tes capacités physiques, et les feuilles, ton intellect. Tout cela te permet de grandir, mais il te faut autre chose pour y arriver, non ?
— Oui, de l'eau et du soleil, répliqué-je sans trop savoir où il veut en venir.
— Voilà. Maintenant, imagine-toi que l'eau, ce sont mes capacités physiques, et le soleil, mon intellect. Ensemble, nous formons un accord parfait.

Je grimace, surprise par cette métaphore qui ne lui ressemble pas.
— C'est ton père qui t'a raconté tout ça ?

Isaak hoche la tête. Je m'en doutais… Son père, Wil, est Chercheur, c'est donc logique qu'il sache trouver les bons mots pour expliquer l'Assignation.
— Nous serons rattachés à une personne qui nous aidera et que nous aiderons en retour. C'est une perspective enthousiasmante, non ?

Je pince les lèvres. J'ai cette voix dans ma tête qui me susurre des questions dérangeantes. Et si cela ne me plaisait pas ? Et si l'Assignateur faisait une erreur ?

– Comment peux-tu savoir que personne n'est déçu ? demandé-je à mon ami.

– Tu as déjà entendu parler de quelqu'un qui le serait ?

– Non, c'est vrai...

– L'Assignation nous rendra meilleurs, j'en suis convaincu. L'Assignateur nous connaît mieux que nous-mêmes, il nous attribuera une tâche et un partenaire qui nous permettront de nous révéler. Tout ce que je souhaite, Lyah, c'est que tu sois heureuse, avec ou sans moi.

Je reste stupéfaite.

– Que veux-tu dire, Isaak ? Pourquoi « sans toi » ?

Il se renfrogne et me détaille.

– Que sais-tu sur l'amour ? me demande-t-il.

Je me pince les lèvres. Ce sujet m'a toujours intriguée, j'ai mené beaucoup de recherches à ce propos dans des bases de données et en regardant des vieux films. Mais je préfère m'en tenir à ce qu'Athia nous répète en cours dans ma réponse à Isaak :

– C'est un sentiment qui nous rend faibles. Il fait obstacle à notre logique et nous pousse parfois à commettre l'irréparable. Avant Community, il y a même eu des meurtres au nom de l'amour !

– C'était parce que les humains du passé n'avaient pas l'Assignation. Quand je te vois, je suis heureux d'être avec toi, et j'aime être à tes côtés. En quoi cela fait-il de moi une personne faible ?

– Mais ce n'est pas de l'amour, ça. C'est... de l'affection.

– Alors, pourquoi est-ce que je pense tous les jours à toi, si ce n'est pas de l'amour ? Et pourquoi, même si nous ne sommes pas assignés ensemble, je ne serai pas triste ? Parce que tout ce que je veux, c'est ton bonheur.

Je me fige, incapable de répondre. Nous nous dévisageons quelques secondes. Petit à petit, une idée germe dans mon esprit. Isaak m'a évitée ces derniers temps : est-ce parce qu'il a peur que l'Assignateur nous sépare ? Captant ma pensée, il répond :

– Je voulais prendre un peu de recul, voilà tout.

– Pourquoi ?

Il soupire.

– Je... commence-t-il avant de s'arrêter.

Il m'observe du coin de l'œil, hésitant, avant de reprendre :

– Si nous ne sommes pas assignés ensemble, j'aurai de la peine.

Sur ce, il regagne son transporteur sans un mot de plus. Pour ma part, je reste en arrière, étourdie par ce qu'il vient de me dire.

— Nous verrons bien demain, de toute façon, ajoute-t-il.

Je hoche la tête, les pensées trop incohérentes pour les adresser à mon ami en train de replacer son Andi sur son visage. Je le perçois maintenant d'un autre œil : je ne pensais pas qu'il m'appréciait à ce point, et cela me perturbe. Je n'avais jamais vraiment songé à la possibilité que nous soyons assignés ensemble, moi. Ce qui m'inquiète le plus, ce n'est pas la personne avec qui je vais être, mais la tâche que je vais devoir accomplir... Mais peut-être que j'angoisse parce que, justement, je n'ai qu'une vision partielle du problème ?

En tout cas, Isaak a raison sur un point : nous sommes si proches depuis tant d'années que si nous devons passer le reste de notre vie ensemble, j'en serai heureuse.

9

Pendant le reste du trajet jusqu'à l'Union, Isaak et moi n'échangeons pas une seule pensée. Peut-être par gêne ? Devant l'imposant bâtiment en verre, nous laissons nos transporteurs puis pénétrons dans le hall. Machinalement, je consulte les messages qui s'affichent un peu partout sur les écrans. Celui que délivre une jeune femme souriante fait augmenter un peu plus ma tension.

ASSIGNATION T6. SI VOUS AVEZ ATTEINT L'ANNÉE DE VOS VINGT ET UN ANS, MERCI DE VOUS PRÉSENTER AU CENTRE DE RECHERCHE DE VOTRE ZONE DEMAIN. NE MANQUEZ PAS LA JOURNÉE DE VOTRE VIE !

Je me mords l'intérieur de la joue et jette un coup d'œil à Isaak. Il poursuit son chemin comme moi, la tête en l'air à observer les affichages numériques. Dans l'ascenseur, il se connecte avec deux autres camarades pour discuter de l'Assignation de demain. Je coupe la communication, ne souhaitant pas participer à une énième conversation à ce sujet, et je rejoins la salle de cours en vitesse dès que les portes de la cabine s'ouvrent au bon étage. Comme toujours, je m'assois tout à droite de la troisième rangée, et Isaak se place à côté de moi. Face à nous, Athia attend patiemment que nous prenions place. Ma vue se bloque sur l'éprouvette brodée sur ses épaulettes bleues. Cette distinction identifie les Chercheurs renommés, ceux qui ont inventé quelque chose qui a bouleversé notre façon de vivre.

Nous sommes nombreux à avoir demandé à notre enseignante quelle est la technologie qu'elle a mise au point, mais elle n'a jamais voulu le révéler. Tout ce que l'on sait, c'est qu'elle l'a conçue dans les premières années qui ont suivi son Assignation...

Quand tout le monde est prêt, elle lance une connexion de groupe pour la classe.

– Bonjour à tous ! nous salue-t-elle. Je sais que certains d'entre vous seront assignés demain, et je me doute bien que vous serez un peu moins concentrés aujourd'hui. Mais je compte sur vous pour rester attentifs pendant ce cours sur la monnaie.

Je soupire. Encore un cours sur la monnaie ? Je n'ai pas envie de m'ennuyer et j'hésite presque à me lever pour aller dans une autre salle. De toute manière, mon Assignation aura lieu demain : est-ce si grave si je manque une classe rien qu'une fois ?

Je me fige soudain quand Athia s'adresse à moi :

– Lyah, je souhaiterais te parler à la fin de l'heure.

Comment a-t-elle su que j'envisageais de m'en aller ? Je hoche la tête, penaude. Me voilà piégée, je ne vais certainement pas quitter la salle maintenant...

Les autres élèves me dévisagent. Athia m'accorde régulièrement une attention particulière, comme aujourd'hui, et au bout d'un moment, ils ont fini par le remarquer. Je ne cherche pas à me mettre en avant, pourtant...

Notre professeure parle de télévisions, de meubles, de vêtements achetés grâce à la monnaie. Je soupire. Dans mon esprit, c'est la perspective de l'Assignation qui prend le dessus sur toute autre pensée, une fois de plus.

★★★

Lorsqu'arrive la fin du cours, la voix d'Isaak s'infiltre dans ma tête.

– On se rejoint pour déjeuner ? me propose-t-il.

– Oui... acquiescé-je avant de reporter mon attention sur Athia.

Mon ventre se contracte. J'appréhende ce qu'elle va me dire...

Isaak capte mon angoisse et tente de me rassurer :

– Ne t'inquiète pas, elle ne va pas te manger. C'est interdit de consommer de la viande.

Sa plaisanterie me fait sourire. Il me le rend, puis se lève et sort de la classe. Je prends une profonde inspiration tandis qu'Athia referme toutes ses pages de cours sur l'écran mural. Puis je me connecte à elle.

— Athia, je tiens à m'excuser, je ne sais pas ce qui m'a pris de vouloir quitter ton cours, lui dis-je.

Elle se retourne et me fixe. Son expression est impénétrable. Il se passe plusieurs secondes avant qu'elle ne se décide à me répondre :

— Je te sens nerveuse depuis quelques jours. Je me doute bien que ton Assignation en est la cause. Tu as un esprit vif et qui tourne beaucoup : tu me fais un peu penser à celle que j'étais plus jeune. Je ne t'en veux pas pour ton comportement d'aujourd'hui, je voudrais surtout d'aider. Est-ce qu'il y a quelque chose qui te contrarie ?

J'hésite. Je pourrais tout lui dire, lui confier mes questions au sujet de ce jour si important pour mon avenir et de cette puce enfantine que j'ai dissimulée. J'aurais peut-être des réponses… Mais avant que je ne me décide à m'ouvrir à elle, elle ajoute :

— Tu ne dois pas remettre en cause la communauté. Nous nous aidons les uns les autres. Dès demain, tu prendras dans la société la place à laquelle tu pourras le plus contribuer au bien-être commun. Tu y seras parfaite.

Sa dernière phrase me fait tiquer.

— Tu sais ce qui m'attend ? m'étonné-je.

— L'Assignation est pour ton bien et pour celui de tous, affirme-t-elle sans vraiment répondre à ma question.

Je me gratte la nuque, pile là où se trouve la cicatrice que m'a laissée l'implantation de mes puces successives. Subitement, je n'ai plus très envie de me confier à Athia. Il me reste encore une journée à supporter mes questionnements, ce n'est pas insurmontable…

Elle me jauge. Je l'examine tout autant. Ses cheveux gris sont relevés en un chignon lâche, qui laisse quelques mèches se perdre autour de ses joues. Je m'apprête à lui demander si notre entrevue est terminée quand elle s'approche de moi et me révèle :

— Je vais te faire une confidence. Le jour de mon Assignation, on m'a nommée Chercheuse, mais ce n'est pas ce que je voulais devenir. Malgré tout, j'ai accepté mon rôle et, peu de temps après, j'ai développé une technologie pour toute la communauté. Et alors, j'ai compris que l'Assignation m'avait placée là où il fallait, même si je ne l'ai pas perçu tout de suite.

Mes lèvres tremblent. Je n'aurais jamais imaginé que Chercheuse n'était pas sa vocation initiale… mais surtout, je me demande pourquoi elle me raconte cela. Essaie-t-elle de me préparer à une déception ? Mais comment saurait-elle ce qui m'attend ?

— Que souhaitais-tu devenir ? lui demandé-je.

Elle pouffe en replaçant une mèche de ses cheveux derrière son oreille.

— Constructrice, me répond-elle. J'étais douée avec mes mains pour confectionner tout un tas de choses... mais jamais avant l'Assignation je n'avais pensé à les imaginer.

Je lui rends un faible sourire avant de lui répondre :

— J'espère être Cultivatrice, comme ma mère.

Mon enseignante fronce les sourcils.

— Et si tu ne le deviens pas ?

Je passe ma main sur ma nuque, nerveuse. Je n'aime pas songer à cela.

— Je ne veux pas finir Distributrice. Je ne dis pas que ce n'est pas bien, mais je crois que ça ne me plaira pas. Je préfère m'occuper de la terre.

— Oui, j'ai conscience que tu passes ton temps libre à aider ta maman. Mais quoi qu'il arrive, accepte la décision de l'Assignateur, car ce sera pour ton bien et celui de tous.

Je me renfrogne mais me force à renchérir :

— Pour le bien de tous, oui.

— Oui. Mon esprit est le tien.

Cette phrase sonne la fin de notre conversation.

— Et mes pensées sont les tiennes, complété-je.

Athia me sourit, puis redresse la tête. Son regard se perd dans le vide. Voilà, elle a disparu dans les méandres de Community... Elle n'est déjà plus avec moi.

Je soupire et quitte la salle de cours sans demander mon reste.

10

Après le déjeuner, je rentre chez moi ; avec ce qui m'attend, ma mère m'a prévenue que je n'avais pas besoin d'aller travailler sur ma parcelle aujourd'hui.

Isaak a été adorable avec moi, il m'avait déjà préparé une assiette lorsque je suis arrivée à la cafétéria. Il s'en veut certainement de ne pas m'avoir parlé pendant une semaine… Nous avons mangé tous les deux et conversé au sujet de l'Assignation de demain, dans l'espoir de nous rassurer mutuellement, je suppose. Mon ami a fait tout son possible pour ne pas me montrer qu'il est nerveux. Isaak a toujours été comme ça, il prend soin des autres, mais lorsqu'il s'agit de lui, il s'oublie.

Sauf avec moi.

Même si certaines de nos discussions peuvent aller à l'encontre de ce qu'on nous apprend, nous nous sommes promis de toujours nous dire ce que l'on ressentait. Ne pas lui avouer que j'ai dissimulé ma puce enfantine va à l'encontre de cette promesse. Sauf que je n'ai pas le choix. Je ne peux pas risquer qu'on découvre que je l'ai cachée.

En apercevant la maison, mon estomac se noue. Je n'ose pas faire apparaître une porte. Je sais que mes parents ne travaillent pas cet après-midi non plus… Je grimace, souffle un bon coup avant d'entrer enfin. Mes parents ne sont pas dans le séjour. J'active Community pour leur parler.

CONNEXION ÉTABLIE
— Papa ? Où êtes-vous ?
— Lyah ! Tu viens de rentrer ? Nous sommes à l'étage, dans notre chambre.

Je monte l'escalier en avalant les marches deux à deux. L'éclairage s'intensifie à mon passage. Une fois sur le palier, j'entends ma mère dans mon esprit. Elle semble préoccupée.
— Comment est-ce possible ? Nous l'avions bien rangée ici, non ?
— Calme-toi, nous allons finir par la trouver.
— C'est demain, Anton. Lyah ne peut pas aller à son Assignation sans sa puce enfantine !

Je me crispe devant la porte ouverte de la chambre de mes parents.
— Est-elle vraiment nécessaire ? osé-je.

Ma mère, à genoux, pivote la tête vers moi. Des boîtes sont éparpillées autour d'elle, leur contenu étalé sur le sol. Elle me dévisage, et ses épaules s'affaissent.
— Je ne sais pas, ton père et moi avons juste reçu un message nous indiquant que chaque futur assigné doit venir avec sa puce enfantine.

Mes mains deviennent moites. Ma mère replonge dans ses recherches.
— Vous la retrouverez, n'est-ce pas ? lâché-je.

Mentir à mes parents me brûle la poitrine. Je me sens si coupable que je préfère sortir de la pièce tandis que mon père hoche la tête, convaincu que ma mère et lui remettront la main sur ma puce avant ce soir. Mais je ne vais pas craquer, je dois encore tenir le coup une nuit. Juste une nuit. Et demain, en l'absence de ma puce enfantine, l'Assignateur sera bien obligé de me demander mon avis quant à ce que je souhaite devenir... En tout cas, j'essaye de m'en convaincre en filant dans ma chambre. Je dis à mes parents que je vais étudier, puis je coupe la connexion pour ne pas me trahir par une pensée volatile.

Une fois dans ma bulle de sommeil, je cherche une base de données sur notre civilisation ainsi que sur la Terre elle-même, histoire de me changer les idées. Pourtant, l'idée que nous ne sommes qu'un petit grain de sable à l'échelle de l'âge de notre planète, que plusieurs extinctions de masse ont bouleversé la biosphère, n'est pas vraiment de nature à me remonter le moral... Cependant, je préfère connaître la vérité, la comprendre, que de rester dans l'ignorance.

Au bout de plusieurs heures, mon cerveau commence à fatiguer, et c'est sans peine que je clos les paupières.

★★★

Mes yeux s'ouvrent brusquement, et je suis envahie par la panique. Je scrute l'obscurité autour de moi, encore embrumée par mon rêve. Il me faut quelques secondes pour réaliser que je ne suis pas perdue dans l'espace et sans oxygène, mais dans ma bulle, bien au chaud. Je me redresse et me frotte les yeux. Je crois que mon esprit est trop tendu en ce moment. Je n'ai jamais fait de cauchemars si terrifiants.

Community se met en marche, et je fais disparaître la galaxie affichée par ma bulle de sommeil pour dévoiler ma chambre.

OPACITÉ 20%

Les murs deviennent transparents dans la foulée, et je peux assister au lever de soleil. La vision de la nuit laissant timidement place au jour est si belle… Elle s'offre à moi tous les matins, et pourtant, je ne prends pas souvent le temps de la contempler. Les soucis du quotidien me font oublier que je vis dans un univers si grand et si époustouflant… Mes tracas paraissent bien insignifiants en comparaison.

Mon amertume refait soudain surface. Aujourd'hui n'est pas un jour comme les autres… J'ordonne l'ouverture de ma bulle de sommeil et affronte la fraîcheur de la chambre. Pieds nus, je fais un pas vers mon armoire pour en sortir la combinaison que je portais hier – dans la nuit, elle a été lavée automatiquement. Je tapote ma poche intérieure et y sens la capsule qui piège ma puce enfantine. Mes parents ne l'ont pas trouvée… Cela me rassure. Du moins, autant que cela est possible alors que mon Assignation est imminente…

11

Je m'habille en silence. Mon Assignation aura lieu à midi, mais je dois être au Centre bien avant. Je vais donc passer ma matinée dans les souterrains et j'en ai déjà des sueurs froides. Je ne sais même pas si mes parents vont m'accompagner.

En pensant à eux, je me triture les doigts. Ma mère a certainement cherché toute la nuit ma puce enfantine… Je m'en veux. J'aurais pu mentir, dire que j'avais perdu ma puce pour leur éviter de gaspiller tout ce temps. Mes sourcils se froncent. Ma manière d'agir me dérange, mais d'un autre côté, je préfère garder le contrôle sur ce qui se passe. Si j'avais divulgué mes inquiétudes à mes parents, je ne sais pas comment ils auraient réagi…

Tout en enfilant mes chaussures, je me convaincs que j'ai fait le bon choix en cachant ma puce. De toute façon, dans à peine quatre heures, cela n'aura plus d'importance. Je serai assignée, et mes angoisses seront derrière moi. C'est ce que j'espère, en tout cas.

Je descends dans la cuisine ; mes parents me rejoignent alors que je termine de petit-déjeuner. Ils activent tous les deux une connexion avec moi.

– Tu es bien matinale, me dit ma mère.

J'acquiesce sans rien répondre. Lui avouer que j'ai fait un cauchemar serait lui donner une raison de me faire la morale une fois de plus et de me pousser à utiliser les protocoles de sommeil…

– Avez-vous retrouvé ma puce ? me forcé-je à demander.

Ma mère baisse la tête, déçue. La réponse, je la connais déjà, mais je dois au moins faire semblant que le sujet m'inquiète.

– Non, nous allons parler à l'Assignateur. Il…

Sous l'effet du stress, les pensées de ma mère s'emmêlent. Mon père prend le relais :

– Il sera compréhensif, j'en suis certain. Nous lui expliquerons la situation.

Je préfère ne pas creuser le sujet et file débarrasser mon assiette dans le compresseur. Je l'observe en lévitation dans le tube quelques secondes avant qu'elle disparaisse dans les profondeurs.

– Nous t'accompagnons, nous serons prêts dans cinq minutes, poursuit mon père.

Les questions fusent dans mon esprit – et le sien – sans que je puisse les retenir.

– Est-ce qu'il y aura d'autres parents ? Est-ce que vous assisterez à mon Assignation ? Est-ce que je reviendrai à la maison ensuite ?

Mon père me fixe, soucieux, avant de me sourire.

– Tu ne seras pas seule pour l'annonce de ton Assignation, nous serons là, me révèle-t-il. C'est aussi un moment important pour les parents.

Ma gorge se noue. Mes parents eux aussi avaient des parents avant leur Assignation : où sont-ils maintenant ? Les seules fois où j'ai voulu aborder le sujet, papa et maman l'ont évité. Parfois, même, ils n'ont pas compris mes questions. Alors j'ai abandonné, me disant que je réfléchissais bien trop. J'en ai juste conclu que mes « grands-parents », comme on les appelle dans les vieux films, habitaient loin d'ici. Mais avec ma propre Assignation, ces interrogations refont soudain surface.

Ma mère ose un regard vers mon père. Je la dévisage, ne comprenant pas son expression.

– Au préalable, tu vas devoir passer un moment seule avec l'Assignateur, me dit papa.

– Pourquoi ?

– C'est une simple formalité, il va t'expliquer comment il est arrivé à définir ton rôle pour la société.

– C'est un moment important, Lyah, ajoute ma mère. Il va te donner tes qualités et tes défauts. Cette entrevue, chaque assigné s'en souvient.

Je déglutis, ne sachant pas vraiment à quoi m'attendre. De toute façon, je n'ai pas le choix.

– Merci de me donner ces précisions, lâché-je.
– Ne t'inquiète pas, tout ira bien, m'assure mon père.
Je soupire. J'espère qu'il a raison…

Je me sens nauséeuse, tout d'un coup. Ma poitrine me serre, j'ai besoin d'air. Je songe à ce qui m'attend : toute cette journée va être un calvaire à des kilomètres sous terre. Tout ce que je déteste…

– Je vais patienter dehors, décrété-je.

Mes parents me détaillent, compréhensifs. Moi, j'ai déjà l'impression d'étouffer.

★★★

En transporteurs, nous rejoignons une entrée pour les souterrains à quelques centaines de mètres de chez nous. J'aurais espéré apercevoir Isaak, mais il n'est nulle part en vue. Je ne sais pas comment il vit ce jour de son côté… Malgré tout, je ne cherche pas à le déranger en me connectant à lui via Community : je le retrouverai de toute manière dans moins d'une heure.

Mon père entre en premier dans le tube en verre planté au milieu de nulle part, suivi de ma mère et moi. La cabine ne fait même pas quatre mètres carrés… Je déglutis, nerveuse. Papa tapote ensuite sur la paroi en verre. Mon cœur s'emballe. J'ai soudain chaud et envie de vomir. Le sol vire au rouge, ce qui ne me rassure absolument pas. Nos chaussures s'y aimantent ; je n'ai plus le choix, je ne peux pas fuir, je ne peux plus bouger les pieds. Je lance un coup d'œil à ma mère, anxieuse. Elle me sourit comme si j'avais 5 ans, devinant à quel point je crains toujours ce moment. Puis, brutalement, l'ascenseur chute dans les profondeurs. La sensation me prend aux tripes. Mon cœur se soulève dans ma poitrine, et j'ai du mal à trouver de l'air. Heureusement, en moins de cinq secondes, nous sommes déjà arrivés. Je prends une grande inspiration, tremblante. Mes parents, eux, ont l'air parfaitement sereins. J'ai tellement de mal à comprendre comment ils arrivent à tenir le coup…

– Ça me réveille tous les matins ! rit mon père.
– Je déteste cette sensation, grogné-je.
– Le secret, c'est de contracter le ventre, me conseille ma mère. Tu ressens moins la chute.

Ce n'est pas la première fois qu'elle me donne cette astuce, mais je suis bien trop paniquée à chaque fois pour l'appliquer.

COMMUNITY

Le sol redevient vert, et nos chaussures sont libérées ; la paroi en verre s'efface, nous permettant d'accéder à un large corridor dans lequel beaucoup de personnes circulent déjà malgré l'heure matinale. Ma mère sort en premier, et nous nous dirigeons vers la gare. La roche est visible derrière certains murs en verre ; je déglutis et tente de dissimuler mes mains qui tremblent. Je veux juste sortir de là... J'hésite presque à mettre mon Andi pour écouter de la musique et essayer de me détendre, mais mon père me fait presser le pas.

— Une navette arrive, dépêchez-vous ou nous allons la manquer ! s'exclame-t-il.

Sur le quai, nous sommes pris dans une foule de Chercheurs, Constructeurs et Distributeurs, tous en route vers leurs tâches quotidiennes. Une navette entre en gare ; mon visage se crispe, et je place mes mains sur mes oreilles. Elle fait un bruit si strident... et je suis apparemment la seule qu'il trouble. Les aigus me vrillent presque les tympans. Je me demande si ce n'est pas cela qui rend tout le monde sourd, en réalité.

La navette s'immobilise, et je la détaille. Je ne la prends que très rarement. Noire et fuselée, son nez est si pointu que je pourrais me couper le doigt dessus comme avec une aiguille. Elle mesure un mètre cinquante de haut seulement, mais sa largeur est bien plus importante.

Mon père pivote vers moi dès que la passerelle devient verte. Les portes s'ouvrent, et nous nous enfonçons à l'intérieur de l'engin. Nous sommes recroquevillés sur nous-mêmes pour avancer dans le couloir, et je déteste ça. Je peine à respirer correctement, j'ai envie de faire demi-tour. Les larmes au bord des yeux, je suis mon père jusqu'à ce qu'il me désigne un fauteuil allongé.

— Assieds-toi là.

Je m'installe, et le siège bascule à l'horizontale. Mon corps ne cesse de trembler. Ma mère, installée de l'autre côté du couloir, me rappelle à l'ordre.

— Harnache-toi bien, Lyah !

J'acquiesce ; au même moment, des consignes de sécurité me parviennent via Community.

BIENVENUE À BORD DU SILLIUS 4414 EN DIRECTION DU CENTRE T6. LE DÉPART EST PRÉVU DANS CINQ MINUTES. MERCI DE VOUS SANGLER LES PIEDS À L'AIDE DES CEINTURES UN ET DEUX, LE BASSIN AVEC LES CEINTURES TROIS ET QUATRE, ET LE BUSTE AVEC LES CEINTURES CINQ ET SIX. MERCI DE PLACER

LE MASQUE À VOTRE GAUCHE SUR LA TOTALITÉ DE VOTRE VISAGE. LORSQUE CELUI-CI EST ACTIF, PRESSEZ LE BOUTON VERT À LA DROITE DE VOTRE SIÈGE.

Je m'attache, me penche pour trouver mon masque et le mets. Je me sens un peu mieux en inspirant l'oxygène qu'il diffuse. Son écran me projette l'image d'une femme qui me donne ses instructions en boucle. J'appuie ensuite sur le fameux bouton vert ; je suis tout de suite clouée dans mon siège. Je me crispe. Les ceintures se serrent au maximum, mon masque se colle à mon visage. Je panique soudain, je ne peux plus bouger.

NOUS ALLONS PARCOURIR 680 KM SOUS TERRE À UNE VITESSE DE 2000 KM/HEURE. À VOTRE ARRIVÉE, LE DOSSIER DU SIÈGE VOUS ADMINISTRERA UNE DOSE D'ANABOLISANTS AFIN DE VOUS AIDER À RETROUVER L'USAGE DE VOS MEMBRES.

Je déglutis. Je n'aime pas ça, je déteste cette sensation d'être prise au piège d'une procédure que je ne maîtrise pas.

ENSEMBLE DES VOYAGEURS VALIDÉS. DÉMARRAGE DANS CINQ SECONDES.

Quoi ?

CINQ

J'ose un coup d'œil vers mon père, apeurée. Il est bien enfoncé dans son siège et ne me regarde pas.

QUATRE

Ma mère non plus ne s'occupe pas de moi.

TROIS

Je ferme les yeux, paralysée autant physiquement que psychologiquement.

– Papa ? J'ai un peu peur…
– Ne t'inquiète pas, Lyah, tout va bien se passer.

DEUX

Je déglutis avec peine.

UN

DÉSACTIVATION DE COMMUNITY

La navette bondit en avant.

12

12

La navette va si vite que ma vision se trouble. Mes membres plaqués contre mon siège par l'accélération me font mal. Mon casque m'affiche le trajet que nous suivons, mais je suis trop perturbée pour y prêter attention. J'essaye juste de me réfugier quelque part dans mon esprit pour oublier ma terreur.

Au bout de ce qui me semble être une éternité, la navette ralentit enfin. Je reprends un peu mieux mon air ; mon masque diffuse toujours de l'oxygène en continu. Mes membres sont si crispés que j'ai le sentiment d'être congelée. Je cherche à bouger mes mains, c'est impossible. J'essaie de tourner la tête, sans succès. Soudain, une douleur foudroyante transperce mon dos. Je gémis.

Sur l'écran de mon casque, une représentation graphique de mon corps s'affiche. Le siège passe ce dernier au crible, scannant chacun de mes membres un à un. Les zones grises deviennent vertes au fur et à mesure.

Je me sens épuisée et groggy, mais la sensation se tarit progressivement. Mon fauteuil vient de m'injecter un cocktail d'anabolisants, je crois… Les ceintures qui m'entravent se desserrent. Je peux à nouveau tourner la tête. Je jette un regard à ma droite et observe mon père. Il m'adresse un sourire, que je lui rends comme je le peux : ma mâchoire est encore un peu contractée. Community n'ayant toujours pas été réactivée, nous ne pouvons pas encore communiquer. En attendant, j'ôte la ceinture qui bloque mon buste, puis toutes les attaches les unes après les autres. Les autres passagers font de même dans un silence de plomb. C'est si étrange de ne pas percevoir de communications autour de moi… Je me sens seule au monde, tout d'un coup. Heureusement, cet isolement est de courte durée.

C.O.M.M.U…
C.O.M.M.U.N.I…
C.O.M.M.U.N.I.T.Y.
ACTUALISATION DE VOS DONNÉES PERSONNELLES EN COURS
COMMUNITY ACTIVÉE AVEC SUCCÈS

Je retire mon masque alors que des bribes de conversations commencent à flotter à la frontière de mon esprit. Mes parents lancent aussitôt une connexion à trois.

— Tu vas bien, Lyah ? s'inquiète ma mère.

Je grimace.

— C'est vraiment une sensation désagréable.

— Oh ! on s'y fait, tu sais.

Mon père pouffe. Je hoche la tête sans grande conviction. La seconde suivante, les portes de la navette s'ouvrent. Mes parents laissent passer les voyageurs les plus pressés. Je suis le mouvement sans savoir à quoi m'attendre. Je ne suis jamais allée au Centre de notre Zone : l'implantation de ma puce adulte s'est faite à l'Union directement.

Une fois sortis de la navette, mes parents lèvent les bras en l'air pour s'étirer un peu. Moi, je n'y parviens pas. Les milliers de panneaux diffusant des messages accaparent mon attention. J'ai l'impression d'avoir tout juste pénétré dans une tour d'écrans. La hauteur sous plafond de ce hall est si impressionnante. Combien d'étages comporte le Centre ? Cinquante ? Cent, peut-être ? Et moi qui trouvais que l'Union était impressionnante…

Je fais quelques pas en avant, entourée par l'écho télépathique de dizaines de conversations. Ça grouille de monde, ici. Je ne suis pas habituée à ce qu'autant de connexions soient possibles dans un si petit espace.

— Te souviens-tu du niveau où nous devons nous rendre ? demande mon père à ma mère.

— Non, mais regarde, il y a un message à ce sujet.

Je les laisse converser, demandant pour ma part à mon Andi de m'afficher un plan du bâtiment. Je suis bien trop curieuse de découvrir sa structure. J'apprends ainsi qu'il est doté de cent cinquante-deux niveaux occupés par les travailleurs en fonction de leur groupe de tâches. Les Cultivateurs disposent des étages au-dessus de la surface, ceux immédiatement en dessous sont réservés aux Distributeurs, puis viennent les ateliers des Constructeurs et enfin les laboratoires des Chercheurs. Chacun contient des habitations, des cantines, ainsi que des salles de travail. Le rez-de-chaussée regroupe la gare centrale, la salle de conférences et l'aile d'Assignation.

Cela m'impressionne d'avoir une telle architecture sous les yeux, surtout creusée dans la roche. Les plans défilent sur mon Andi, me laissant pantoise.

– Lyah !

Je retire mon Andi et cherche mes parents du regard.

– C'est par ici, dépêche-toi, s'il te plaît, m'ordonne mon père.

Je le suis en direction d'une issue sur notre droite. Mon sang bat à mes tempes tandis que l'enjeu de la journée qui m'attend se rappelle à moi…

Le couloir que nous empruntons est plutôt vaste : une partie est réservée aux personnes se déplaçant en transporteurs et une autre à tous ceux qui, comme nous, utilisent les tapis de circulation. Mes parents réfléchissent à ce qu'ils diront à l'Assignateur à propos de la disparition de ma puce enfantine. J'enfonce mes ongles dans ma paume pour m'interdire de penser à quoi que ce soit la concernant et me force à me concentrer sur les marquages au sol prévenant de l'arrivée d'un transporteur. Je n'ai jamais vu une telle technologie près de chez nous… Nos routes sont en pierre ou en terre, pas en verre comme ici ! Des gens ne cessent de passer à toute vitesse ; la couleur de leurs épaulettes m'indique que la plupart sont des Constructeurs.

Mes parents bifurquent au bout d'un moment sur la gauche. Je les suis sans broncher. Nous nous retrouvons dans une salle plus austère : la lumière n'y est plus aussi vive, et une file patiente devant un guichet.

– C'est bien ici, confirme ma mère.

Je grimace et fouille les personnes présentes à la recherche d'un visage familier. Je remarque qu'il n'y a que des groupes de trois : deux adultes et un jeune. Tous ces gens sont bien présents pour l'Assignation, c'est une certitude…

★★★

COMMUNITY

Cela fait maintenant une heure que nous attendons : après nous être enregistrés au guichet, une hôtesse nous a indiqué que nous devions patienter. La salle s'est remplie lentement : nous sommes à présent plus d'une centaine à être regroupés ici. Mais toujours pas trace de quiconque que je connaisse... Je me demande où est Isaak. Un message est diffusé en continu sur les murs, rappelant le rôle de l'Assignation et les bienfaits de celle-ci. Mon père m'a surprise à lever les yeux au ciel, mais il ne m'en a pas tenu rigueur. Je crois qu'il se doute un peu que tout ceci commence à m'agacer. Je veux juste que cette journée soit enfin derrière moi... Ce n'est qu'une question de temps. Pour la cinquantième fois, je demande l'heure à mon Andi.

10H21

Je soupire.

— Qu'attendons-nous ?

Ma mère pivote vers moi.

— Que tous les futurs assignés soient arrivés. Il y aura ensuite un appel, et tu auras une entrevue avec l'Assignateur.

Je me mords la lèvre inférieure pour ne pas exprimer mon exaspération. J'en ai assez d'être ici, plus cette pièce se remplit et plus je me sens oppressée. Je signifie à ma mère que je vais m'installer sur un siège plus loin pour consulter des bases de données, histoire de passer le temps.

— Ne coupe pas toute connexion, me conseille-t-elle, tu seras appelée dans peu de temps.

Je hoche la tête avant de filer. Une fois bien installée dans un fauteuil en verre, j'ouvre un dossier au hasard sur mon Andi. Tiens, les civilisations antiques... Cela fait longtemps que je n'ai pas approfondi mes connaissances sur le sujet. Cependant, je n'ai pas le temps d'activer ma première recherche qu'une alerte me parvient via Community.

CONNEXION DEMANDÉE / CALEB - MATRICULE 45793147

Je fronce les sourcils. Pourquoi un inconnu cherche-t-il à communiquer avec moi ? Malgré tout, j'accepte la connexion et ôte mon Andi pour voir si une personne présente dans la pièce paraît s'intéresser à moi. Sur ma droite, un jeune homme me sourit.

— Bonjour.

13

Je détaille le jeune homme qui vient de se connecter à moi. Un air taquin, une barbe de trois jours, des yeux bleus… Il me fixe avec un sourire, attendant une réponse de ma part… qui ne vient pas. Je m'égare sur ses taches de rousseur qui lui mangent une partie du visage et ses cheveux châtains qui tombent sur ses yeux. Mon ventre se contracte. Il hausse les sourcils et penche un peu plus la tête vers moi.

– Bonjour ? insiste-t-il.

Je pince les lèvres et le salue enfin en retour :

– Bonjour.

– Tu regardais quoi sur ton Andi ?

Il semble curieux. Sa question me surprend un peu, d'habitude nous ne partageons pas les recherches que nous effectuons via notre masque. C'est personnel…

– Une base de données sur les civilisations anciennes, avoué-je.

Le jeune homme déplie ses genoux, se mettant plus à l'aise dans son fauteuil.

– Tu verras, les Égyptiens sont fascinants. Mais je crois que je préfère les Héridiens. Savais-tu que c'est la civilisation la plus ancienne que l'on connaisse ? Si ma mémoire est bonne, ils ont vécu il y a dix mille ans. C'est énorme !

– Pas en comparaison de l'âge de la Terre, répliqué-je.

Il rit.
— Touché.

Mes lèvres s'étirent. C'est bien l'une des premières fois que je peux avoir ce genre de conversation avec quelqu'un… Et je suis surprise par la décontraction de mon interlocuteur alors que, manifestement, lui aussi attend son Assignation. Il baisse le menton en une sorte de révérence en se présentant :

— Caleb.
— Lyah.

Il me rend mon sourire, puis me demande :

— Tu aimes l'archéologie, alors ?
— Je fais des recherches sur un peu tous les sujets, en réalité. Celui qui me passionne le plus, c'est l'espace.

Les yeux de Caleb s'écarquillent.

— Cela fait un moment que je ne me suis pas plongé là-dedans. Mais j'ai adoré découvrir les galaxies, les étoiles…

Mon étonnement s'approfondit. Pour une fois que je peux discuter de ça avec quelqu'un…

— Quelle est ta constellation préférée ? osé-je.

Caleb se gratte le menton, songeur, puis me répond :

— Je crois que c'est celle du Verseau. C'est là où il y a Orion. J'aime beaucoup ces trois étoiles alignées. Et toi ?
— C'est aussi ma préférée, même si j'aime bien celle du Sagittaire aussi.
— Bof, lâche-t-il, perplexe.

Je pouffe. Ce jeune homme est vraiment surprenant… J'en oublie presque où je me trouve. Il enchaîne :

— Tu as dit que tu te renseignais sur tout, c'est-à-dire ? Tu as consulté combien de bases de données ?

Je secoue la tête.

— Je n'en ai aucune idée.

Caleb pointe du doigt mon Andi.

— Tout est enregistré ici, il suffit de lui demander de t'indiquer le nombre de fichiers que tu as déjà téléchargés. Je peux voir ?

J'acquiesce avant de lui donner. Caleb pose la fine membrane sur ses yeux et plisse le nez.

— Alors… Si je lance la recherche…

Il m'expose en pensées tout ce qu'il fait en grimaçant. Ça m'amuse. J'en profite pour le détailler davantage. Je ne vois pas ses yeux, mais sa mâchoire carrée se crispe. Il se gratte l'arrière de la tête en penchant son visage sur le côté. Quoi qu'il soit en train de découvrir, ça a l'air de le perturber. Quelques secondes plus tard, il retire mon masque, stupéfait.

— Eh bien, je dois dire que je suis surpris, lâche-t-il.
— Pourquoi ?
— Tu as téléchargé plus de dossiers que moi ! pouffe-t-il.

Je le dévisage, curieuse.

— Et c'est une mauvaise chose ?

Il se redresse dans son fauteuil en secouant la tête.

— Non, je pensais juste qu'il n'y avait que moi qui étais obsédé par les bases de données, s'amuse-t-il.

Caleb m'adresse un sourire affectueux. Il m'intrigue. J'ai soudain envie de savoir ce qu'il a téléchargé et de comparer nos recherches. Je n'ai toutefois pas le temps de le lui proposer, car une connexion automatique s'active et une voix grave retentit dans mon esprit.

— Bonjour à tous. Je m'appelle Wil et je suis l'Assignateur de cette zone.

Je cherche du regard l'homme qui vient de s'adresser à l'ensemble des futurs assignés… et je suis stupéfaite de le reconnaître aussitôt, car je le connais bien. C'est le père d'Isaak ! Voilà donc pourquoi mon ami en savait autant sur l'Assignation… mais pourquoi ne m'a-t-il rien dit ? Est-ce que son père lui avait ordonné de garder le secret ? Je me sens trahie. Cela fait des années que je connais Wil, je suis allée chez lui des dizaines de fois enfant pour jouer avec Isaak, et jamais il n'a laissé filtrer quoi que ce soit sur le rôle crucial qu'il jouerait pour notre avenir. Je savais bien que le père de mon ami était Chercheur, mais… je m'étais toujours imaginé que l'Assignateur serait un homme que je n'aurais jamais rencontré. Cela dit, c'est peut-être pour le mieux ? Wil sait que j'ai toujours voulu devenir Cultivatrice, je ne m'en suis jamais cachée. Mais il a sûrement remarqué que, parfois, je ne m'occupais pas de mes parcelles avec autant de sérieux que je le devrais… Ma mère n'arrête pas de s'en plaindre, cela lui est sans doute remonté aux oreilles ! Et je n'ai jamais réussi à le cerner : il m'a toujours paru si froid… Ce n'est pas bon signe, si ?

Je passe d'un visage à l'autre, dans l'espoir de trouver Isaak dans la foule, tandis que Wil poursuit :

— Pour vous, jeunes adultes qui attendez votre Assignation, cette journée est loin d'être ordinaire. L'Assignation est le ciment de notre société. C'est elle qui nous permet de vivre en harmonie les uns avec les autres. Je me réjouis à l'idée de transmettre à chacun de vous votre rôle pour la vie et de vous désigner votre compagnon ou compagne de route. C'est un jour d'autant plus important pour moi qu'aujourd'hui, mon propre fils fait partie de ceux qui seront assignés.

Il marque une pause, puis son flux de pensées reprend :

— Dans un premier temps, je vais vous demander, à vous ou à vos parents, de me remettre votre puce enfantine. Vous serez ensuite appelés, et je m'entretiendrai avec chacun d'entre vous en tête à tête. En attendant, je vous souhaite à tous le meilleur jour de votre vie.

Des applaudissements fusent dans la salle. Je tapote légèrement mes deux mains ensemble et cherche du regard mes parents, anxieuse.

— Il a le don pour faire retomber la pression, celui-là ! s'amuse Caleb, avec qui ma connexion est toujours active.

Son ton ironique m'étonne. Comment peut-il se montrer si détaché en un jour comme celui-là ? Peut-être que cela masque un sentiment plus profond ?

— Tu es angoissé ? lui demandé-je.

Il hausse les sourcils, confus.

— Par quoi ?

— Par l'Assignation ? C'est censé être le plus beau jour de notre vie, non ? Ce soir, tu repartiras avec une femme et un métier.

Caleb me lorgne. Il semble amusé par ma remarque.

— J'ai déjà une petite idée du jour que je considérerai comme le plus beau de ma vie, et je ne crois pas qu'il s'agira de l'Assignation. Et puis, je sais déjà où je vais finir.

Je l'interroge du regard, curieuse.

— Mes deux parents sont Chercheurs, souffle-t-il.

Je n'ai pas le temps de lui répondre quoi que ce soit, car ma mère active brusquement une connexion avec moi et hurle dans ma tête :

— Lyah ! Viens par ici, s'il te plaît.

Je me lève de mon fauteuil et salue Caleb :

— Je dois partir, on me réclame. Je suis ravie d'avoir fait ta connaissance.

Il me sourit.

— Moi aussi. À bientôt, j'espère.

Je coupe la connexion entre nous puis me dirige vers mes parents, qui sont en discussion avec Wil. Plus je m'approche d'eux et plus une boule grossit dans ma gorge. J'ai soudain peur des conséquences de ce que j'ai fait. Est-ce que je vais être pénalisée parce que ma puce enfantine a été «perdue»? Il doit arriver que des assignés se montrent négligents, il y a sans doute des protocoles pour ce genre de cas, non?

– Lyah, tes parents viennent de m'expliquer que ta puce enfantine a disparu, me dit Wil. Sais-tu où elle pourrait être?

– Non, je l'ignore.

Le père d'Isaak arque un sourcil, méfiant. Il me connaît depuis que je suis petite ; va-t-il se rendre compte que je lui mens? Je retiens ma respiration… jusqu'à ce qu'il pivote vers mes parents :

– Très bien. Cela ne devrait pas changer mon jugement au sujet de votre fille. Sa puce aurait servi à consolider mes choix, mais nous ferons sans. Lyah, peux-tu me suivre, s'il te plaît?

– Oui, bien sûr.

Wil salue ma mère et mon père avant de tourner les talons. Un sac plein de puces enfantines dans les mains, il me fait signe de quitter la salle avec lui. Je marche à ses côtés sans prononcer un mot. Ses pas résonnent dans le couloir dans lequel nous avançons. Une femme se trouve au bout du couloir ; il s'approche d'elle et lui tend le sac de puces en silence. Elle le récupère et me sourit, mais déjà, Wil bifurque sur la gauche et ouvre une porte. Je regarde par-dessus mon épaule, la femme a disparu je ne sais où. Je suis l'Assignateur et découvre une pièce meublée seulement d'une chaise et d'une table sur laquelle un Andi est posé.

– Installe-toi, je t'en prie.

Je tire la chaise en verre et m'assois pendant que le père d'Isaak active l'Andi.

– Je vais te demander de le mettre. Un questionnaire sur tes souvenirs te sera proposé en remplacement de l'analyse de ta puce enfantine.

J'acquiesce. Je vais pouvoir contrôler mes réponses, je ne serai pas trahie par ce que ma puce a enregistré… mais j'ai l'impression subite que le choix de l'Assignateur me concernant est déjà fait, de toute façon. Il recule et ajoute :

– Je reviendrai quand tu auras fini. Prends tout le temps qu'il te faut.

Sans un mot de plus, il sort de la pièce, me laissant seule. J'observe l'Andi sur la table avant d'inspirer profondément et de m'en emparer. Je place la fine membrane sur mes yeux ; ses ventouses microscopiques s'agrippent à mon visage, et le masque s'y moule.

COMMUNITY

La première question qui m'est posée me laisse perplexe.
À QUEL ÂGE ÊTES-VOUS ENTRÉE EN CONTACT AVEC VOS PARENTS ?
J'ai beau fouiller ma mémoire, je ne m'en souviens pas. Néanmoins, je connais notre système. J'ai dû avoir ma première connexion avec mes parents dans ma première année de vie. Ce serait logique, en tout cas... Je réponds cela, et une nouvelle question s'incruste dans mon crâne.

COMMENT PERCEVEZ-VOUS VOS PARENTS ? CHOISISSEZ UNE RÉPONSE : BIENVEILLANTS / STRICTS / MORALISATEURS / INCONSCIENTS
Je me renfrogne. Une seule réponse ? Si je le pouvais, je choisirais les quatre... Je finis toutefois par sélectionner :
MORALISATEURS

À QUEL ÂGE AVEZ-VOUS CONSULTÉ VOTRE PREMIÈRE BASE DE DONNÉES ?
Celle-là est simple.
DIX ANS
Le jour même où la possibilité de les télécharger m'a été ouverte.

AVEZ-VOUS DES SOUVENIRS DE L'INFILTRATION DE VOTRE PUCE ADULTE ?
Je fronce les sourcils en me rendant compte que je ne me souviens pas de grand-chose à ce propos. Cela m'étonne, m'inquiète même : cela aurait pourtant dû être un moment marquant ! Je sais que j'avais dix-huit ans, c'est tout. Je secoue la tête, ne comprenant pas pourquoi ma mémoire me fait défaut à ce point et, honteuse, réponds malgré tout :
OUI

QUELS SONT VOS SOUVENIRS ?
Je déglutis. Je creuse dans mon esprit jusqu'à me rappeler un visage féminin qui m'a souri tandis que j'étais allongée dans un fauteuil. Ensuite, on m'a fait une piqûre pour me faire dormir... Une image floue de la salle d'intervention s'impose à moi. Elle était blanche et austère, comme celle dans laquelle je me trouve en ce moment...

L'Andi doit avoir capté ces bribes mémorielles directement dans mon esprit car la question suivante m'est posée.

COMMENT PERCEVEZ-VOUS VOTRE ENVIRONNEMENT AU QUOTIDIEN ? AGRÉABLE / ANGOISSANT / SANS IMPORTANCE

C'est le moment de prouver que je désire devenir Cultivatrice. Je me concentre sur l'image de ma parcelle tout en répondant :

AGRÉABLE

SUR UNE ÉCHELLE DE 1 À 10, COMMENT PERCEVEZ-VOUS VOTRE INVESTISSEMENT POUR LA COMMUNAUTÉ ?

J'hésite. En toute franchise, je pense que je suis dans la moyenne, pas plus. Sauf que je ne peux pas me permettre une réponse comme celle-là. Ce serait un gros point négatif pour moi, non ? Je mens et choisis 8.

COMMENT VOUS DÉFINIRIEZ-VOUS ? CHOISISSEZ DEUX RÉPONSES : SERVIABLE / CURIEUSE / INVESTIE / ALTRUISTE / RÉFLÉCHIE / COURAGEUSE / SPORTIVE / HUMBLE

Je soupire. La curiosité est certes importante chez moi, et cela peut être un point positif pour devenir Cultivatrice : il est crucial de s'intéresser au moindre élément inhabituel sur sa parcelle. Je choisis également «serviable» plutôt que «réfléchie», même si j'ai l'impression de trahir celle que je suis.

AVEZ-VOUS DÉJÀ MENTI ?

Je blêmis. Si je veux faire croire que tout ceci est honnête, je dois l'être un peu, non ?

OUI

ÉTAIT-CE RÉCEMMENT ?
OUI

CELA CONCERNAIT-IL VOUS-MÊME, OU QUELQU'UN D'AUTRE ?
MOI

AVEZ-VOUS MENTI À PLUS D'UNE PERSONNE ?

Je me triture les doigts, nerveuse. J'ai caché la vérité à propos de ma puce enfantine pour mon bien à mes parents et à Isaak... Sans compter que mes réponses à ce questionnaire sont calculées.

OUI

COMMUNITY

AVEZ-VOUS DÉJÀ SOUHAITÉ DU MAL À AUTRUI ?

Ma gorge se noue davantage. Je me demande soudain combien de questions de ce genre vont m'être posées. Je n'ai pas le choix : je suis coincée ici. Tout ce qu'il me reste à faire, c'est de répondre sans me trahir et en étant le plus honnête possible.

OUI

14

Près d'une centaine de questions plus tard, je m'enfonce dans ma chaise, épuisée. L'interrogatoire a été précis, et si étrange… D'autant que j'ai été étonnée d'avoir aussi peu de souvenirs de mon adolescence. J'ai fait du mieux que j'ai pu : j'espère que cela suffira…

Je m'apprête à me lever pour aller voir si quelqu'un est dans le couloir afin de signaler que j'ai terminé quand la porte s'ouvre. Je me fige, les mains encore en appui sur la table. Je suis surprise de voir Athia entrer dans la pièce.

CONNEXION DEMANDÉE / ATHIA - MATRICULE 96324564
CONNEXION ÉTABLIE

– Bonjour, Lyah. Comment s'est passé le test ?

Je me pince les lèvres.

– Bien, je suppose.

Elle me sourit.

– Lorsque Wil m'a dit qu'une jeune fille avait perdu sa puce enfantine, je ne sais pas pourquoi, mais je me suis doutée que c'était toi !

– Pourquoi ? demandé-je, perplexe.

– Ton esprit vagabond, certainement.

Athia glousse, amusée. Jamais elle ne m'a semblé si proche. Cela me semble… étonnant. Et puis, que fait mon enseignante ici ? Elle est Chercheuse, mais j'ignorais qu'elle était impliquée dans l'Assignation.

Elle récupère l'Andi sur la table, le branche à une tablette en verre qu'elle consulte pendant plusieurs secondes, puis elle me dit :
— Je vois que tu as répondu à tout. Tu peux me suivre maintenant, nous allons retrouver les autres. Tu seras appelée dans peu de temps.

Nous sortons dans le couloir. Je l'interroge :
— Où est Wil ? Je pensais que c'était lui qui reviendrait me voir.
— Il est déjà en consultation, me répond Athia.
— C'est à ce moment qu'il nous indique notre Assignation ?

Ma professeure secoue la tête.
— Non, c'est à la fin que tu sauras. Vous serez tous là pour l'annonce. C'est un événement à ne pas manquer pour vos familles.

Je me triture les mains, nerveuse. Être affichée devant tout le monde ne me plaît pas vraiment, mais ce qui m'inquiète le plus, c'est ce fameux tête-à-tête avec l'Assignateur. À quoi sert-il ?
— Pourquoi avons-nous un entretien, alors ? ne puis-je m'empêcher de demander.

Athia s'arrête au beau milieu du couloir et se tourne vers moi. Elle me détaille en silence, soucieuse. J'ai l'impression d'avoir dit une chose idiote ou grave vu son air réprobateur.
— L'entrevue avec l'Assignateur est une étape importante, déclare-t-elle. Elle va te permettre de comprendre comment il a décidé de ton avenir. Il s'agit de toi, de ton futur. Il est primordial pour une jeune fille de savoir qui elle est, non ?
— Savoir qui je suis ? répété-je, étonnée. Je le sais déjà. Ou bien l'Assignateur en sait-il plus sur moi que moi-même ?
— C'est une certitude, oui, lâche Athia.

Je me renfrogne. Mon enseignante se remet en marche. Je la suis en continuant à ruminer mes interrogations. Peu importe, je vais faire ce que l'on m'ordonne et essayer de me tenir tranquille… surtout pour ne pas décevoir mes parents.

Athia ouvre une nouvelle porte, et nous nous retrouvons dans le grand hall où patientent tous les assignés. La salle est divisée en deux par des couleurs au sol : une partie en vert, l'autre en rouge.
— Prends place dans la zone rouge et attends que l'on t'appelle.

CONNEXION INTERROMPUE

Je m'exécute en osant un dernier coup d'œil en direction d'Athia. Cette dernière m'observe en silence. Notre échange ne lui a pas plu, visiblement… Tant pis. Je ne vais pas m'ajouter plus d'inquiétudes que je n'en ai déjà.

Je cherche du regard mes parents. Ils sont dans un coin de la zone rouge. Je m'avance vers eux et active une connexion.

— Alors, comment ça s'est passé ? s'inquiète ma mère.

J'hésite. Je ne sais pas si je dois lui dire que des questions au sujet de mon père et elle m'ont été posées. Comment je les vois, quelle est leur importance à mes yeux, ce qu'ils m'apportent… Cela m'angoisse pour eux, j'espère ne pas les avoir pointés du doigt comme de mauvais parents.

— Bien, lâché-je sobrement.

Mon père me sourit.

— Tu vois, je savais bien que ce n'était pas grave que tu n'aies plus ta puce enfantine.

Je hoche la tête, dissimulant mon petit secret à ce sujet. Je cherche Isaak du regard : je ne l'ai toujours pas vu. J'espère qu'il n'a pas rencontré de problème…

Des applaudissements me surprennent soudain. L'ironie de la chose, c'est que personne ne les entend comme moi, je suppose… Nous avons conservé ce vieux réflexe de taper dans nos mains de l'époque précédant Community. Toute la salle semble avoir le regard rivé vers le fond de la pièce. Je me décale un peu sur la droite pour voir ce qui se passe et aperçois Isaak sortant d'une salle. Si je comprends bien, c'est lui qu'on acclame. Je n'ai pas le temps de me demander pourquoi car un message retentit dans mon esprit.

LYAH - MATRICULE 05654231. ATTENDUE POUR ENTREVUE

Ma gorge se serre tandis que mes parents me sourient.

— C'est à toi, allez ! s'exclame ma mère.

Elle paraît euphorique. Moi, je m'avance presque à reculons. Tous les regards sont braqués sur moi. Je croise celui de Caleb, déjà en zone verte : il m'adresse un petit mouvement de tête. Pour m'encourager, certainement. Je déglutis.

Une fois la porte du hall passée, je me retrouve dans un couloir aveuglant. La luminosité est bien trop éblouissante. Je plisse les yeux et avance jusqu'à me retrouver dans une impasse. Plantée face au mur, je patiente. Je ne sais pas ce que je suis censée faire. Est-ce que je dois m'annoncer ?

Une porte s'ouvre soudain dans la paroi, répondant ainsi à ma question. L'Assignateur m'attend derrière un bureau, le buste bien droit et le regard perçant.

CONNEXION ÉTABLIE

— Tu peux venir t'asseoir, me lance-t-il.

15

D'un mouvement de main, Wil insiste pour que je prenne place sur le siège. Je m'exécute en silence tandis qu'il consulte des informations sur une tablette qu'il tient entre ses mains. J'en profite pour regarder ce qui m'entoure... rien. Que du blanc, trop lumineux, diffusé par les murs.

Le Centre me déplaît depuis mon arrivée ce matin. Il est tellement impersonnel... Cela m'accable, d'une certaine façon. Les murs ont la capacité d'afficher tout et n'importe quoi – une forêt ou des nuages, par exemple – mais non, tout n'est que blanc, ici. Brut et sans vie.

Mon attention se reporte sur Wil lorsqu'il relève le menton de sa tablette.

– Merci d'avoir répondu aux questions en toute franchise, me dit-il. Beaucoup de futurs assignés préfèrent en ignorer certaines, en général.

– Comme celles sur nos pulsions et nos envies dissimulées ?

Je déglutis, me rappelant ces interrogations qui m'ont laissée dubitative. Le père d'Isaak m'offre un sourire de convenance.

– Ou bien celles concernant nos motivations à haïr un autre humain ? poursuis-je. Et notre capacité à commettre un meurtre ? Vous parlez de ces questions-là ?

Le visage de Wil se durcit.

– Oui, effectivement, je pensais à celles-ci. Ce sont des questions auxquelles il est difficile de répondre, mais je me dois de connaître tous tes secrets, et il faut bien trouver une manière de remplacer les informations livrées par la puce enfantine. Chaque être humain a des démons enfouis en lui, c'est mon rôle de les identifier.

Je me recule, intriguée.

– Je croyais que Community avait effacé la part sombre de l'humanité.

– C'est le cas. Penses-tu le contraire ?

J'hésite. Est-ce une question piège ?

– Non, absolument pas, réponds-je. Mais peut-être que vous, si, puisque vous posez toutes ces questions.

L'Assignateur me fixe un long moment. Ce silence me pèse. J'ai encore dû parler trop vite. Je m'en veux. Je devrais arrêter d'être aussi impulsive.

– Je veille au bien de tous, finit par déclarer Wil. Mais ce n'est pas ce dont nous allons parler maintenant.

Il se reprend et dit :

– Je t'ai étudiée, Lyah. Personnellement.

Seulement aujourd'hui ? Ou bien toutes ces fois où je l'ai croisé dans mon enfance ont-elles également pesé sur sa décision ? Il ajoute :

– Ce que j'ai appris sur toi m'a permis de déterminer dans quel groupe de tâches tu seras la plus utile à notre société. Tu as téléchargé depuis tes 10 ans 65 456 bases de données. La plupart concernant notre civilisation, notre univers, nos avancées technologiques, mais aussi des films et beaucoup de musiques.

Je hausse les épaules.

– J'aime bien en écouter.

– Oui, je l'ai remarqué. Tu es aussi très studieuse. Tes interventions en cours sont le plus souvent pertinentes. Je sais également que tu passes beaucoup de temps au contact de la nature. Tu aides ta mère à récolter des champignons, n'est-ce pas ?

– En effet, j'adore ça.

Je ne manque pas cette occasion de manifester mon attrait pour les activités d'une Cultivatrice… Wil ne réagit pas et poursuit :

– Tu possèdes certaines capacités plus développées que la normale. À commencer par l'ouïe. La tienne est à soixante-dix pour cent, alors qu'à ton âge, la moyenne se situe entre trente et quarante pour cent.

Comment peut-il savoir ça ? Je me mords l'intérieur de la joue. Est-ce que ma puce adulte transmet des informations aux Chercheurs sans que je le sache ?

– C'est grâce à la musique, lâché-je.

— Tu en écoutes tous les jours, n'est-ce pas ?

J'acquiesce.

— Ce n'est pas courant, me fait remarquer Wil. D'autant que tu écoutes principalement des morceaux anciens, classiques. Pourquoi ?

Je me renfrogne. Je n'aime pas qu'il en sache autant sur moi.

— Ça m'apaise, dis-je.

— D'accord.

Il pose la tablette au centre de la table et l'incline de manière à ce que je puisse en voir l'écran.

— Bien, nous allons commencer. Je vais être clair avec toi et te montrer qui tu es.

Il active la tablette ; une silhouette féminine apparaît. Une voix s'incruste dans mon esprit via Community.

TRAIT DOMINANT : ANALYSTE. DEUXIÈME : SOUCIEUSE. TROISIÈME : RÉFLÉCHIE. QUATRIÈME : ALTRUISTE. CINQUIÈME : TRAVAILLEUSE. SIXIÈME : AUDACIEUSE. SEPTIÈME : PATIENTE. HUITIÈME : TÉMÉRAIRE. NEUVIÈME…

La liste défile dans mon crâne. Tout ceci fait de moi une personne bien, je suppose… Je reste circonspecte, abasourdie par ce flot de qualificatifs.

Wil m'observe en silence. Il semble noter chacune de mes réactions. Plus j'écoute, plus je m'enfonce dans mon siège…

Soudain, la litanie de qualités s'arrête, et c'est au tour des défauts d'être passés en revue :

TRAIT DOMINANT : OBSESSIONNELLE. DEUXIÈME : COLÉRIQUE. TROISIÈME : INDOMPTABLE. QUATRIÈME : CURIEUSE. CINQUIÈME…

Je déglutis avec peine. La liste n'en finit pas, bien plus longue que la précédente. Et je me sens ébranlée, car il est vrai que tous ces traits de personnalité qui sont évoqués, c'est moi.

Ce sont ensuite mes qualités et défauts physiques qui sont détaillés. Je n'en reviens pas qu'autant d'informations sur moi soient disponibles… Wil m'observe en silence alors que je m'imprègne de tout ce qui me définit.

Une fois que la voix dans mon esprit se tait, je relève le menton. L'Assignateur récupère la tablette sans aucune émotion perceptible.

— Tout ceci est-il juste ? me demande-t-il.

— Oui, bredouillé-je.

— Bien. Maintenant, j'ai une question pour toi. Où crois-tu qu'est ta place ?

Cette question me surprend. Que cherche-t-il à savoir, exactement ?

– Ma place en tant qu'individu de la communauté ou en tant qu'être humain ? risqué-je.
Wil me toise avec curiosité.
– Vois-tu une différence entre les deux ?
Je réfléchis une seconde. Je devrais peut-être juste dire que je souhaite être Cultivatrice, ne pas chercher à m'interroger comme je le fais. Toutefois, oui, il y a une différence. Et ne pas l'expliquer serait une trahison de ce que je ressens au fond de moi. Je me triture les mains avant de répondre :
– Oui, ma place dans la communauté serait de devenir Cultivatrice, car j'affectionne la terre et mon environnement. Cela fait maintenant des années que je travaille sur la parcelle de ma mère et j'en suis ravie. Mais ma place en tant qu'être humain, je ne la connais pas encore. Notre planète est certes vaste, mais à l'échelle cosmique, ce n'est qu'un petit pois. Impossible de déterminer le rôle de notre espèce puisque nous ignorons ce qui peut se trouver ailleurs.
Wil penche la tête, songeur. Ma réponse semble le troubler.
– Tu as raison, d'une certaine façon. Néanmoins, nous savons déjà que dans notre système solaire, il n'y a aucune autre forme de vie.
– Notre système solaire n'est rien à côté de l'immensité de l'univers.
Wil pouffe.
– Tout ceci nous éloigne de la question qui nous occupe. Tu souhaites devenir Cultivatrice… mais tu ne fais pas confiance à l'Assignation, n'est-ce pas ?
J'hésite. Il poursuit :
– Ne crains pas de me livrer ta vision des choses. Nous sommes là pour discuter, et c'est important pour moi de savoir ce que tu souhaites.
Je me détends un peu. Pourtant, j'ai le sentiment que l'Assignateur me croit plus stupide que je ne le suis. Ou est-ce encore moi qui me pose trop de questions ? Je soupire, préférant être honnête.
– Oui, j'avoue que j'étais sceptique. Je ne pensais pas que vous en sauriez autant sur moi. Mais j'ai tout de même un doute concernant mon épanouissement. Je souhaite devenir Cultivatrice ; c'est une envie profondément ancrée en moi. Est-il juste que vous ayez le pouvoir de la détruire ?
Wil penche la tête sur le côté.
– Et si nous prenions le problème dans l'autre sens ?
Il se recule sur sa chaise avant d'ajouter :
– Et si le fait que tu deviennes Cultivatrice était une erreur ?

Je fronce les sourcils tandis qu'il poursuit :

– Peut-être que tes capacités seraient mieux employées ailleurs ? Et dans ce cas, cette envie que tu as est trompeuse, car tu n'as aucune notion de ce qui te serait plus profitable.

Ses mots me touchent. Mais j'ai tout de même une objection :

– Le choix n'existe donc plus.

– Le choix est utopique, réplique Wil, c'est comme jouer à la roulette russe. On peut être convaincu de faire le bon alors qu'on est en train de se tromper.

– L'Assignation est donc censée me dire si j'ai raison ou tort, c'est cela ?

– De ton point de vue, oui, car tu souhaites avoir raison. Pour d'autres, elle montre simplement la voie à prendre.

Je me mords l'intérieur de la joue.

– Et qu'en est-il de mon compagnon de vie ? lancé-je. Nous n'avons pas abordé le sujet.

Wil me sourit, amusé.

– J'allais y venir. Ton assigné est sélectionné en fonction de sa compatibilité avec toi sur la base de critères prédéfinis.

Je me renfrogne.

– Quel genre de critères ?

– Personnels. Nous sélectionnons les personnes qui sont le plus aptes à vivre ensemble, et ce afin que l'un et l'autre s'entraident et se surpassent dans leurs tâches pour le bien de tous.

« Pour le bien de tous… » Ces mots rebondissent dans mon esprit. Je les ai tant de fois entendus pendant mes cours à l'Union… Je soupire, peu convaincue.

– Est-il arrivé que deux assignés ne s'entendent pas ?

– Jamais, réplique Wil.

Il m'observe sans un mot de plus. J'ai l'impression que je l'agace et le fascine à la fois. Et je n'en ai pas fini… Je tiens à tout savoir au sujet de cette Assignation.

– J'ai une autre question, risqué-je.

– Je t'écoute.

– À quoi sert cet entretien ?

Il hausse les sourcils, surpris.

– Tu es effectivement très obsessionnelle et analyste. Le rapport avait raison en identifiant ces traits comme dominants chez toi, non ?

– Oui, mais…

— Tu tiens à tout prix à tout savoir, me coupe Wil. Tu analyses tout, tu as besoin d'être persuadée que tout va dans le bon sens. Tu prends en compte toutes les possibilités. C'est bien ce que dit l'Assignation à ton sujet. Nous sommes d'accord ?

Je m'enfonce dans mon siège et acquiesce. Wil s'avance un peu et croise les doigts avant de reprendre :

— Cette entrevue est là pour ça, pour que tu puisses prendre conscience de qui tu es. Non pas qui tu crois ou parais être, mais qui tu es *vraiment*. Toi, dans la globalité, avec tes atouts et tes faiblesses. Je suis là pour te donner les cartes qui justifient ton futur rôle dans la société. Je souhaite que tu sois pleinement consciente de ce qui se cache derrière ton visage poupin ou tes yeux verts. Mais rassure-toi, tout restera entre toi et moi... y compris le fait que tu serais capable de tuer.

Je déglutis, déstabilisée par son ton soudain glacial. Il ajoute :

— Tu es une jeune femme qui a des défauts et tu dois les connaître pour apprendre à ne pas te laisser submerger par eux. Voilà à quoi sert cet entretien... mais pas seulement. Il vise aussi à vérifier que tu es prête à suivre les règles de vie qui sont les nôtres. Tu vas donc prêter serment ici avant d'être assignée.

Je me redresse, intriguée.

— Prêter serment à quoi ?

— À la communauté ! s'exclame Wil. Tu es adulte, à présent. Il est temps d'assurer la société de ta dévotion et de ta collaboration envers ton prochain. Y es-tu prête ?

Ai-je vraiment le choix ? Je déglutis avant de hocher la tête.

— Bien, pose ta main ici, alors, m'ordonne l'Assignateur.

Il me donne la tablette. Je la fixe quelques secondes, perplexe, avant de redresser le menton.

— Est-ce que ça va faire mal ?

Ma question surprend Wil.

— Non, absolument pas.

Peu rassurée, je place ma paume au centre de la plaque de verre, qui scanne mes empreintes digitales.

LYAH - MATRICULE 05654231. NOUVEL ADULTE ENREGISTRÉ / ZONE T6

Wil reprend la tablette, qu'il pose à la droite du bureau.

— Félicitations, tu es officiellement une adulte, à présent, me dit-il. Nous nous retrouverons plus tard pour que tu découvres ta tâche et ton assigné.

CONNEXION INTERROMPUE

Je reste stupéfaite de la brusquerie avec laquelle Wil a coupé la communication entre nous. Je le dévisage, mais il m'invite d'un geste de la main à quitter la pièce. J'ose un dernier regard en arrière en attendant que la porte dans le mur s'ouvre. L'Assignateur croise les doigts tout en me scrutant. J'aimerais bien savoir ce qu'il pense, mais maintenant que notre connexion est coupée, son esprit me reste inaccessible…

Troublée par cet entretien, je file dans le couloir. Mes échanges avec Wil tournent en boucle dans mon crâne, tout comme la liste des qualificatifs qui me définissent. Comment se fait-il que les Assignateurs en sachent autant sur chaque individu ? Est-ce ma puce qui les informe de tout cela ? J'ai peur qu'en réalité, ce qui vient de m'être révélé ne constitue que la partie émergée d'une masse de données sur moi bien plus importante.

Je me crispe en pénétrant dans le hall, agressée par un bruit soudain. Des applaudissements…

J'avais oublié que c'était ainsi que les futurs assignés étaient accueillis après leur entretien. Je souris faiblement à mes admirateurs et rejoins la zone verte. Mes parents se dirigent vers moi avec hâte.

— Tu as appris de bonnes choses ? me demande ma mère.

Je m'efforce de lui sourire : je ne souhaite pas l'inquiéter. Elle ne mérite pas ça.

— Oui, tout va bien.

Elle semble ravie, tout comme mon père. Je m'écarte un peu d'eux en voyant Isaak s'approcher de moi. Il penche la tête et me salue. Mes parents comprennent sans mal notre besoin d'intimité et s'éloignent.

CONNEXION ÉTABLIE

— Tout s'est bien passé pour toi ? m'interroge-t-il.

— Je n'en sais rien. Pourquoi ne m'as-tu jamais dit que ton père était l'Assignateur de la zone ?

Isaak pince les lèvres, l'air coupable.

— Il ne souhaitait pas que notre entourage soit au courant, me dit-il. Il doit rester impartial, tu comprends ?

Je soupire, puis hoche la tête.

— Il est impressionnant, avoué-je.

Le rire de mon ami dans mon esprit m'apaise. Il acquiesce vivement.

— Et encore, tu ne vis pas avec lui ! s'amuse-t-il.

Je lui rends son sourire.
– Et toi ? lui demandé-je. Comment ton entretien s'est-il passé ?
Il hausse les sourcils, confus.
– Il m'a traité comme n'importe quel assigné. Ça m'a fait bizarre, tout ce qu'il m'a dit.
Je cherche son regard. Il paraît abattu.
– Tes défauts, c'est ça ?
Isaak baisse le menton et soupire.
– Tu peux tout me dire, tu le sais, non ? insisté-je.
– Oui, je le sais. Et toi aussi, tu peux tout me dire, d'accord ?
J'hésite. Je ne tiens pas à parler de ce qui vient de se passer, mais après tout, à qui vais-je me confier si ce n'est pas à lui ?
– Il m'a dit que j'étais obsessionnelle, révélé-je. Est-ce que tu crois que je suis une bonne personne malgré tout ?
Isaak me jauge avant d'éclater de rire.
– Bien sûr. Tu es une très bonne personne, Lyah, ne doute pas de toi !
Je me calme un peu et attrape mon Andi dans ma poche pour me détendre davantage. Cet entretien me perturbe encore... J'ai juste hâte que cette journée se finisse. Je propose à mon ami :
– Veux-tu écouter un peu de musique ? Vu le monde qu'il y a encore, on n'est pas près de finir.
Il accepte et se connecte à mon Andi. Je lance la sonate pour piano n° 14 de Beethoven, dont les notes m'envahissent en douceur.
Wil semblait surpris par mes goûts musicaux. Mais ce que libère la musique classique m'apaise. Elle me permet de reprendre mes esprits, de retrouver la paix. Aucun autre style ne m'apporte cela, et pourtant, j'ai entendu des siècles et des siècles de chansons, de voix, de mélodies. Le jour où je suis entrée dans la catégorie classique, je ne l'ai plus quittée. Peu importe le morceau que j'entendais, j'avais l'impression qu'il touchait non pas juste mon esprit, mais aussi mon âme.
Et aujourd'hui, j'ai bien besoin de me ressourcer au gré des notes...

16

Il n'y a plus aucun futur assigné dans la zone rouge. Le dernier ne devrait pas tarder à sortir de son entretien avec Wil. Je passe ma main sur ma nuque, impatiente.

Isaak et moi écoutons toujours de la musique pour mettre nos angoisses à distance. Jeff est un peu plus loin, entouré de ses parents. Il nous a salués, mais il n'est pas venu nous rejoindre pour autant. À part lui, je n'ai reconnu personne d'autre... Tous les jeunes adultes de la zone sont présents, ce qui fait beaucoup de monde. J'en ai certainement croisé certains à l'Union, sans que leur visage ne me marque. Il faut dire que je ne suis pas très sociable et que je n'ai jamais cherché à me faire beaucoup d'amis. Et puis, étant donné la diversité des cours dispensés, croiser plusieurs fois un même camarade de classe n'est pas si fréquent, à moins de le vouloir.

Caleb, assis non loin, me lance des regards de temps à autre. J'ai apprécié notre discussion, mais je ne le reverrai peut-être jamais, alors à quoi bon ?

Soudain, des applaudissements me font relever la tête. Le dernier «nouvel» adulte de la société est revenu dans le hall.

– Et maintenant ? demandé-je à Isaak.

Ce dernier me lance un bref coup d'œil.

– Je crois que c'est le moment de vérité, s'amuse-t-il.

Et il dit vrai. En un instant, la pièce entière devient verte, aussi bien les murs que le sol ou le plafond. Puis Wil apparaît partout autour de nous sur les écrans. Je range mon Andi et me connecte au message qu'il diffuse.

– Merci à tous pour votre patience. Je vais vous demander de passer dans la salle d'Assignation. Des sièges seront disponibles pour les familles à l'extrémité de celle-ci. Futurs assignés, merci de vous placer au centre de la pièce.

Une grande porte s'ouvre à ma gauche. Mes parents s'approchent de moi, ainsi que la mère d'Isaak. Je me lève, le cœur battant. Ils ont le sourire aux lèvres ; moi, je me sens oppressée. Néanmoins, je remarque à leurs regards qu'eux aussi sont nerveux, même s'ils s'efforcent de le cacher.

– Nous allons patienter pas très loin de toi, m'indique mon père.

– Que va-t-il se passer ?

J'observe les gens se rendre dans l'autre salle en silence. Ils paraissent tous si extatiques… Même Isaak semble trépigner d'impatience.

– Tu vas découvrir ton assigné et ton groupe de tâches, me répond ma mère.

– Comment ?

Mon père secoue la tête.

– Tu verras bien. Allez, nous sommes presque les derniers.

Il me contourne pour se diriger vers la porte. Ma mère et moi le suivons sans un mot de plus, et je découvre la salle d'Assignation. Elle a la forme d'un demi-cercle, au fond duquel se trouve une longue table derrière laquelle quatre personnes sont assises et observent la foule en silence. Les sièges prévus pour les familles sont déjà presque tous occupés : mes parents s'éloignent de moi pour s'y installer. Nerveuse, je reste debout au centre de la pièce avec tous les autres jeunes. Je détaille les quatre personnes sur l'estrade. Chacun porte une combinaison d'une couleur différente : je comprends qu'il s'agit certainement des porte-parole des différents groupes de tâches. La Cultivatrice, vêtue de vert, me sourit. C'est bon signe, non ? À côté d'elle se trouvent le représentant des Distributeurs, en marron, et celle des Constructeurs, en violet. Wil, dans sa combinaison bleue, complète la rangée.

J'ose un coup d'œil vers Isaak. Mon ami me sourit comme pour me rassurer. J'inspire profondément tandis qu'une connexion groupée s'active et que la femme en vert se lève.

– Bonjour à tous. Mes félicitations à chacun d'entre vous. Vous êtes maintenant des adultes, et nous sommes heureux de vous compter ainsi parmi notre communauté. Je me présente : je m'appelle Tula et je suis la représentante des Cultivateurs dans cette zone. Voici Octav, celui des Distributeurs, Aylin, celle des Constructeurs, et vous connaissez déjà Wil, Assignateur et représentant des Chercheurs. Nous serons votre future famille ainsi que votre interlocuteur concernant vos tâches. Vous allez connaître dans quelques instants le rôle que vous remplirez à compter d'aujourd'hui dans notre société ainsi que votre compagne ou compagnon de route.

Quatre portes s'illuminent à cet instant derrière la Cultivatrice, chacune arborant la couleur d'un groupe de tâches. Je me tourne vers mes parents. Ils sourient, paraissent heureux. Je ne vois cependant pas pourquoi ils se réjouissent. Après tout, je vais quitter leur maison, moi, leur unique enfant… Mon ventre se noue. Je ne sais pas où je vais finir, et cela me terrifie.

– Une fois que nous vous aurons annoncé votre Assignation, vous franchirez la porte correspondante. Vous retrouverez votre assigné au bout du couloir et un membre de votre nouvelle famille vous indiquera l'emplacement de votre logement.

Je déglutis, comprenant que tout va se jouer dans les minutes qui viennent. Mes mains deviennent moites. La Cultivatrice se rassoit, son discours terminé. Je n'ai pas le temps de me remettre de mes émotions que le premier nom est annoncé par Octav :

– Jillis, matricule 65783542, Distributeur.

Ma puce Community sature d'acclamations. Tous les parents se lèvent et applaudissent tandis qu'un jeune homme brun s'avance vers l'estrade, le sourire aux lèvres. Octav lui remet quelque chose, et il passe la porte colorée de marron d'un pas décidé.

– Eilenn, matricule 36412893, Constructrice.

De nouveau, une explosion de joie envahit la salle d'Assignation. Pour ma part, je tremble. Plus les minutes filent et plus j'angoisse. Je ne sais pas quand mon nom va être appelé. Ceux de nouveaux Constructeurs, Distributeurs et Cultivateurs se succèdent. Aucun Chercheur, jusqu'à ce que Wil prenne la parole pour la première fois et annonce :

– Caleb, matricule 45913147, Chercheur.

Je me tourne vers le jeune homme avec qui j'ai sympathisé dans le hall. Il paraît content de son sort… Nos regards se croisent, et il m'adresse un clin d'œil. Puis il rejoint le père d'Isaak, qui lui remet une sorte de badge, et disparaît dans le couloir bleu.

Les noms continuent de défiler, les acclamations qui vont avec aussi. C'est soudain au tour de mon ami d'enfance d'être appelé :

— Isaak, matricule 46598761, Cultivateur.

Je suis si heureuse pour lui ! Il pivote vers moi, les yeux emplis d'émotions, et nous échangeons un large sourire. Il est aux anges, cela se voit. Il s'approche de Tula, qui le félicite, puis il s'engage dans le couloir vert.

Et soudain, c'est mon nom qui retentit dans mon esprit :

— Lyah, matricule 05654231, Chercheuse.

Je me statufie. Mon corps me paraît soudain peser une tonne. Les encouragements que me transmet Community se font lointains.

Je n'y crois pas. Non, c'est impossible. Il doit y avoir une erreur. Mes réponses calculées au questionnaire, mes années de travail sur la parcelle de ma mère, mes précautions pour rendre ostensible mon amour pour la nature… tout cela n'a donc pas suffi à ce qu'on me nomme Cultivatrice ? Ils ont dû se tromper, ils doivent faire erreur. Ils ne me connaissent pas, c'est certain. Ils ne se rendent pas compte de ce que représente pour moi le fait d'être contrainte de travailler sous terre jour après jour. Je ne le supporterai pas !

J'ai envie de hurler, malgré les visages souriants qui m'entourent. Ils me dégoûtent. Comment peuvent-ils croire que je me réjouis de mon Assignation ? J'ai du mal à respirer tandis que j'envisage une vie prisonnière des souterrains, dans ce Centre que je déteste depuis l'instant où j'y ai mis les pieds ce matin.

Je ne peux pas !

Plus mes pensées filent, plus mon corps tremble. Je me sens trahie. Par Wil, mais aussi par moi-même. Comment mes capacités physiques et mentales ont-elles pu faire de moi autre chose qu'une Cultivatrice ? Mon regard oscille entre mes parents et l'Assignateur, qui se lève de sa chaise. Il me fixe avec un petit sourire en coin qui me fait comprendre qu'il est satisfait.

Ce n'est pas mon cas !

Les autres autour de moi commencent à se demander pourquoi je ne bouge pas. Mais je ne peux pas. C'est impossible.

— Je répète : Lyah, matricule 05654231, Chercheuse.

Wil est plus autoritaire dans cette deuxième annonce. Je n'ai pas le choix, je dois aller le rejoindre. Je me tourne vers mes parents.

Ils m'observent, attristés. Je les déçois. Encore… Ma mère m'invite à avancer d'un geste de la main. Je m'exécute avec peine. Les autres jeunes s'écartent sur mon passage. Les applaudissements retentissent. Je veux pleurer, faire demi-tour. Fuir loin d'ici. Je monte les trois marches qui mènent à l'estrade sous le regard de tous. Ça me semble si difficile de les gravir… Wil me tend deux bouts de tissu bleu – des épaulettes à fixer à ma combinaison, comprends-je. Je les lorgne avec aversion. Je ne désire pas cela.

– Vous vous êtes trompé, bredouillé-je en relevant le menton.

Il me dévisage une petite seconde avant de répliquer :

– Je ne me trompe jamais. Tu le verras bien par toi-même.

Il me désigne la porte bleue. Mais je ne veux pas avancer… J'hésite. Je déglutis, ose un dernier coup d'œil vers l'assemblée. Tous me dévisagent, ne comprenant pas ce qui m'arrive. Est-ce si difficile pour eux d'envisager que quelqu'un puisse être déçu de son Assignation ?

Finalement, je me décide à emprunter le couloir sous le regard insistant de Wil. Dans mon esprit, une unique pensée tourne en boucle.

C'est un cauchemar.

17

J'ai du mal à mettre un pied devant l'autre, aussi bien à cause de ma rage qu'à cause de l'étroitesse du couloir, qui me met mal à l'aise. Des messages s'affichent sur les murs, captant mon attention. Je vois des visages, dont les regards paraissent braqués sur moi. Des alertes retentissent de toutes parts dans mon cerveau concernant ces visions. J'en sélectionne une au hasard.

– Je m'appelle Diana, je suis Chercheuse en zone T1 depuis 2956. Je tiens à vous féliciter d'avoir rejoint notre grande famille…

Il me faut quelques secondes pour comprendre que cette femme ne s'adresse pas à moi directement. Ce sont des messages préenregistrés.

– Je suis Téodor, Chercheur en zone T3. Bravo à vous. Nous sommes fiers de vous compter parmi nous à partir de maintenant. Vous ferez des miracles dans nos laboratoires.

Les visages défilent, me montrant des dizaines d'hommes et de femmes au service de la communauté. Mon regard se trouble. Les mots qu'ils emploient sont pratiquement tous les mêmes. Je dois être fière, honorée d'être devenue une Chercheuse. Je fais partie d'une « élite », à présent. Ce terme me fait tiquer.

Je me fige lorsque je vois un visage familier.

– Je m'appelle Athia, je suis Chercheuse en zone T6. Ma tâche est devenue ma raison de vivre, et je suis convaincue qu'il en sera de même pour vous. Bienvenue parmi nous.

Elle disparaît, et je détourne le regard. Je constate qu'une porte s'est ouverte devant moi. Je reprends mes esprits et avance vers elle avec hâte. Je veux sortir de cet endroit où des personnes me félicitent alors que je me sens tellement trahie par mon Assignation... Je me rappelle soudain que mon assigné m'attendra au bout du couloir. S'agira-t-il d'Isaak, mon meilleur ami depuis l'enfance ? Ou de Caleb, le seul autre Chercheur ayant été appelé ? Ou peut-être découvrirai-je un parfait inconnu ?

Je presse le pas. Je veux savoir. Une fois la porte passée, je débouche dans un autre couloir. Je fonce, mais m'arrête net dans une impasse. Je patiente jusqu'à ce qu'une ouverture apparaisse sur ma gauche. J'entre dans une petite pièce à la luminosité aussi vive que les tunnels que je viens de traverser. Mon assigné se trouve de dos, et j'en perds mon souffle.

J'y suis.

Il se retourne, et je suis soulagée de découvrir ses traits. Mes larmes se mettent à couler sans que je puisse les retenir. Je m'approche de lui ; il pleure lui aussi. Pour la première fois de la journée, je me sens en paix. Une connexion entre nous s'établit, et je lui glisse :

— Au moins, tu es là...

Isaak éclate de rire.

— Je serai toujours là désormais.

Nos pensées se taisent tandis que nous nous observons, jusqu'à ce qu'il lâche :

— Ainsi, tu es devenue Chercheuse, en fin de compte.

Je blêmis. Il est encore difficile pour moi d'accepter mon Assignation.

— C'est peut-être une erreur ? suggéré-je. Ton père sait bien que je voulais devenir Cultivatrice, il s'est sans doute trompé !

— Je ne crois pas, non. Ta place dans la société t'a été révélée. Tu devrais t'en réjouir, même si tu es surprise.

Nous n'avons pas le temps d'échanger davantage, car une autre porte s'ouvre. Une femme et un homme nous attendent de l'autre côté. Isaak s'avance vers eux, je le suis. Une connexion groupée s'active dans nos cerveaux.

— Bonjour à vous deux, je suis Jill, Chercheuse, et voici Josh, Cultivateur. Nous sommes venus vous accueillir pour vos premiers pas dans votre vie d'adultes.

— Un logement vous attend au District 12, au nord de notre zone. Vous résiderez à la surface afin qu'Isaak dispose d'un meilleur accès aux parcelles qui vont lui être attribuées. Vous trouverez les données de localisation précises via votre Andi.

Une part de moi est déçue de devoir déménager si loin du district où je résidais jusque-là, mais savoir qu'au moins, ma nouvelle maison ne sera pas souterraine constitue un grand soulagement.

— Demain, vous serez attendus pour en apprendre plus sur vos devoirs en tant qu'adultes assignés. Lyah, tu devras te rendre ici, au Centre. Pour toi, Isaak, la formation se déroulera à la surface.

— Vos épaulettes, s'il vous plaît, nous demande Josh.

Isaak tend en premier ses deux bouts de tissu vert. Jill récupère les miens et vient les apposer sur ma combinaison, sur laquelle elle les incruste à l'aide d'un gant. J'observe le résultat du coin de l'œil avant de demander :

— Allons-nous revoir nos parents ?

Jill éclate de rire dans mon esprit.

— Oui, ils vous attendent. Profitez bien d'eux.

Elle tapote ensuite sur une tablette en verre pour ouvrir une troisième porte dans le mur. Je fronce les sourcils : qu'entend-elle par « profitez bien d'eux » ? Je n'ai pas le temps de lui poser la question qu'elle nous incite déjà à avancer.

— Félicitations à vous deux, s'exclame Josh.

Isaak et moi nous mettons en marche. Nous pénétrons dans une petite salle où nous attendent mes parents ainsi que la mère de mon ami — Wil est encore occupé en tant que représentant des Chercheurs, j'imagine. Des fruits sur une table confèrent un aspect festif au lieu.

La mère d'Isaak se lève aussitôt de sa chaise, des larmes aux yeux.

CONNEXION GROUPÉE ÉTABLIE

— Nous sommes si heureux pour vous, bredouille-t-elle, l'émotion suintant de ses pensées.

— Je suis content d'être devenu Cultivateur, réplique Isaak.

Ma gorge se noue. Moi, je déteste le choix que l'on a fait pour moi… Je n'ai pas le temps de le faire savoir car ma mère chuchote déjà dans mon esprit, me disant qu'elle est fière de moi. Qu'elle m'aime de tout son cœur. Qu'elle est certaine que je ferai de grandes choses en tant que Chercheuse. Mon père, lui, reste silencieux, me laissant simplement comprendre que je vais beaucoup lui manquer. Ce sentiment est réciproque. J'aime mes parents, et savoir que ce soir je ne dormirai pas près d'eux me fait mal au cœur. J'aimerais leur dire tant de choses, à commencer par le fait que j'aurais dû être moins têtue avec eux.

Tous ces mots que je pense mais que je n'arrive pas à communiquer me nouent davantage la gorge.

— Ils ont dit que notre logement se situait au nord de la zone, indique Isaak.

— On s'en doutait, réplique sa mère. Il est rare que les jeunes assignés habitent dans le même district que leurs parents.

Mon cœur se serre. Savoir que je ne verrai plus les miens aussi régulièrement me peine...

Ma mère me sourit, les larmes aux yeux.

— Tu es notre plus belle réussite, me confie-t-elle. Tu es devenue Chercheuse, cela nous emplit de joie.

Je déglutis.

— Pourquoi ? m'agacé-je. Pourquoi est-ce si bien d'être Chercheuse ?

La mère d'Isaak toussote à notre droite.

— Sur tous les assignés de ce jour, vous êtes deux Chercheurs seulement, voilà pourquoi. C'est un groupe de tâches où les recrutements sont rares, tu devrais être honorée.

Je me renfrogne. J'ai tant de mal à concevoir le rôle de mes nouveaux collègues pour la communauté... Les cours de l'Union restaient très allusifs sur ce point. Au moins, en tant que Cultivatrice, j'aurais eu le sentiment de faire quelque chose de concret... Une fois de plus, je me pose la même question : pourquoi l'Assignation ne m'a-t-elle pas donné ce que je désirais ?

★★★

Plantée sur le quai de la gare centrale, je patiente avec Isaak. Notre navette ne devrait pas tarder : nous allons découvrir notre nouveau chez-nous.

Son père a fini par nous rejoindre dans la petite salle où nous avons atterri après notre Assignation. J'ai essayé de lui parler, mais il a refusé la connexion. J'imagine qu'il voulait profiter de son fils plutôt que d'être assailli par mes interrogations et mes reproches... Je fulmine, mais je le comprends.

Isaak a pu en apprendre plus sur les parcelles dont il va s'occuper : il va cultiver du blé. Un recensement de ses terres lui a été transmis à travers son Andi. Au moins, lui, il sait ce qui l'attend demain. De mon côté, je n'en ai aucune idée… En attendant, je ronge mon frein.

La navette arrive en gare. Je me mords la lèvre inférieure. Je n'ai aucune envie de monter là-dedans, mon expérience de ce matin m'a bien suffi – et puis, le trajet pour me rendre dans notre nouveau logement sera encore plus long !

Les portes s'ouvrent, et Isaak s'avance. Je ne bouge pas, bien trop terrifiée. Mon ami se retourne, inquiet.

– Quelque chose ne va pas ?

Il me dévisage, perplexe.

– Je…

J'hésite. J'ai si honte de lui avouer ma peur… Face à la douceur de ses iris caramel, je finis par lui révéler :

– Je n'aime pas le voyage en navette. J'ai l'impression de mourir.

– C'est vrai que c'est impressionnant, mais vu que nous ferons un voyage long, nous serons sous sédatif. Tu te réveilleras seulement à l'arrivée.

Cela me soulage quelque peu, alors j'entre avec lui dans la navette. Je prends place à ses côtés et actionne la fermeture des ceintures. Le casque en main, je souffle un bon coup.

– Tout va bien se passer, promis, m'assure-t-il.

Je hoche la tête avant de plaquer la visière sur mon visage. Je ne prête que peu d'attention aux instructions qui défilent, focalisée sur les battements de mon cœur qui s'affole.

Quand la propulsion s'enclenche, mon estomac se soulève, mais je n'ai pas le temps de m'en accommoder car je ressens une piqûre dans mon dos et sombre aussitôt dans le sommeil. Un rêve s'active dans mon esprit. Je suis toujours dans la navette, mais je n'éprouve plus aucune sensation physique. Elle est d'ailleurs bien plus spacieuse. Isaak, à ma droite, me propose à boire. J'accepte, consciente que ceci n'est pas réel.

Des passagers discutent ensemble et mangent quelques fruits. D'autres se relaxent dans des sièges massants. Aucun ne paraît troublé par la situation. Je n'utilise pratiquement jamais de simulateur de rêve, c'est certainement pour cela que je me sens si déstabilisée.

Isaak est comme un poisson dans l'eau à mes côtés. Il pivote vers moi, le regard brillant.

– Je suis si heureux que tu sois mon assignée, me souffle-t-il.

« Moi aussi », voilà ce que je souhaiterais lui répondre. Mais la vérité, c'est que je ne ressens pas ce bonheur si puissant que l'on m'a décrit

COMMUNITY

à propos de l'Assignation. Au contraire, depuis le début de la journée, j'ai une boule ignoble logée dans ma gorge. Et tout ce que j'arrive à faire en guise de réponse à Isaak, c'est de sourire faiblement.

18

Lorsque je me réveille de mon rêve, le temps que j'ai passé endormie me paraît flou, et je me sens un peu nauséeuse. Je regarde Isaak à ma droite ; il ouvre les yeux lui aussi. La jeune femme sur l'écran de mon masque s'adresse encore à nous :

NOUS ENTRONS EN GARE. VOUS ÊTES BIEN ARRIVÉS DANS LE DISTRICT 12, ZONE T6.

Je grimace. Mes parents habitent dans le District 2, juste à côté du Centre. Je suis si loin d'eux à présent…

Je défais mes ceintures et ôte mon masque. Isaak fait de même, mais soudain, il se raidit. Je cherche à entrer en communication avec lui, sans succès. Il me met en attente. Je commence à m'inquiéter, à me demander ce qui ne va pas. Mais au bout d'une minute, il cligne des yeux et se tourne vers moi.

– Que s'est-il passé ? lui demandé-je.

– Un Cultivateur est entré en communication avec moi. Il nous attend à la surface.

Nous quittons notre siège lorsque les portes de la navette s'ouvrent et nous marchons jusqu'à l'ascenseur principal. Nous ne sommes qu'une poignée à choisir celui qui remonte à la surface ; à l'autre bout du quai, la file devant celui s'enfonçant sous terre est bien plus longue.

Une fois dans la cabine, j'inspire profondément quand mes chaussures s'ancrent au sol. La seconde d'après, il devient vert et nous propulse vers le haut. Heureusement pour moi, j'ai plus de facilité à supporter la montée que la descente…

En sortant de l'ascenseur, je cherche machinalement mon transporteur du regard, mais ce dernier se trouve à des centaines de kilomètres d'ici, avec mes parents. Mon estomac se serre. Ils me manquent déjà…

Isaak m'entraîne vers un inconnu au crâne dégarni et à la combinaison ornée de deux épaulettes vertes. Une connexion groupée s'active.

– Je vous présente mon assignée, Lyah, Chercheuse, déclare mon ami.

L'homme hausse les sourcils, étonné.

– Je suis ravi de faire votre connaissance. Vous êtes la première Chercheuse dans notre district depuis des années !

Je lui rends un sourire de convenance. Il nous apprend qu'il s'appelle Kilian et qu'il est notre voisin. Il a été prévenu de notre Assignation et est chargé de nous amener dans notre nouveau chez-nous. Je laisse Isaak converser avec lui : je ne tiens pas à m'infliger de la peine. J'aurais tellement préféré qu'il s'adresse à moi en tant que nouvelle Cultivatrice… Je vais devoir me faire une raison, je n'ai pas réussi à devenir celle que je souhaitais, même en dissimulant ma puce enfantine.

Je serre les dents en écoutant Kilian décrire les parcelles à Isaak. La jalousie bout en moi, bien que je sache que je devrais me réjouir pour mon ami d'enfance. Même l'air frais m'agace, car je sais que je ne vais pas le respirer tous les jours. En tant que Chercheuse, je travaillerai sous terre…

Je relève le menton pour observer le ciel. Il fait presque nuit, et dans quelques minutes à peine, je pourrai contempler les étoiles. Mes sourcils se froncent soudain, et je glisse ma main dans ma poche, là où, ce matin, avant de partir pour mon Assignation, j'ai glissé la pierre que j'ai trouvée dans la forêt. Je la caresse pour m'apaiser tout en observant les astres faire leur apparition dans le ciel. Lentement, je parviens à retrouver un semblant de calme.

– Ah ! s'exclame Kilian, me ramenant à lui. J'ai oublié de vous dire, deux nouveaux transporteurs vous attendent chez vous. Des modèles dernier cri. J'en serais presque jaloux.

Il rit à sa blague, mais je n'ai pas le cœur à m'amuser. Tant de changements sont bien trop brutaux pour une seule journée… Je vais avoir du mal à m'y faire.

Nous arrivons peu de temps après dans un joli lotissement d'une trentaine de maisons entourées d'arbres et de champs. Isaak se retourne vers moi, euphorique. Ses yeux pétillants me mettent du baume au cœur : au moins, l'un de nous deux est ravi de son Assignation. Kilian et lui descendent vers les habitations tandis que je m'attarde en haut de la colline pour observer le paysage. Il n'y a pas de forêt dans le coin, si bien que j'ai une vue sur toute la plaine. C'est si beau... J'ai du mal à accepter qu'il me sera impossible d'en profiter pendant la journée.

Je soupire une dernière fois avant de presser le pas pour rejoindre Isaak et notre nouveau voisin. Ils sont à trois ou quatre mètres devant moi lorsqu'une demande de connexion s'active dans mon crâne. Je suis surprise en découvrant le matricule de Caleb.

CONNEXION ACCEPTÉE

— Bonsoir, je voulais juste te féliciter, me dit-il. Nous allons être collègues, tous les deux, finalement.

Qu'il ait pris le temps de me contacter me touche. Je lui réponds :

— Merci... Félicitations à toi aussi.

— Je me doutais bien que tu deviendrais Chercheuse, vu le nombre de bases de données que tu as téléchargées.

— Ah...

Je grimace. Moi, je n'en avais aucune idée. Et j'ai toujours du mal à me faire à la décision de l'Assignateur, d'ailleurs.

Mon attention se reporte soudain sur Isaak, qui me fait de grands signes de main et cherche à communiquer avec moi. Je mets en attente sa demande de connexion.

— Caleb, merci pour ton message, mais je vais devoir te laisser, dis-je. Mon assigné m'appelle.

— Nous aurons tout le temps de nous parler demain au Centre, de toute façon. Bravo à toi une fois encore.

Je déglutis, amère.

— Oui, merci. À demain, alors.

CONNEXION INTERROMPUE
CONNEXION ÉTABLIE

— Lyah, qu'est-ce que tu fais ? s'étonne Isaak alors que je le rejoins. Avec qui parlais-tu ?

Je lui adresse un sourire rassurant.

— Caleb.

Il fronce les sourcils, ce qui n'est pas surprenant : ce nom ne lui dit rien.

— C'est un Chercheur, précisé-je. Il m'a félicitée pour mon Assignation.

— Un nouvel ami, dans ce cas-là ?

COMMUNITY

Ma gorge se noue. J'aurais préféré avoir des amis Cultivateurs… Malgré mes états d'âme, je réponds à Isaak pour ne pas l'inquiéter :
– Oui, certainement.

19

Kilian s'éclipse après nous avoir montré notre nouveau logement. Isaak me jette un regard du coin de l'œil, puis pose sa main sur l'un des murs. La maison souhaite aussitôt se connecter à nous deux.

BONJOUR, BIENVENUE CHEZ VOUS. JE SUIS LA DEMEURE NUMÉRO 20-34 DU DISTRICT 12. J'AI ÉTÉ CONSTRUITE IL Y A VINGT JOURS DANS L'ATTENTE DE VOTRE VENUE. VOUS POUVEZ ME DEMANDER CE QUE VOUS SOUHAITEZ. LA COMMANDE CENTRALE SE TROUVE SOUS L'ESCALIER.

Je m'avance d'un pas tandis que la voix robotique poursuit ses explications. Isaak la coupe :

OPACITÉ 80 %

La vitre se teinte dans la foulée. De mon côté, j'examine les lieux. Je suis surprise de constater que tout est similaire à la maison qui était la mienne hier encore. La salle de vie, la cuisine... elles sont parfaitement identiques à celles de mes parents.

Je monte l'escalier en même temps qu'Isaak, et nous nous dirigeons vers la première chambre à gauche. Lorsque la porte s'ouvre, je bloque, prise par l'émotion.

– On a l'impression d'être à la maison... constaté-je.

– Oui...

Nous observons tous les deux une copie conforme de ce qui a été notre chambre durant des années. Ma gorge se noue en songeant à cette vie que je n'aurai plus. Mes parents doivent se sentir si seuls, à présent...

— À un détail près, ajoute Isaak.

Il se retourne pour pénétrer dans la seconde chambre, juste en face de la première. Je déglutis lorsque la pièce s'illumine. La bulle de sommeil se trouve en plein milieu, exactement comme celle de mes parents. Elle est assez grande pour deux, avec une séparation au centre pour diviser les couchettes. De chaque côté se dressent des armoires agrémentées d'un bureau, sur lesquelles le matricule de chacun de nous deux s'affiche. Sur le mur face à la bulle s'étend un immense écran. Cela va me faire bizarre de consulter des bases de données là-dessus. Je suppose que, s'il est aussi imposant, c'est pour qu'Isaak et moi puissions partager notre connexion.

ACTUALITÉS

Réagissant à l'ordre de mon ami, l'écran s'active, et des images apparaissent.

LA ZONE T1 A VU L'APPARITION D'UNE NOUVELLE ESPÈCE : UNE ABEILLE CAPABLE À ELLE SEULE DE BUTINER PRÈS DE...

Je laisse la voix masculine poursuivre l'annonce des titres du jour et m'approche de l'une des armoires. Des combinaisons y sont déjà présentes, soigneusement pliées, de même qu'une paire de chaussures, un masque et des gants. Je me mords l'intérieur de la joue en constatant qu'il n'y a aucun élastique à cheveux. Les miens, ceux que j'ai confectionnés moi-même, sont restés chez mes parents... Il ne me reste plus que celui qui relève ma crinière acajou en queue de cheval. Je le triture de mon index en espérant que mon père et ma mère pourront me renvoyer les autres.

Je ne sais pas comment ils vivent leur retour à la maison, de leur côté. Cela doit être si étrange pour eux de se retrouver seuls... Cette pensée me noue davantage l'estomac. Pourquoi personne ne paraît-il choqué par une telle séparation ? Tout le monde dit que l'Assignation est la plus belle journée de notre vie. Pour ma part, ce serait plutôt la pire. J'ai tant de mal à me faire à l'idée que je suis dorénavant une Chercheuse... Je me demande bien de quoi ma journée de demain sera faite, ainsi que toutes les suivantes.

Je soupire, agacée. Ce qui est certain, c'est que Wil aura désormais un œil sur moi. Le questionnaire auquel j'ai répondu était très étrange. Je pense que, si je lui avais remis ma puce enfantine, il aurait fouillé de fond en comble tous mes souvenirs ainsi que mes émotions.

Je ne pensais pas qu'il était possible de les analyser de manière aussi détaillée...

Je me détache les cheveux, perturbée. Isaak me tire soudain de mes pensées en s'adressant à moi :

– Tu as faim ? Je demande au tube deux assiettes ?

Je secoue la tête.

– Non, merci, je n'ai pas envie de manger.

Étonné, Isaak me dévisage.

– Moi, si, je vais demander des brocolis, m'informe-t-il.

Il file aussitôt dans l'escalier pour aller en cuisine.

– Toujours du vert, c'est ça ? fais-je remarquer, amusée.

– Toujours !

Me retrouvant seule, je m'allonge dans ma partie de la bulle de sommeil. L'écran face à moi diffuse toujours les actualités mondiales. La voix masculine évoque d'ailleurs l'Assignation de ma zone ce jour et annonce les prochaines. Demain, ça sera au tour de la T10. Je songe à tous les jeunes qui doivent être stressés autant que moi hier soir. Je me demande si, parmi eux, d'autres seront déçus de la voie qu'on tracera pour eux...

Cela me donne soudain une idée. Je me redresse dans la bulle de sommeil et m'assois au bout de celle-ci. Via Community, j'ordonne à l'écran de couper les actualités et allume sa caméra intégrée. Mon reflet me fait face sur tout le mur. L'air abattu de mon visage me frappe. Je soupire, ne sachant pas encore si je retrouverai mon sourire un jour. Quoi qu'il en soit, je crois que je dois peut-être noter cette étape de ma vie pour constater mon évolution. Si, comme le dit Wil, devenir Chercheuse était ce qu'il y a de mieux pour moi, peut-être que je le réaliserai moi-même avec le temps ? Je prends une grande inspiration et transmets mes pensées pour qu'elles soient consignées :

– Aujourd'hui, tu as eu ton Assignation. Ce matin, tu avais peur de devenir Distributrice comme ton père parce que tu ne supportes pas d'être dans les souterrains, tu as donc fait ton possible pour éviter ça.

Je passe ma main dans la poche de ma combinaison pour effleurer la puce enfantine qui s'y trouve.

– L'Assignateur a décidé de te faire passer un questionnaire. Tu pensais que l'on allait t'interroger sur tes souvenirs, mais les questions étaient plus personnelles. On t'a même demandé si tu étais capable de tuer, et tu as répondu que oui. Bien que cela ne soit pas toléré dans notre société, il y avait tout de même une voix en toi qui disait que oui, tu en serais capable si c'était justifié. Tu n'as pas voulu mentir.

Je soupire en pensant à ce qui est venu après ce questionnaire.

– L'Assignation t'a déçue. Tu ne pensais pas devenir Chercheuse. Encore maintenant, alors que tu es dans ton nouveau chez-toi avec Isaak comme assigné, tu ne l'acceptes pas. Au moins, tu as un visage familier près de toi, et cela te fait du bien. Parce que tes parents ne seront plus aussi proches de toi que par le passé. On t'a envoyée si loin d'eux, tout au nord de la zone. Pourquoi, d'ailleurs ? Est-ce que les autres jeunes assignés ont été relocalisés dans un autre district que celui de leurs parents ?

Je grimace soudain, me rappelant les mots de Jill lorsqu'elle nous a accueillis après notre Assignation, Isaak et moi.

Profitez bien d'eux.

Elle savait que nous serions séparés sous peu… Face à la caméra, je me gratte la nuque, désemparée. Aurai-je un jour des réponses à toutes les questions que je me pose ?

Ne trouvant rien de plus à dire, je coupe l'enregistrement et m'avance pour récupérer la puce qui le contient. Je la détaille avant de la ranger dans mon armoire. J'attrape ensuite mon Andi et décide de me connecter à mes parents. C'est plus fort que moi, j'ai besoin de savoir comment ils vont… Je demande leur localisation et découvre deux petits points à des centaines de kilomètres de moi. Ils doivent être eux aussi dans leur bulle, prêts à se coucher.

CONNEXION DEMANDÉE / ENYA - MATRICULE 89653145 EN ATTENTE DE RÉPONSE

Je fronce les sourcils lorsque la voix robotique déclare dans mon esprit après quelques secondes :

CONNEXION IMPOSSIBLE. VEUILLEZ RÉESSAYER ULTÉRIEUREMENT.

C'est la première fois que je n'arrive pas à me connecter à ma mère. Je recommence, et le même message d'erreur revient dans la foulée. Elle doit sans doute déjà être en simulateur de rêve… Déçue, je ferme la bulle de sommeil et lui ordonne d'afficher la galaxie d'Andromède. J'ai besoin de contempler quelque chose de rassurant. Et les étoiles ont toujours réussi à me détendre, jusqu'ici… Elles envahissent mon champ de vision. En bougeant mon index de droite à gauche, je peux me déplacer, avançant et reculant à ma guise.

J'essaie de trouver des planètes, mais il m'est impossible de zoomer autant. Cependant, cela nourrit mon imagination. Peut-être que parmi ces points brillants se trouvent des personnes comme moi, ou même des êtres complètement différents ? Mon esprit s'emballe, et je me laisse bercer par ses fantaisies, oubliant peu à peu le stress de ma journée. Parmi les étoiles, je me sens en paix…

Néanmoins, mes inquiétudes reviennent au galop lorsque je jette un œil à la partie de la bulle de sommeil qu'occupera Isaak. C'est la première fois que je vais partager ma nuit avec quelqu'un. Je ne sais même pas si je bouge en dormant ou non… Sans doute est-ce à cela que sert la séparation centrale : à éviter que nous nous dérangions l'un l'autre ?

En tout cas, je suis contente que mon ami soit avec moi. Après tout, j'aurais pu être assignée à un parfait inconnu…

Alors que je songe à cette hypothèse, la sphère s'ouvre, et Isaak se faufile à l'intérieur. Il s'allonge dans sa partie et observe les parois de la bulle.

– L'espace ? s'esclaffe-t-il. Pourquoi ne suis-je pas étonné, venant de toi ?

Je ris.

– Peut-être parce que tu sais que j'aime regarder les étoiles depuis que j'ai insisté pour te traîner dans un champ de nuit quand nous avions 5 ans.

Il fronce les sourcils, la bouche entrouverte, comme en plein bug Community, avant de reprendre ses esprits et de me lancer :

– Oui, c'est certainement ça.

Il éclate de rire à son tour, et ce moment de complicité me fait du bien.

– Quel scénario veux-tu ? me demande-t-il alors.

Mon hilarité se dissipe. Isaak se redresse sur ses coudes, comprenant que quelque chose ne va pas.

– Ne me dis pas que tu aimes la version rose et château de cartes ? s'inquiète-t-il.

Je me pince les lèvres. Je vais devoir lui avouer que je n'utilise pas le simulateur…

– Tu ne vas peut-être pas comprendre, mais je dors de manière naturelle, dis-je.

Isaak écarquille les yeux.

– Comment fais-tu ça ? Je n'y arrive pas, moi.

– Tu as déjà essayé ?
– Oui, mais il ne se passe rien, alors je m'ennuie vite.
– Tu n'es pas assez patient, il faut attendre d'être fatigué.
Il me détaille, perplexe.
– D'accord, mais la fatigue, elle vient quand, exactement ?
Je pouffe.
– Quand on ne s'y attend pas. Tu ne peux pas prévoir le sommeil. Il vient tout seul.
Isaak se rallonge en soupirant.
– O.K. Je peux réessayer pour toi, si tu veux, déclare-t-il.
Sa gentillesse me touche, et je lui glisse :
– Merci…
– Mais si je ne m'endors pas avant toi, j'activerai la manette de rêve, me prévient-il.

J'acquiesce, consciente que dormir de manière naturelle est compliqué pour quelqu'un qui a pris l'habitude que l'on injecte des songes dans son esprit. Je me rappelle mes débuts : je m'endormais parfois lorsque le jour se levait, bien trop prise par mes bases de données.

– Il y a des moyens d'aider à être fatigué, tu sais, dis-je.
Isaak se tourne vers moi, curieux.
– De quels genres ?
– Est-ce que tu as déjà regardé une base de données sur l'art des derniers siècles avant Community ?
Mon ami secoue la tête.
– Je vois. Faisons donc ça, alors, acquiesce-t-il. Mets une base de données pour nous aider à trouver le sommeil.

Je m'installe plus confortablement à ses côtés en demandant à la sphère de nous diffuser des enregistrements sur l'art. À peine la voix masculine commence-t-elle à parler dans notre crâne qu'Isaak pouffe.
– Tu as raison, je vais m'endormir vite avec ça.
Je l'observe du coin de l'œil, amusée, avant de me concentrer sur les informations diffusées dans mon esprit. Malgré tout, mes yeux se ferment assez vite. Épuisée par cette journée, je ne lutte pas et m'endors en espérant que celle de demain sera meilleure.

20

Lorsque je me réveille le lendemain matin, Isaak dort encore paisiblement. En activant mon Andi, je constate qu'il est plongé en plein dans une séquence de rêve. Je souris. Il n'a pas réussi à s'endormir naturellement, finalement... Il a activé un songe se déroulant dans les fonds marins. Il est certainement en train de nager aux côtés de baleines en ce moment même...

Je me redresse un peu dans la bulle de sommeil et me frotte le visage. Ma nuit a été étrange. J'ai fait des cauchemars. Il était question de guerres, comme celles du passé... Le reflet de mon esprit en bataille, j'imagine. Je souffle un bon coup pour dissiper les dernières bribes de ces mauvais rêves.

OPACITÉ 50%

La sphère ainsi que les murs s'éclaircissent jusqu'à ce que je puisse voir la colline plus loin. Il n'y a pas un nuage dans le ciel, ce qui annonce une belle journée à venir. Mon estomac se tord aussitôt, parce que je ne pourrai pas profiter de ce temps radieux. Je serai dans les souterrains pour mes premiers pas en tant que Chercheuse.

Alors que je m'apprête à demander à la bulle de s'ouvrir, celle-ci bouge dans mon dos. Je me retourne.

CONNEXION ÉTABLIE

– Salut, me lance Isaak, me sondant de son regard caramel.

Je lui souris.

— Salut. Tu as bien dormi ?
— Très bien, oui. J'ai activé un rêve, finalement.
— Je comprends.

Je me redresse un peu sur la couchette puis m'extirpe de la bulle. Isaak fait de même. J'attrape ma combinaison de la veille, qui a été lavée automatiquement pendant la nuit, et l'enfile. Dos à moi, mon ami s'habille également, en silence. Je ne l'attends pas pour descendre à la cuisine, préoccupée par ma journée à venir. Face au compresseur, je choisis plusieurs fruits à l'aide du compteur sur le tube.

COMMANDE EN COURS / VEUILLEZ PATIENTER.

Lorsque mon petit-déjeuner apparaît en lévitation, je pense à mon père. Je me demande s'il est déjà à sa tâche et s'il a contribué à ce que ce repas me soit apporté… Vu la distance qui nous sépare désormais, c'est peu probable, mais qui sait ? Je pense également à ma mère, qui est peut-être déjà sur sa parcelle, elle aussi. Je demande l'heure à mon Andi pour en avoir le cœur net.

8H15

Ils ne sont déjà plus à la maison : nous nous levions à six heures, le matin. Je me demande comment ils ont vécu ce premier réveil sans moi…

— Tu dois être à quelle heure au Centre ? m'interroge soudain Isaak.
— Je n'en sais rien. On ne m'a pas donné d'horaires.

Il fronce les sourcils tout en commandant une assiette à son tour.

— Tu devrais peut-être te dépêcher. Si ça se trouve, tu es en retard ?
— Tant pis.

Mon ami me lance un regard attristé avant de me sermonner :

— Lyah, si tu es devenue Chercheuse, c'est que tu as des capacités pour l'être. Et je suis certain que tu feras de grandes choses. Je sais que tu voulais être Cultivatrice, mais nous avons prêté serment de servir la communauté, ne l'oublie pas.

J'avale un quartier d'orange avec amertume.

— Oui, pour le bien de tous, je sais.

Je finis en vitesse mon petit-déjeuner, préférant me hâter plutôt que de poursuivre cette conversation. Isaak le comprend bien et me laisse partir. J'ouvre une capsule de Nanos en sortant de la maison pour que ces derniers me lavent. Une légère brise me caresse le visage, faisant danser mes cheveux. C'est bien la première fois depuis des années que je ne les attache pas… Je m'avance vers mon nouveau transporteur tout en plaçant mon Andi sur mon visage. Je planifie mon trajet jusqu'à l'accès aux souterrains le plus proche. Sur la route, je vais aussi vite que je le peux : j'ai besoin de sentir le vent sur mon visage… Je dois faire le plein de nature avant de m'enfoncer sous terre.

Les paysages que je vois défiler sont différents de ceux que j'ai quittés. Ici, la forêt est rare. Il n'y a que des champs à perte de vue. Je me pince les lèvres en me demandant si j'aurai la possibilité de retourner sur ma parcelle un jour. J'en doute fort…

Lorsque j'arrive face à l'ascenseur, je me fige. Cette fois-ci, je suis seule pour l'affronter. Ma mère ne sera pas à mes côtés pour m'aider à supporter la chute vertigineuse…

Je quitte mon transporteur pour pénétrer dans la cabine en verre. Ma respiration s'emballe. Je sens déjà que j'étouffe, cloîtrée là-dedans. Je baisse le menton ; sous moi, je ne vois que l'obscurité, et cela m'angoisse. Mais je n'ai pas le choix… Je fixe le bouton face à moi, prends une grande inspiration et appuie dessus dans un élan de courage. Mes chaussures se fixent au sol dans la foulée, et ma descente s'enclenche. Je prie pour que cela soit rapide…

Mes mains tremblent encore lorsque la cabine s'immobilise des dizaines de mètres plus bas. Bouleversée, je me dépêche de rejoindre la gare pour emprunter une navette vers le Centre. Autour de moi, les gens ne me prêtent aucune attention, marchant droit devant eux comme des automates. Cela m'inquiète. Finirai-je ainsi, moi aussi ? Seule, me rendant sans joie à mon travail tous les jours ?

Cette perspective est loin de m'enchanter.

★★★

Lorsque le protocole de sommeil se coupe à l'arrivée de la navette au centre, plusieurs messages apparaissent. Wil a essayé d'entrer en communication avec moi. J'enclenche une nouvelle connexion avec lui dans la foulée.

– Bonjour, vous avez cherché à me…
– Bonjour, Lyah. Où êtes-vous ? Nous vous attendons.

Je grimace.

– Je viens d'arriver au Centre, je sors de la navette et…
– Bien. Prenez la porte C, couloir 156, étage -148, chambre d'examen 28. Nous vous attendons.

CONNEXION INTERROMPUE

Je me pince les lèvres. Wil est-il toujours aussi strict avec ses collaborateurs ? Je file en direction de la porte C, en espérant que ce ne soit pas le cas.

Au bout d'un temps qui me semble être une éternité à parcourir des couloirs blancs austères, je trouve enfin la bonne chambre d'examen. Face à la porte, je souffle un bon coup et pose ma main dessus. Cette dernière s'ouvre, et je découvre Caleb ainsi que Wil assis à une table ovale.

CONNEXION GROUPÉE ÉTABLIE

— Installe-toi, Lyah, m'ordonne Wil.

Caleb m'adresse un sourire. Je lui rends tout en prenant place à sa droite.

— Nous pouvons maintenant commencer. Sache, Lyah, que les Chercheurs commencent leur journée à neuf heures. Merci d'être ponctuelle à l'avenir.

Je hoche la tête, penaude. Wil me lorgne une petite seconde avant de reprendre :

— Hier, vous avez juré d'œuvrer pour le bien de tous. Aujourd'hui, je vais vous demander de prendre vos nouvelles fonctions pour la société. Mais avant ça, vous allez une fois encore devoir prêter serment.

Caleb et moi nous redressons sur nos chaises, perplexes.

— Pourquoi ? demande mon nouveau collègue.

J'interroge moi aussi Wil du regard.

— Une tâche très particulière va vous être confiée, et il est de mon devoir de recueillir vos serments avant de vous en dire plus, déclare-t-il.

Je lance un coup d'œil à Caleb, confuse. Ce dernier hésite une seconde, puis pose sa main sur la tablette au centre de la table en annonçant :

— Très bien.

Je le scrute, toujours sceptique. Wil m'observe avec un air qui me met mal à l'aise. Je ne sais pas vraiment à quelle mission il souhaite m'affecter, mais une petite voix intérieure me hurle qu'elle ne va pas me plaire.

21

Caleb semble prêt à faire le serment que Wil lui demande, mais pour ma part, cela me perturbe un peu. Je détaille la combinaison bleue de l'Assignateur avant de m'attarder sur son visage. Il a les mêmes traits que son fils, des pommettes saillantes, un regard caramel, un teint hâlé et une tignasse ébène. Isaak a toutefois un tic nerveux que son père ne possède pas. Celui-ci ne joue pas de son auriculaire et de son pouce en faisant de petits ronds : ses doigts à lui tiennent fermement sa tablette en verre.

Son regard est braqué sur moi. J'hésite.

– Qu'est-ce qui se passera si je refuse ? demandé-je.

Wil paraît surpris par ma question, tout comme Caleb. Je n'ai pas pu m'empêcher de la poser, je suis curieuse. Je ne comprends pas pourquoi les Chercheurs s'entourent de tant de mystères…

– Il ne t'arrivera rien, si c'est ce que tu crains, mais je pense que la fille intelligente que tu es comprend bien qu'il y a des règles à suivre en société, lâche l'Assignateur.

Je me mords l'intérieur de la joue. Je n'apprécie pas son ton…

– Vous êtes maintenant des Chercheurs, reprend-il. Vous faites donc partie d'une famille plus grande que vous. Une élite. Les personnes que vous côtoierez tous les jours seront vos alliés, vos amis, vos mentors… Ils vous dévoileront des recherches que vous n'imaginez même pas à ce jour. Vous aurez accès à des données confidentielles. Cela vous confère d'importantes responsabilités. Voilà pourquoi vous devez prêter serment.

Je le fixe, toujours hésitante. Son discours me laisse songeuse. Toutefois, je pose ma main à côté de celle de Caleb, convaincue que je n'ai pas le choix. La tablette s'active aussitôt. Wil semble satisfait.

– Je vous demande de garder secret tout ce que vous apprendrez au Centre, déclare-t-il. Je vous demande de ne jamais divulguer vos recherches en dehors de votre groupe de travail. Je vous demande de mettre à profit votre intelligence dans le but de maintenir l'ordre mondial de Community. Je vous demande de dévouer votre vie à l'avancée technologique pour le bien commun. Je vous demande de considérer les autres Chercheurs de la planète comme votre nouvelle famille. Je vous demande de tenir à partir de ce jour le rôle qui est désormais le vôtre, pour le bien de l'humanité et pour garder la paix aussi longtemps que vous vivrez. L'acceptez-vous ?

Ma gorge se noue, comprenant pourquoi j'ai toujours trouvé les Chercheurs si discrets. En réalité, ils n'ont pas le droit de parler de ce qu'ils font... Ma curiosité est d'autant plus piquée.

– J'accepte, dis-je.

– J'accepte également, ajoute Caleb.

Une voix métallique résonne dans nos crânes.

LYAH, MATRICULE 05654231, A PRÊTÉ SERMENT LE 16.09.3006. ENREGISTRÉ. CALEB, MATRICULE 45793147, A PRÊTÉ SERMENT LE 16.09.3006. ENREGISTRÉ

La tablette devient verte. Wil la récupère, souriant.

– Vous êtes maintenant officiellement des Chercheurs.

Je sens que je devrais être envahie par l'émotion, mais ce n'est pas le cas. Je ne me sens pas différente ni spéciale... Je n'ai cependant pas le temps de m'attarder là-dessus, car Wil repose la tablette sur la table après avoir pianoté quelques secondes dessus. Un visage que nous connaissons tous apparaît.

Tishira Yuko ?

J'examine ce qui semble être une vieille vidéo du concepteur de Community. Caleb comme moi interrogeons Wil du regard. Ce dernier nous explique :

– Avant que je vous montre cet enregistrement, j'aimerais que vous preniez conscience que, si vous êtes les deux seuls parmi les assignés d'hier à être devenus Chercheurs, ce n'est pas pour rien. Vous disposez d'un atout unique qui a motivé mon choix. Vos cerveaux.

Je le détaille, ne sachant pas où il veut en venir.

– Seule une personne sur cent mille dispose de neurones aussi actifs que les vôtres. Vos aptitudes intellectuelles surpassent nettement la moyenne.

Caleb paraît à la fois étonné et fier de cette révélation. Pour ma part, je souhaite en savoir plus.

– Que voulez-vous dire ? demandé-je.

– Vous êtes capables d'emmagasiner des informations de tous types et de les comprendre avec aisance, m'explique Wil. Mathématiques, sciences, biologie, physique… Rien n'est compliqué pour vous, n'est-ce pas ?

Il dit vrai : j'apprends beaucoup et vite. Mais je n'avais encore jamais perçu que cette capacité était aussi rare qu'il l'affirme…

Caleb hausse les épaules et s'interroge :

– Et en quoi cela est-il important ?

– Votre profil est idéal pour la recherche. Vous avez un cerveau apte à comprendre le monde et faire en sorte qu'il tourne bien.

Wil se redresse un peu sur sa chaise et se penche vers nous en croisant les doigts.

– À votre avis, pourquoi il y a si peu de Chercheurs, en comparaison des Cultivateurs, Distributeurs et Constructeurs ?

– Je ne me suis jamais posé cette question, avoué-je.

– Peut-être parce que tu ne sais pas combien nous sommes.

En effet, je n'en ai aucune idée. Toutes les bases de données sont évasives concernant les Chercheurs. Je connais juste le strict nécessaire : ils créent des technologies pour notre bien-être…

– Il y a actuellement trois milliards d'êtres humains sur Terre, indique Wil. La moitié sont des Constructeurs, qui produisent les objets dont nous avons besoin au quotidien. Maisons, transporteurs, couverts, panneaux rayonnants, tubes d'énergie… Un quart sont des Distributeurs, pour répartir, distribuer, répertorier et stocker les marchandises. Et enfin, un dernier quart sont des Cultivateurs. Ils sèment, récoltent, nourrissent la population pour le bien de tous… Mais pour ce qui est des Chercheurs, nous ne sommes qu'un peu moins de 30 000 dans le monde.

J'écarquille les yeux. Je n'imaginais pas que le nombre serait aussi faible.

– Très peu de gens ont un cerveau comme le vôtre, je vous l'assure, ajoute Wil. Cela fait de vous des êtres à part. Des hommes et des femmes qui construisent l'avenir.

Caleb et moi opinons.

— Maintenant, je vais vous demander d'écouter attentivement le message que le professeur Yuko a enregistré il y a des décennies à votre intention. Nous le montrons à chaque nouveau Chercheur.

Wil effleure la tablette, et une voix grésillante se fait entendre dans mon esprit.

— Bonjour. Beaucoup me connaissent, mais pour ceux qui ne le savent pas, je m'appelle Tishira Yuko. Dans deux jours, je vais présenter Community au Congrès des Nations. Et si cette technologie est adoptée, le monde va changer. Je dois donc vous dire que les sujets qui ont établi une connexion télépathique grâce à cette puce ont connu des bouleversements.

Le scientifique soupire avant de poursuivre :

— Lorsque j'ai commencé à travailler sur le cerveau humain, je n'imaginais pas que nous arriverions à de tels résultats. Le fait est que la télépathie est possible et qu'elle amène l'homme à une meilleure vision de lui-même. Dans ses débuts, en tout cas. En effet, j'ai fait des découvertes lors de mes analyses sur les sujets connectés. Ces derniers ne bougent plus les lèvres, car ils n'en ressentent plus le besoin. L'ouïe est également amoindrie sur les sujets chez qui Community est infiltrée depuis une dizaine d'années. Certains traits de caractère disparaissent ; le sommeil est aussi appauvri, créant parfois des états de psychose et d'anxiété profonde. Bien que ma technologie soit bénéfique au niveau de la compassion et du respect mutuel, il est également de mon devoir de vous prévenir de ses failles. Community est un frein aux sentiments. Il développe ce que j'appelle une *uniformité lourde*. Les pensées volatiles disparaissent peu à peu, créant une perte de personnalité prononcée. La mémoire est altérée, car les fonctions cognitives enregistrent beaucoup trop d'informations, sollicitant le cerveau de manière excessive. Ce dernier n'a pas d'autre choix que de trier ses souvenirs. Ce qu'il retient, c'est ce qu'il voit dans son quotidien. Tous les autres éléments s'estompent jusqu'à disparaître. Certains sujets ne retrouvent plus leurs marques dans des lieux qu'ils ont fréquentés durant leur enfance. D'autres ne se souviennent plus de certains membres de leur famille qu'ils ne voient pas assez souvent. Pourtant, ils ne sont pas malheureux, bien au contraire. Les individus connectés ensemble se sentent plus bienveillants les uns envers les autres. Par certains côtés, c'est une bonne chose : nous avons subi trop de guerres, et Community nous permettra d'y mettre un terme.

Tishira Yuko ne dit plus rien pendant quelques secondes. Il semble hésitant lorsqu'il reprend :

– Néanmoins, la société va devoir évoluer avec ma technologie. Et c'est votre devoir autant que le mien de veiller à ce qu'elle le fasse correctement. Vous êtes les esprits les plus brillants que l'on trouve sur cette planète. Alors, mes chers amis, je vous parle ainsi, car j'ai besoin de vous. Je suis malade et je vais mourir. Je vous demande d'être les fondateurs de la société à venir. Je vous demande de faire preuve d'analyse, de logique, d'intelligence pour que ce monde n'ait plus à se déchirer à cause d'intérêts égoïstes. Je vous demande de vous allier les uns aux autres et de réfléchir ensemble pour cette humanité qui est à l'aube d'une nouvelle ère. Je vous demande de maintenir l'ordre de manière juste et équitable pour que plus jamais il n'y ait de guerres, de génocides, de pandémies mortelles ou de famines. C'est à vous de réajuster l'équilibre, et Community, malgré ses failles, va vous aider à le faire. Je vous demande de construire ensemble cet avenir. Je vous demande tout cela, car oui, Community est la solution, mais elle ne peut faire de miracles. Je vous demande de faire en sorte que ce monde soit meilleur. Pour le bien de tous.

— Comprenez bien que chaque être est capable de tuer sur cette Terre, mais si nous détournons son attention d'une raison de le faire, il ne passera jamais à l'acte. Tout le monde peut alors vivre en parfaite harmonie.

— Qu'entendez-vous par « détourner son attention » ? questionne Caleb.

— Nous décidons des Assignations et indiquons des lieux de vie à chacun. Retirer aux individus l'angoisse du choix évite bien des tensions.

— Vous êtes en train de nous dire que l'Assignation n'est qu'une vaste plaisanterie ? s'exclame Caleb.

Je serre les dents. Wil secoue toutefois la tête en soupirant.

— Non, l'Assignation est réelle et nécessaire. Nous étudions effectivement chaque individu et lui attribuons une tâche en corrélation avec ses compétences et ses besoins. L'analyse des différentes puces nous permet de faire notre choix.

— Je n'ai pourtant pas remis ma puce enfantine, fais-je remarquer.

— Soyons honnêtes un instant, veux-tu ? réplique Wil. Nous disposons d'autres moyens d'accéder aux pensées et aspirations de chacun. La puce enfantine permet de conforter notre choix grâce à une analyse de souvenirs anciens, mais la puce adulte suffit amplement à nous transmettre les informations dont nous avons besoin.

— Vous nous espionnez, alors ? déduis-je, amère.

— Non, nous surveillons. Pour nous assurer que le système fonctionne bien.

— Je voulais devenir Cultivatrice et je ne le suis pas. Ce système ne fonctionne pas si bien que ça, alors.

Wil éclate d'un petit rire. Caleb, quant à lui, me dévisage, étonné.

— Que tu deviennes Cultivatrice aurait été du gâchis, décrète l'Assignateur. Tu es capable de bien plus.

Je bouillonne. Qu'en sait-il ? Comment peut-il prétendre connaître mieux que moi mes désirs ? Et pourquoi se permet-il de dénigrer les autres groupes de tâches ? Ne contribuons-nous tous pas à égalité au bien de tous ?

— Et Isaak ? Il est devenu Cultivateur. Pour lui aussi, c'est du gâchis ? lâché-je avec rage.

Wil se redresse subitement. Il n'a pas l'air d'apprécier mon ton. Peu importe.

— Mon fils n'est pas du gâchis ! me crie-t-il dans le crâne. Je l'ai placé là où ses capacités le destinaient à s'épanouir. Il n'a certes pas ton intelligence ni la mienne, mais en tant que Cultivateur, il trouvera la paix et sera heureux.

Je grogne intérieurement.

— Et moi, alors ? Je n'ai pas le droit à cela ?

Caleb paraît surpris par mon répondant. Je m'en fiche. Toute cette discussion commence à m'agacer.

— La paix et le bonheur, c'est justement ce que je t'offre, me répond Wil. Tu vas pouvoir lâcher la bride à ton esprit toujours actif. Comprendre, apprendre, analyser à ta guise. Concevoir et travailler sur des projets qui te tiendront à cœur, pour le bien de tous.

Hargneux, il poursuit :

— Préférerais-tu cultiver des champignons toute ta vie ? N'oublie pas que je t'ai assignée à Isaak, un Cultivateur, pour que tu puisses loger à la surface, car je sais que tu supportes mal de te trouver dans les souterrains. Donc, oui, j'ai fait les meilleurs choix pour que tu sois heureuse.

Je me tais. Il a raison, d'une certaine façon. Nous nous dévisageons en silence. Caleb me regarde du coin de l'œil, hésitant. Il finit par avancer :

— Tu te rappelles qu'hier, je t'ai dit que j'avais une idée de ce qui serait le plus beau jour de ma vie ?

Je hoche la tête, curieuse.

— Ce sera mon dernier jour, complète-t-il. Celui où je ferai le bilan de ce que j'ai fait de mon existence et où je me demanderai si j'ai contribué à accomplir de grandes choses. En étant Chercheur, j'ai l'opportunité de réussir le plus beau jour de ma vie.

Ses mots me touchent. Il se tourne vers Wil, confiant, et déclare :

— J'ai hâte de commencer.

L'Assignateur le remercie d'un mouvement de tête. Puis ils braquent tous les deux leur regard dans ma direction. Un combat intérieur fait rage en moi. La vérité en échange de mon bien-être ? Tout savoir, tout connaître ? Je dois avouer que l'idée est alléchante. Je ferme les yeux une seconde et songe à notre monde. Notre ridicule planète, si petite comparée à l'espace gigantesque autour d'elle. Je me demande où est ma place dans tout cela. En tout cas, il y a une chose qui est sûre, j'ai besoin d'en apprendre davantage. Pour tous, pour moi.

— Moi aussi, finis-je par affirmer.

Les lèvres de Wil s'étirent en un large sourire.
– Bienvenue dans la famille des Chercheurs.
Il nous observe tour à tour, Caleb et moi, satisfait. Une lueur victorieuse brille dans ses iris. Il peut se réjouir, en effet : il a fait de moi ce qu'il souhaitait… Néanmoins, il l'a dit lui-même, j'ai un esprit actif, obsessionnel et analyste. Et je vais le mettre en action, c'est certain.

Se levant avec sa tablette, il nous annonce :
– Bien, je vais vous faire visiter les lieux et vous présenter à vos nouveaux collaborateurs, même si beaucoup d'entre eux vous connaissent déjà puisqu'ils ont été vos professeurs à l'Union.

Je tique en songeant à Athia et aux propos énigmatiques qu'elle m'a tenus avant mon Assignation. Avait-elle une petite idée de ce qui allait m'arriver ?
– Tous les Chercheurs sont des professeurs ? demandé-je.
– Les Chercheurs occupent plusieurs tâches dans leur vie, et l'enseignement en fait partie, répond Wil. Mais notre première mission est de concevoir. Et pour ce qui est de vous deux, vous allez être affectés à un domaine de recherche bien particulier.

Je me crispe.
– Lequel ?
– Je vous l'expliquerai plus tard.

Wil se dirige vers la porte. Caleb et moi n'avons d'autre choix que de le suivre dans le couloir. Il nous emmène d'un pas pressé dans une autre partie du Centre. Nous pénétrons dans une pièce où trône un bureau rond et aux murs recouverts d'un écran à trois cent soixante degrés affichant notre zone complète. Des points verts, violets, marron, bleus et blancs clignotent sur cette carte immense.

– Voici le *Contrôleur*, nous explique-t-il. Il répertorie la localisation de chaque individu en T6. La couleur employée indique le groupe de tâches de l'individu concerné. Les non-assignés sont représentés en blanc.

Je fixe ce planisphère immense en comprenant que j'ai toujours été épiée sans le savoir. Ma méfiance à l'égard des Chercheurs ne s'en trouve qu'augmentée.

Oui, j'ai promis à Wil que je remplirai les missions qu'il me confiera… mais hors de question que je baisse ma garde.

23

Au cours du reste de la matinée, Caleb et moi suivons Wil à travers le Centre pour découvrir les différentes facettes du travail des Chercheurs. Je suis ébahie en constatant tout ce qu'ils ont réalisé depuis des décennies dans l'ombre. De nouvelles technologies, comme les bulles de sommeil qui permettent de compenser les problèmes d'endormissement liés à Community, mais aussi des prises de décision concernant la société tout entière, sur l'emplacement de nouveaux districts à ouvrir ou bien la proportion d'individus à assigner aux différents groupes de tâches… Et encore, je suis persuadée que je n'ai vu qu'une toute petite partie de ce que mes nouveaux collègues accomplissent.

Nos dirigeants, c'est eux.

Wil nous a aussi appris que nous travaillerons en binôme, Caleb et moi, sur un projet très important. Tout tourne en boucle dans ma tête tandis qu'il nous amène jusqu'à une nouvelle salle qui comprend deux bureaux l'un en face de l'autre avec deux écrans.

– Cette pièce vous sera réservée désormais, nous indique-t-il. Je vais vous laisser seuls ici un moment afin de vous laisser prendre vos marques. N'hésitez pas à consulter les bases de données supplémentaires auxquelles vous avez désormais accès.

CONNEXION INTERROMPUE

Sur ce, Wil s'en va. Caleb s'installe sur une chaise, je fais de même juste en face de lui. Il soupire avant de s'adresser à moi :

— Tu en penses quoi ?
J'hésite.
— Ça fait beaucoup de choses à intégrer.
Il rit. Je l'observe. Ses yeux bleus pétillent, et je me surprends à détailler ses traits.
— On fait partie de l'élite, maintenant, c'est tout ce que j'arrive à retenir, réplique-t-il.
— Toi, au moins, tu t'attendais à devenir Chercheur.
Son expression s'assombrit. Il confirme :
— Oui, mes deux parents le sont... Mais cela faisait aussi un moment que j'avais compris que je suis un peu différent des autres. Pas toi ?
Je pince mes lèvres.
— Mes parents m'ont toujours dit que j'étais une grande rêveuse, avoué-je.
— Et toi, qu'en penses-tu ?
— Je n'en sais rien.
— En tout cas, je suis sûr d'une chose, c'est qu'on se ressemble tous les deux. Même si tu es une rêveuse, je t'aime bien.
Je souris. Bien que je le connaisse à peine, je dois admettre que moi aussi, je l'apprécie.
— Qu'a dit Wil sur tes qualités et tes défauts ? l'interrogé-je. Nous ne nous ressemblons peut-être pas tant que ça, en réalité.
Caleb se recule sur sa chaise avant de balancer sa tête en arrière et de lâcher :
— Dans les grandes lignes, il m'a dit que j'étais dingue.
Je pouffe.
— Mais aussi que j'étais curieux, et « analyste », ajoute-t-il. Il m'a défini comme un comportementaliste.
Je hausse les sourcils.
— Il a dit de moi aussi que j'étais analyste, mais surtout obsessionnelle.
Caleb retient un gloussement.
— Tiens donc ! ironise-t-il.
Je lui jette un regard noir, piquée dans mon amour-propre.
— Pardonne-moi, mais c'est vrai que la quantité de bases de données que tu as téléchargées est affolante, reprend-il.
— Désolée...
Caleb fronce les sourcils.
— Ne t'excuse pas. Cela fait de toi une personne plus attrayante. Et tu es jolie à regarder, tu as donc tout pour toi.

Son compliment me touche.

– Toi aussi, osé-je.

Ses iris bleus me scrutent. Cela me met mal à l'aise. Heureusement, il se détourne vite pour se connecter à l'écran géant à notre droite.

– Bon, voyons voir ce qu'on peut apprendre de plus.

Je pivote à mon tour tandis qu'il lance une recherche globale sur les Chercheurs. Il arque un sourcil en découvrant le nombre incroyable de lignes qui s'affichent.

– Les avancées technologiques des derniers siècles, ça te tente ?

J'acquiesce. Il lance aussitôt la lecture de la base de données correspondante. Durant les heures qui suivent, il me regarde de temps à autre, curieux des réactions que je peux avoir face aux découvertes que nous faisons.

Cela me soulage d'être en binôme avec Caleb. Son esprit est vif, très vif, et j'ai le sentiment qu'il me complète bien. Pour l'instant, nous ne savons pas vraiment quelle mission nous allons devoir remplir tous les deux, mais ce qui est certain, c'est que je suis moins réticente au fait de travailler six pieds sous terre en étant à ses côtés.

Lorsque nos estomacs commencent à gargouiller, je sors mon Andi afin de chercher la localisation de la cantine la plus proche sur le plan du bâtiment que j'ai téléchargé le jour de mon Assignation.

– C'est bon, j'ai trouvé, lancé-je avant de retirer mon masque et de le tendre à Caleb.

Il le consulte rapidement et s'exclame :

– Bon sang, ils ne pouvaient pas faire plus compliqué ?

J'éclate de rire. Nous prenons la direction du réfectoire, et restons ébahis en le découvrant.

– Ça change de l'Union, constaté-je.

La salle est vide. Nous ne sommes que tous les deux. Je me demande bien où sont les autres. Peut-être qu'en étant Chercheurs, nous n'avons plus l'obligation de manger à des heures strictes ? C'est ce que je suppose en tout cas en me commandant une assiette de maïs et de courgettes. Caleb, quant à lui, prend des fruits et les fourre dans un sac. Je m'avance pour m'asseoir et il me regarde faire, immobile.

– Tu veux vraiment manger ici ? me demande-t-il.

Je hausse les épaules.

– Eh bien… oui. Pourquoi ?

– Fais comme tu veux, mais moi, je vais à la surface.

Il m'adresse un clin d'œil avant de tourner les talons.

La surface ?

Je me lève aussitôt de ma chaise pour le suivre.

— Attends-moi !

Il éclate de rire alors que je cours pour le rejoindre. Je le retrouve au bout du couloir, devant les ascenseurs. Presque à bout de souffle, je me penche vers lui.

— Tu manges toujours à l'extérieur ? lui demandé-je.

— Oui, je n'ai pas la chance comme toi d'avoir un parent Cultivateur. Les seules fois où je peux sortir, c'est pour mon repas.

Je déglutis. Avec deux parents Chercheurs, Caleb a dû fouler bien plus les souterrains que la surface. C'est peut-être pour ça que je ne l'ai jamais vu à l'Union. Nos cours étaient certainement décalés, et s'il ne mangeait jamais au réfectoire, je n'ai pas pu le croiser. Et puis, il y a tellement d'étudiants…

La porte s'ouvre. Nous entrons dans l'ascenseur en silence. Caleb s'apprête à pousser le bouton pour le mettre en mouvement, mais je m'interpose. Il s'arrête, surpris.

— Quoi ? Tu ne veux plus monter ? s'étonne-t-il.

— Si, mais est-ce qu'on peut le faire, disons… doucement ?

Il arque un sourcil avant de me sourire.

— Très bien, je te laisse choisir la puissance.

Satisfaite, je programme une montée à faible allure.

— Je n'aime pas la propulsion ni les espaces clos, me justifié-je.

— Je n'aime pas manger sous terre. Chacun ses petits tracas, s'amuse-t-il.

— Au moins, je sais pourquoi je ne t'ai jamais vu à l'Union, maintenant.

Caleb pivote vers moi, intrigué.

— Je t'ai déjà vue, moi. On a dû avoir un cours ensemble, ton visage m'était familier quand je t'ai aperçue avant l'Assignation.

J'écarquille les yeux, surprise, alors que l'ascenseur s'arrête. Nous sommes tout près des portes de sortie du bâtiment et rejoignons rapidement l'extérieur.

— Tu m'as vue dans quel cours ? demandé-je.

— Biologie, je crois. Je me souviens que tu es entrée, que tu as écouté quelques minutes, puis que tu as secoué la tête et que tu es ressortie aussi sec.

Je fronce les sourcils, cherchant ce moment dans ma mémoire, sans succès. Caleb s'approche d'un arbre contre lequel il s'assoit. Je m'installe à côté de lui et le dévisage.

— Désolée : moi, je ne me souviens pas de toi, dis-je.

Il croque dans sa pomme et secoue la tête.

– Ce n'est pas grave. Je suis plutôt discret, donc ça ne m'étonne pas. En tout cas, tu m'as bien fait rire, ce jour-là.

– Pourquoi ?

– C'est la première fois que je voyais quelqu'un se dire qu'un cours l'ennuyait et foutre le camp.

Je pince les lèvres, penaude.

– C'est certainement parce que je savais déjà tout ce que racontait le professeur.

– Tu passes vraiment ton temps à ça ? À apprendre de nouvelles choses ?

Je hoche la tête tout en mâchant mon épi de maïs.

– Et toi, tu fais quoi de ton temps libre ? lui demandé-je.

Il hausse les sourcils avant de me répondre :

– Je m'assois dans des endroits comme celui-là et je consulte des bases de données. J'aime bien être seul et au calme.

Je m'arrête de manger, surprise par sa confession. Oui, décidément, nous avons de nombreux points communs…

24

À la fin de la journée, lorsque je me dirige vers la gare pour rentrer chez moi, je pense à mes parents. J'aimerais tant les voir après cette première immersion parmi les Chercheurs… Tout en me remémorant leurs visages, je change brusquement de direction pour rejoindre un autre quai d'embarquement. Je ne sais pas s'ils seront à la maison, mais je veux tenter ma chance. J'ai besoin de retourner sur mon ancienne parcelle, pour tenter d'apaiser la nostalgie en moi.

La surface m'a manqué toute la journée. Bien que j'aie été en bonne compagnie avec Caleb, je ressens comme lui ce besoin de sortir pour respirer l'air frais. Wil n'avait peut-être pas tort, finalement : mon Assignation avec Isaak me permet de quitter les souterrains chaque soir… Néanmoins, j'aurais préféré être plus libre de mes mouvements. J'ai le sentiment que mes journées seront souvent identiques : je serai enfermée dans un bureau, à chercher une solution miracle pour un problème que je ne connais pas encore…

Wil nous a laissés seuls cet après-midi encore, Caleb et moi, prétextant un travail urgent. Il nous a promis plus d'explications demain. En attendant, mon nouveau binôme et moi avons continué à consulter des bases de données, et nous avons conversé à propos des avancées technologiques récentes dont nous avons appris l'existence.

Je ne sais pas si je vais finir par m'épanouir au Centre. À en croire Wil, je suis faite pour être Chercheuse, en raison de mes capacités intellectuelles « hors norme ». Soit. Pour l'instant, cependant, j'ai juste envie de retrouver la surface…

Je monte dans une navette ; une fois les ceintures accrochées, je redoute le démarrage, comme toujours. Je ne sais pas si je m'y ferai un jour… Community se désactive, et je me retrouve propulsée à vive allure en direction du District 2. Pour ne pas céder à la panique, je me concentre sur la première chose qui me passe par la tête : le visage de Caleb. Je suis contente de devoir travailler avec lui : sa compagnie me plaît. Je me demande quelle tâche on va nous confier. Je suppose que Wil a une idée bien précise de ce que nous devrons réaliser, et cela m'inquiète. Je ne serai peut-être pas à la hauteur ? Je ne voulais pas devenir Chercheuse, mais maintenant que j'ai revêtu les épaulettes bleues de ce groupe de tâches, j'ai peur de décevoir.

La navette ralentit petit à petit, et dès que j'ai la possibilité de filer, je ne me fais pas prier. Je rejoins l'ascenseur qui me ramènera à la surface et appuie sur le bouton commandant la montée. Aucun transporteur ne m'attend en haut, mais heureusement pour moi, mon ancienne parcelle n'est qu'à quelques dizaines de minutes de marche.

Une fois dehors, je souris. La lumière du jour m'avait tant manqué… Il n'est pas très tard, je peux encore en profiter.

Dès que j'arrive à la lisière de la forêt, je me mets à courir. Je n'ai pas l'habitude de mettre mon corps à l'épreuve ainsi, mais c'est plus fort que moi. Cependant, je me retrouve vite à bout de souffle. Je me maudis de ne pas être aussi athlétique que je le voudrais et je me promets de le devenir.

Au moment où je pénètre dans la clairière au centre de ma parcelle, je souris, satisfaite. Cherchant encore mon air, je me baisse instinctivement en me tenant les hanches. J'ai les poumons en feu, mais je me sens tellement bien… Je me cale contre un arbre et inspire l'odeur de la forêt, me délectant du chant des oiseaux que j'entends un peu plus loin. Cet endroit est magique. Je vais avoir envie de le retrouver tous les jours… Les pins, les sapins et la terre, tout ce que j'aime se trouve ici.

Ma poitrine se serre lorsque mon regard se pose sur l'arbre que le caillou tombé du ciel a abîmé dans sa chute. Une de ses branches, cassée, se balance au gré du vent. J'extirpe ma petite pierre de ma poche et fais glisser mes doigts sur sa partie la plus lisse. Est-ce que je vais pouvoir en apprendre plus sur elle à présent ? En tant que Chercheuse, j'ai certainement le droit de consulter les bases de données qui m'étaient interdites maintenant. Je marche jusqu'à la colonne en verre à l'entrée de ma parcelle et m'y connecte, puis lance une recherche sur les astéroïdes et météorites. Il me faut attendre plusieurs minutes le temps que la liaison avec les serveurs de la bibliothèque s'établisse, mais ma patience est récompensée lorsque le fameux dossier qui m'était interdit hier encore apparaît. Je le sélectionne avec appréhension.

TÉLÉCHARGEMENT EN COURS

Je réprime un sourire en voyant une jauge se remplir lentement sous mes yeux. Bien sûr, si loin de l'Union, elle met un temps qui me paraît infini à atteindre les 100 %... Impatiente, j'ouvre le fichier dès qu'il est disponible. Je suis surprise de ne pas entendre une voix dans ma tête, comme d'habitude, mais de découvrir du texte avec des images. Cette base de données doit être vieille, très vieille... Antérieure à Community, en fait, qui a signé le déclin de l'écriture et des langues. Je plisse les yeux pour déchiffrer les caractères qui me font face et suis soulagée en constatant qu'il s'agit d'anglais. Heureusement, j'en ai appris les bases par moi-même pour comprendre les vieux films.

Je puise dans mes connaissances pour lire le document qui se trouve devant moi. Sur les quelques images, je distingue le même genre de cratère que celui qui est apparu dans ma parcelle il y a quelques jours... à une différence près. Ceux que je vois là sont grands, bien plus grands. Certains font plus de cinq cents kilomètres de diamètre et ont été formés par des météorites de plusieurs milliers de tonnes ! Je ressors ma petite pierre de ma poche en songeant que ce n'est effectivement qu'un caillou en comparaison...

La documentation qui suit évoque les conséquences de tels impacts. Cela me fait frissonner. Il est question de force de souffle, d'anéantissement de zones. Ma main tremble autour de ma pierre. Ses grandes sœurs seraient capables de détruire toute vie sur cette planète... Je reste stupéfaite. Je n'imaginais pas que l'espace recelait autant de danger. Pour moi, on n'y trouvait que la beauté, celle des étoiles et de l'immensité. La vérité est pourtant tout autre.

Je passe mes mains sur mon visage, nerveuse. Je comprends mieux pourquoi l'accès à cette base de données était restreint. Les Chercheurs ont certainement souhaité cacher les informations qui s'y trouvent pour ne pas inquiéter la population. Je me mords l'intérieur de la joue, sceptique. Ce n'est pas un mensonge, mais est-ce juste ? Que peuvent-ils bien dissimuler d'autre, « pour le bien de tous » ?

COMMUNITY

Redressant le menton vers le haut, je scrute le ciel. Un caillou gigantesque peut nous tomber dessus à tout moment... Ce constat me sidère, mais je souffle en douceur en essayant de relativiser. Un tel impact ne s'est pas produit depuis des milliers d'années, d'après ce que je viens de lire !

Certes, mais ça reste tout de même une possibilité, même si elle est infime.

Je comprends alors que je suis peut-être en sursis. Pas que moi, en fait, mais toute l'humanité.

★★★

Au bout d'un long moment, je décide de me mettre en marche pour quitter ma parcelle. Mes parents doivent être sur le point de rentrer à la maison, je veux les voir avant de regagner le District 12. Je décide d'activer une connexion avec ma mère. Elle me manque tant...

CONNEXION DEMANDÉE / ENYA - MATRICULE 89653145
EN ATTENTE DE RÉPONSE

Je respire l'air qui commence à devenir frais. Le soleil ne va pas tarder à se coucher. J'observe les derniers rayons timides se frayer un chemin à travers les branches et les feuilles pour tenter de m'apaiser.

Le bip ne s'arrête pas. Je ne comprends pas pourquoi ma mère met si longtemps à me répondre.

CONNEXION IMPOSSIBLE. VEUILLEZ RÉESSAYER ULTÉRIEUREMENT.

Je me fige, surprise. Avant hier soir, maman n'avait jamais refusé de demande de connexion de ma part. Je relance Community. Le même message m'est renvoyé au bout de quelques minutes.

CONNEXION IMPOSSIBLE. VEUILLEZ RÉESSAYER ULTÉRIEUREMENT.

Paniquée, je prends le chemin de la maison de mes parents en toute hâte, courant dès que je suis sortie de la forêt pour aller au plus vite. Je veux être certaine que tout va bien. Des larmes brouillent ma vision. Je m'imagine le pire : un accident qui aurait blessé gravement mes parents, ou qui les aurait même tués ! Plus je m'approche des habitations, plus je m'affole. Ma poitrine me brûle alors que je ne cesse d'essayer d'entrer en contact soit avec mon père, soit avec ma mère. Aucun des deux ne me répond. Mes muscles me brûlent quand j'arrive devant la maison, trop opaque pour que je puisse en distinguer l'intérieur. J'appuie sur le mur pour y entrer, mais je me fige, stupéfaite.

Aucune entrée ne se matérialise. Je ne fais plus partie de la liste des personnes autorisées à commander la maison.

Je suffoque, tremblante. Mes pensées s'entrechoquent les unes aux autres. Où sont mes parents ? Que leur est-il arrivé ?

Je relance Community, mais cette fois-ci, c'est une autre personne que je cherche à joindre. Une personne qui me répondra, je le sais.

CONNEXION ÉTABLIE

– Lyah ?

– Wil ! Je n'arrive pas à communiquer avec mes parents. Je suis devant chez eux, mais je n'arrive pas à entrer !

Je hurle dans son esprit, me moquant bien de son rang d'Assignateur et de son statut de Chercheur reconnu.

– Que fais-tu là-bas ? m'interroge-t-il.

– Ce n'est pas important. Où sont-ils ? Je n'ai pas réussi à me connecter à eux depuis l'Assignation. Leur est-il arrivé quelque chose ?

– Je te le redemande, que fais-tu dans le District 2 ?

– Où sont mes parents ? m'agacé-je, faisant le tour de la maison dans l'espoir de trouver une surface transparente.

– Lyah, calme-toi.

– Comment est-ce que je pourrais le faire ? Sont-ils morts ?

La désapprobation envahit l'esprit de Wil. Moi, c'est la terreur qui m'anime. Il est hors de question que je me détende. Je veux savoir ce qui se passe.

– Non, ils vont bien, affirme l'Assignateur. Nous en discuterons demain. Maintenant, rentre chez toi.

– Où sont-ils ?

– Ne t'inquiète pas. Rentre. Nous en parlerons demain.

Je suffoque, à bout de nerfs.

– Non, ce n'est pas possible, je ne peux pas entrer !

– Lyah ! hurle soudain Wil.

Je me crispe.

– Rentre chez toi ! Ta place est auprès d'Isaak, désormais !

Je ravale un sanglot avec amertume.

– Tu m'as bien compris ? ajoute Wil. Rentre, maintenant.

J'essuie mes larmes d'un revers de main, troublée. Tout va si vite dans ma tête, je ne comprends pas ce qui est en train de se passer.

— Lyah ?

J'hésite. Je regarde la maison qui était la mienne hier encore. Wil répète une fois de plus mon prénom, me promettant que demain, j'en saurai plus. Que je ne dois pas m'inquiéter pour mes parents.

— Oui, j'ai compris, lâché-je.

— Bien, mon esprit est le tien…

Je coupe la connexion sans compléter la formule rituelle. J'espère qu'il aura une bonne explication à me donner lorsque je le reverrai. Je prends la direction de la gare, hargneuse, en me promettant que mon fameux esprit obsessionnel et analyste me servira à tout découvrir au sujet des Chercheurs et de leurs manigances.

25

Plus tard, alors que je suis de retour dans le District 12, je m'arrête une seconde et m'assois en haut de la colline qui surplombe le village où j'habite désormais. J'ai besoin de calme avant de rejoindre Isaak. Je me frotte le visage, agacée par ces deux derniers jours. J'étais angoissée par mon Assignation avant qu'elle n'ait lieu, mais j'étais loin de me douter qu'elle rendrait ma vie si complexe… Je voudrais tout laisser derrière moi et disparaître. Pourtant, étant adulte désormais, j'ai des responsabilités et je dois les affronter.

Un long soupir s'échappe de mes lèvres. Je dois réfléchir. Et surtout, en apprendre plus sur les Chercheurs. Je me promets que cela sera mon objectif pour les jours à venir. Quant à la météorite dans ma poche, je crois que je peux demander plus d'informations à Athia sur ce sujet. Quand j'en ai parlé avec elle à l'Union, elle paraissait au courant de l'existence des astéroïdes, peut-être pourrons-nous en discuter plus en détail maintenant que j'ai eu accès à de la documentation détaillée.

Je ramène mes genoux contre moi, me sentant soudain affreusement seule. J'ai l'impression qu'il n'y a que moi qui vois toutes ces choses qui me dérangent de plus en plus. Depuis mon plus jeune âge, on m'a appris à faire confiance à mes parents, puis à mes professeurs et à la société. Mais désormais, je ne parviens plus à museler mes inquiétudes, je perds la foi. Que suis-je supposée devenir ou faire ? Dois-je m'en tenir à ma mission, que Wil me communiquera bientôt ?

Ou dois-je agir selon mes intuitions ? Si tel avait été le cas, je n'aurais jamais accepté ce poste de Chercheuse, et Isaak et moi ne serions peut-être pas assignés ensemble.

Toutes ces questions pullulent dans mon esprit. J'aimerais juste en parler à quelqu'un. Une personne qui pourrait me soutenir et qui ne serait pas horrifiée par mes interrogations.

Caleb, peut-être ? Je l'apprécie, mais je ne le connais pas vraiment. Depuis hier, seulement… Quant à Isaak, c'est mon ami avant d'être mon assigné. Il a toujours été là pour moi. Mais comprendra-t-il mon secret ? Non, je dois porter seule mon fardeau, pour l'instant… et en apprendre le plus possible sur ces données que les Chercheurs cachent. J'aviserai ensuite.

Je repense à mes parents, essayant de trouver une raison plausible à leur refus répété de communiquer avec moi, quand une demande de connexion me parvient. C'est Isaak : il est tard, il doit commencer à s'inquiéter.

CONNEXION ÉTABLIE

– Oui ?

– Lyah, où es-tu ? Tu devrais être rentrée du Centre, mais tu n'es toujours pas chez nous.

– Je suis juste en haut de la colline. Je vois la maison de là où je suis.

– J'arrive.

Je m'apprête à dire à Isaak que ce n'est pas nécessaire, mais il interrompt la connexion. J'observe notre maison dont la lumière perce la nuit ; il en sort et marche dans ma direction. Je joins mes pieds et encercle mes genoux de mes bras pour me réchauffer un peu. Il souffle une légère brise qui refroidit l'air, bien plus que dans le district de mes parents… Je ne pensais pas que la température pouvait varier autant de l'un à l'autre.

Isaak remonte la colline en trottinant. Il n'est même pas essoufflé lorsqu'il parvient à ma hauteur. Je le jalouse un peu en me remémorant ma course de tout à l'heure. Il s'installe à côté de moi tandis qu'un bip retentit dans mon crâne. J'accepte sa demande de connexion.

– Pourquoi restes-tu ici ?

– J'avais besoin de réfléchir.

– Ta première journée ne s'est pas bien passée ? Tu veux en parler ?

Je baisse le menton. J'aimerais me confier à lui, mais je ne tiens pas à l'inquiéter… Sans compter que j'ai prêté serment de ne pas divulguer ce que j'apprendrais en tant que Chercheuse.

— Non, réponds-je.

— Non, elle ne s'est pas bien déroulée, ou non, tu ne veux pas en parler ?

— Non, je n'ai pas envie d'en parler. De toute façon, je n'ai pas le droit de te raconter ce que j'ai fait.

— Oui, je sais.

Je me retourne vers Isaak, étonnée. Il me sourit et ajoute :

— Lyah, j'ai entendu ça toute mon enfance. Mon père n'a cessé de le rappeler à ma mère ou à moi dès que nous le questionnions sur ce qu'il faisait au Centre. Et pourtant, ce n'est pas faute d'avoir essayé d'en savoir plus.

Je me replace dans ma position initiale, déçue. J'aurais espéré trouver en lui un soutien, que lui aussi ait une idée de ce que les Chercheurs dissimulent… Je dois me faire une raison, il ne fait pas partie de ce monde secret. Au moins, il est heureux en tant que Cultivateur, à présent. En comparaison, mon esprit est embrouillé. Je donnerais beaucoup pour m'installer dans la verdure ou cueillir des champignons paisiblement… Je pousse un long soupir avant de demander :

— Et toi, ta première journée ?

— J'ai appris à me servir du Régulateur.

Je pouffe. Je me rappelle soudain à quel point cet outil m'agaçait sur la parcelle de ma mère.

— Il est énervant au début, mais il est capable de t'apporter une grande aide, dis-je. Tu en auras besoin.

— Oui, je l'ai bien compris.

— Surtout, utilise-le si une nouvelle espèce apparaît sur ta parcelle !

— Oui, ça aussi, je l'ai compris.

Notre flux de pensée se tait un instant, puis Isaak m'interpelle :

— Lyah ?

— Oui ?

— J'ai été très heureux de te voir arriver dans la salle d'Assignation hier. J'avais peur que ce soit une autre femme plutôt que toi.

Je lui souris.

— Moi aussi, j'étais contente.

Un nouveau silence nous sépare. J'entends en arrière-plan des bribes de messages : des connexions parasites d'autres individus, qui sont uniquement perceptibles lorsque nous ne disons rien.

Isaak frictionne ses mains contre ses bras, me ramenant à lui.

– Tu as faim ? me demande-t-il.
– Pas vraiment.
– Hier soir, tu n'as rien mangé non plus. Montre-moi un peu ton rapport calorique de la journée.

Je rechigne, mais il extirpe de ma poche mon Andi, déterminé. J'essaie de le lui reprendre des mains, sans succès. Il le fixe sur ses yeux, et sa bouche s'arrondit.

– Tu n'as pratiquement rien avalé de la journée ! s'exclame-t-il.
– Oui, je le sais bien. S'il te plaît, rends-moi ça !

Isaak pince les lèvres avant de se lever.

– Je te le redonnerai quand tu auras englouti au moins deux assiettes.

Il prend aussitôt la direction de notre maison. Je me redresse pour le suivre : au fond, je sais que j'ai besoin de manger... Je n'ai pas avalé grand-chose à midi au Centre.

Alors que je passe la porte qu'Isaak ouvre dans le mur de chez nous, mon cœur se serre. Mes parents hantent encore mon esprit... Mais il me faut penser à autre chose : je n'aurai de toute manière pas d'informations pour l'instant. Je m'approche de l'écran principal de la maison, l'active, puis ordonne :

DIFFUSE *LA FOULE*, D'ÉDITH PIAF
MUSIQUE ACTIVÉE / *LA FOULE* D'ÉDITH PIAF

Les murs laissent aussitôt échapper les premières notes. Je me sens d'un coup plus légère. Aiguillonnée par la nervosité que j'ai accumulée, j'ai presque envie de danser. J'ai vu ça dans un film, un jour : une femme tournait sur elle-même. Je l'imite, ma tête basculant de droite à gauche.

Isaak me dévisage, les yeux écarquillés, ne comprenant pas ce qui m'arrive. Il paraît croire que je deviens folle, et cela me peine...

– Tu n'entends pas ? lui demandé-je.

Il secoue la tête, contrarié. J'augmente alors le volume. Mon ami ferme un œil et se concentre. Je monte encore le son, et cette fois, une lueur de compréhension passe dans son regard.

– Tu as demandé à la maison de mettre de la musique ? s'étonne-t-il.

Je hoche la tête, fière de moi.

– Et qu'est-ce que tu fais ? m'interroge-t-il.
– Je danse.

Isaak me lorgne avec curiosité. Il s'approche de la commande centrale et me demande :

– Comment as-tu fait ça ?

— Il suffit de le demander. Les maisons sont capables de diffuser des alarmes sonores pour avertir les enfants en bas âge d'un danger, elles peuvent aussi jouer de la musique.

Mon ami rit, abasourdi.

— Tu es un vrai petit génie, Lyah. Toujours à remettre en question ce qui t'entoure.

Je le scrute, ne sachant pas quoi répondre à cela. Néanmoins, je comprends bien à cet instant à quel point je suis différente de lui.

26

Tout en rejoignant mon bureau au Centre le lendemain matin, je songe à ma soirée d'hier. Après avoir mangé, Isaak est allé se coucher immédiatement. Moi, j'ai eu du mal à trouver le sommeil, si bien que j'ai lancé un film sur mon Andi. Une fois de plus, cela m'a frappée d'y voir des personnes se toucher pour se soutenir mutuellement. Pourquoi ne le faisons-nous plus ? Pourquoi ne le désirons-nous même pas ? La seule fois où j'ai touché ma mère, c'était pour la faire réagir… J'ai vu beaucoup de films d'amour et de guerre, et je n'ai jamais éprouvé le quart des émotions que les héros expriment à l'écran. Dans leurs regards brûle une passion dévorante que je n'ai jamais rencontrée chez quiconque dans mon présent. Qu'est-ce qui a changé ? Pourquoi paraissons-nous si différents des humains du passé ?

Rares sont ceux qui ont vu ces images, à mon avis. Les gens ne téléchargent pas autant de bases de données que moi, surtout celles datant d'il y a plusieurs siècles…

Allongée dans ma bulle de sommeil, j'ai regardé en boucle la scène où les héros s'enlaçaient et s'embrassaient. Leurs yeux brillaient. Ils semblaient penser que rien n'avait plus d'importance qu'eux deux. Mon cœur battait la chamade. J'ai mis tellement de temps à m'endormir en me demandant à quoi pouvait bien ressembler ce sentiment…

Je chasse cependant ces pensées de mon esprit pour me concentrer sur ma journée à venir lorsque je passe la première sécurité qui mène aux bureaux des Chercheurs. Je découvre Wil et Athia qui m'attendent côte à côte. C'est bon signe, j'imagine : l'Assignateur ne va pas se défiler et va me révéler ce qui arrive à mes parents…

Une connexion groupée s'active dans mon esprit. Je l'accepte.

– Bonjour, Lyah. Est-ce que tu vas mieux, aujourd'hui ?

Je lorgne Wil d'un œil mauvais et réponds :

– J'irai mieux lorsque je saurai pourquoi je n'arrive pas à communiquer avec mes parents.

– Athia t'expliquera cela ce matin. Vous vous retrouverez ensuite, Caleb et toi, pour que je vous explique votre nouvelle mission après votre opération.

– Notre opération ? répété-je, soudain apeurée.

Athia s'approche de moi, un sourire qui se veut rassurant plaqué sur le visage.

– Ne t'inquiète pas, Lyah. Tous les Chercheurs passent par là. Tu ne crains rien. Pour l'instant, je veux te montrer quelque chose.

À ce moment, Caleb apparaît au bout du couloir. Il demande aussitôt à entrer en connexion avec nous trois. Athia l'y autorise.

– Bonjour, lance-t-il gaiement.

Il se place à ma droite et m'adresse un clin d'œil. Il fronce les sourcils en découvrant mon expression méfiante.

– Je tombe mal, peut-être ? suppose-t-il.

– Non, pas du tout, lui répond Wil. Je t'attendais. Tu passeras la matinée avec moi, et Lyah avec Athia. Nous nous retrouverons plus tard.

L'Assignateur désactive soudain la connexion groupée et s'éloigne avec Caleb dans un couloir sur la droite. Mon attention se reporte sur Athia. Elle soupire et me demande :

– Tu me fais confiance, n'est-ce pas ?

J'acquiesce. Elle semble satisfaite…

Elle s'approche du mur à sa gauche et pose sa main dessus. Une porte se matérialise, elle m'invite à la franchir avec elle, ce que je fais en silence. Nous nous retrouvons dans une salle dotée d'écrans, semblable à celle qui est devenue notre bureau, à Caleb et à moi.

– Lyah, je sais ce qu'il se passe dans ta tête, me dit mon ancienne professeure.

– Comment le pouvez-vous ? grogné-je.

– Tu te souviens que je t'ai dit que je ne voulais pas devenir Chercheuse ? Voilà pourquoi j'imagine très bien ce que tu ressens maintenant.

Je me détends un peu. J'apprécie Athia : ses cours ont été un refuge pour moi durant des années, après tout. Je détaille l'expression de son visage : elle attend calmement que je m'ouvre à elle. Cela me change de Wil, qui se montre bien plus intrusif. Je soupire avant de me lancer :

– J'ai du mal à comprendre ce dans quoi j'ai mis les pieds.

– J'ai toute la matinée pour te l'expliquer, et tu verras que c'est la meilleure solution. Pour le bien de tous.

Elle m'invite à la suivre d'un geste de la main, et nous ressortons du bureau pour déboucher dans un énième couloir vide.

– Encore un ? m'exclamé-je.

Athia pouffe à côté de moi. Au moins, je l'amuse… Elle fait quelques pas avant de s'arrêter, apparemment au milieu de nulle part. Quand elle place sa main sur le mur blanc et que celui-ci devient transparent, mes yeux s'écarquillent alors que je découvre ce qui se trouve de l'autre côté.

– Voilà Community, me dit Athia. Ou plutôt, le cerveau de Community. Tu vois, il n'y a pas que des couloirs au Centre !

Je fixe l'immense sphère métallique en lévitation qu'elle me désigne. Elle me subjugue. Des lignes brutes et des croisillons s'enchevêtrent à sa surface, formant une carte singulière. Je tends l'oreille. Je perçois un bourdonnement même à travers le mur, une vibration presque apaisante.

– Qu'est-ce que c'est exactement ? demandé-je.

– La liaison centrale de communication, me répond Athia. Il faut bien que toutes les informations envoyées par Community aillent quelque part… Tout est ici.

J'observe la sphère avec étonnement. Je n'avais jamais entendu parler d'elle. Pour moi, comme pour tous, d'ailleurs, c'était la puce implantée dans notre cerveau qui nous donnait la faculté de communiquer par télépathie. Apprendre que la technologie dépend en réalité d'une bulle géante me laisse pantoise.

– Pourquoi appelons-nous cet endroit le Centre, d'après toi ? ajoute Athia, amusée.

Je fronce les sourcils, elle poursuit :

– Les Chercheurs de chaque zone sont spécialisés dans un domaine de connaissances. En T9, par exemple, nos collègues étudient l'évolution de la flore mondiale et travaillent sur l'élaboration de nouvelles variétés de plantes. Ici, en T6, nous sommes responsables du devenir de la technologie télépathique.

Athia me sourit, puis se tourne pour faire face au second mur sur lequel elle pose sa paume également. Lorsque la paroi devient translucide, je découvre une deuxième sphère en lévitation, plus petite que la précédente. Elle n'est pas composée de métal, mais transparente, avec des connexions faites de fines particules qui interagissent entre elles.

– Et ça, qu'est-ce que c'est ? m'étonné-je.

– Il s'agit du cerveau des Chercheurs. Tu te demandais quelle était la technologie que j'avais créée, la voilà.

Je détaille la sphère, fascinée, ne comprenant pas ce qu'elle fait au juste.

– J'ai mis au point Community 2.0, m'explique Athia. Une nouvelle puce qui permet de communiquer par télépathie, mais aussi d'accéder à toutes les bases de données sans Andi, et bien d'autres choses.

Mes épaules s'affaissent. Impossible pour moi de comprendre d'emblée la portée de ce que vient de me révéler la Chercheuse.

– Tu auras pleinement accès à cet endroit dans le cadre de la mission qui te sera confiée, reprend-elle. En attendant, voilà pourquoi tu dois en passer par une opération : la nouvelle puce va t'être implantée.

– Vous l'avez en vous ? demandé-je, intriguée.

– Oui.

Mon estomac se serre. Un secret de plus… Combien d'autres vais-je découvrir ?

Athia perçoit ma méfiance et tente de me rassurer :

– Lyah, quand je suis arrivée ici, j'ai été peinée. D'être séparée de ma famille, et surtout d'avoir le sentiment de ne pas être à ma place. Mais avec les années, j'ai compris que j'étais exactement au bon endroit.

Je la laisse poursuivre, curieuse d'en apprendre plus sur elle.

– Je t'ai observée longtemps, et je suis convaincue que ta place à toi aussi est ici.

Sa confession me trouble.

– Tu m'as espionnée ?

– Disons plutôt que je t'ai accordé une attention particulière. Tous les étudiants de la zone passent dans ma classe d'histoire. Cela me permet de repérer les élèves qui ont des capacités au-dessus de la moyenne.

Je n'aime pas l'idée d'avoir été surveillée sans en avoir conscience, mais après tout ce que j'ai déjà découvert sur les Chercheurs, ce n'est pas vraiment une surprise… Revenant à la technologie dont Athia vient de me révéler l'existence, je lui demande :

— Cette nouvelle puce, que fait-elle de plus que l'autre, exactement ? En plus de permettre de se passer d'Andi.

— Elle conserve la mémoire sélective naturelle, permettant de garder nos souvenirs plus intacts. Comme je te l'ai déjà dit, elle donne aussi accès aux bases de données sans avoir besoin d'Andi, à l'aide d'une lentille placée directement sur l'œil. Tu pourras consulter directement et à tout moment des informations. Mais surtout, cette nouvelle puce permet de développer les fonctions cognitives. Tu comprendras mieux, plus vite, de manière plus intuitive. Tu auras une plus grande facilité à prendre des décisions ou à apprendre de nouvelles choses. Ton cerveau sera plus actif, plus réceptif à ce qui l'entoure…

Les indications de la Chercheuse me paraissent se résumer à un seul constat :

— Tu as donc comblé les failles de Community ?

Le visage d'Athia s'illumine.

— Oui, c'est cela, s'exclame-t-elle.

— Pourquoi la nouvelle puce n'est-elle pas implantée à tout le monde, alors ?

— La population n'est pas prête à subir un tel changement. Cela doit être progressif, parce qu'il peut être dangereux.

— En quoi ?

— Notre société repose sur un équilibre fragile, et la moindre modification de ses bases peut la faire vaciller. Rétablir l'accès de la majorité à une mémoire plus performante ne se ferait pas sans conséquences massives. Viens avec moi, tu vas comprendre.

Athia me fait signe de la suivre et me ramène dans le bureau que nous avons quitté tout à l'heure. Elle tire ensuite une chaise, s'installe et m'invite à faire de même. Je m'exécute sans broncher. Une fois assise, elle tapote sur la table en verre et nous plonge dans l'obscurité. Un graphique vert apparaît sur le mur à ma droite.

— Voici le taux d'anxiété des jeunes femmes de toutes les zones avant la loi sur l'insémination et la procréation, m'indique Athia.

Elle tapote une seconde fois sur la table et bascule sur un graphique bleu cette fois, dont les bâtonnets semblent moins grands que ceux d'avant.

— Voici le taux d'anxiété chez les hommes.

Je me mords l'intérieur de la joue, ne sachant pas exactement pourquoi elle me montre tout cela. Le graphique change une nouvelle fois.

— Voici la période de transition. Certaines zones avaient activé la loi, d'autres non.

Le dernier graphique qui s'affiche ne montre que de petits rectangles, insignifiants par rapport à ceux qui apparaissaient précédemment.

– Voici le résultat une fois que la loi a été acceptée partout.

– De quelle loi parles-tu exactement ?

– Une fois assigné, chaque couple doit avoir un enfant pour assurer l'avenir de notre société. Tu le sais, non ?

– Oui, bien sûr. En quoi cela a-t-il un lien avec le taux d'anxiété ?

Athia croise ses doigts avant de les écarter, et m'explique :

– Lorsqu'une femme est inséminée, son assigné et elle font le serment de prendre soin de leur enfant jusqu'à ce qu'il arrive à l'âge adulte. Ensuite, c'est la société qui prend le relais, pour leur bien et le bien de tous.

Je blêmis.

– Ainsi, les hommes et les femmes peuvent se concentrer sur une unique responsabilité pendant vingt et un ans. Cet objectif les rassure, et c'est sereinement qu'ils remplissent leur mission au sein de la communauté.

Une angoisse sourde grandit dans ma poitrine.

– Mes parents ont prêté serment, alors ?

Athia hoche la tête et m'indique :

– C'est ainsi que cela fonctionne dans notre société depuis des décennies. Nous avons des enfants, nous les aidons à grandir, et ils deviennent responsables ; puis, après son Assignation, le nouvel adulte peut compter sur une autre famille, son groupe de tâches.

Mes pensées entrent en ébullition. Est-ce pour cela que mes parents refusent de communiquer avec moi depuis avant-hier ? Parce qu'ils estiment désormais qu'ils n'ont plus à faire partie de ma vie ? Mais alors, pourquoi ne m'ont-ils pas prévenue avant de ce qui allait se produire ? Non, ce n'est pas cohérent, cela ne correspond pas à ce que je sais d'eux...

– Les parents acceptent ça sans rien dire ? interrogé-je Athia. Ils abandonnent leur enfant au profit des groupes de tâches, et c'est tout ?

La Chercheuse penche la tête sur le côté.

– C'est là où je veux en venir. Ils n'ont pas conscience de ce qui se passe, en fait. Et pour les maintenir dans une insouciance bénéfique à la communauté, nous veillons à ce que les couples élèvent en réalité deux enfants dans leur vie.

J'écarquille les yeux, confuse, tandis qu'Athia continue :

— Chaque femme est inséminée deux fois dans sa vie, la première peu de temps après son Assignation et la deuxième une fois que son premier enfant a atteint l'âge adulte. Cela permet d'éviter que les souvenirs des couples à propos de leur premier enfant soient ravivés par erreur : leur mémoire s'altérant, ils ont la certitude d'être appelés pour la première fois. Tu dois bien comprendre que cette solution permet de réduire considérablement l'anxiété collective et de préserver l'affiliation à la communauté, qui ne doit surtout pas être mise en danger par un attachement trop fort au groupe familial.

Quoi ?

Athia continue à parler. Même si ses propos me laissent pantoise, c'est surtout son expression apaisée qui me choque. Elle ne paraît voir aucun mal dans le système qu'elle décrit. De mon côté, je mesure toutes les implications de ses révélations. Cela signifie donc que…

— Je vais avoir un frère ou une sœur ? la coupé-je.

La Chercheuse me sourit.

— Oui, tes parents vont être appelés prochainement, dès lors qu'ils t'auront oubliée.

Mon cerveau surchauffe presque.

— Vous êtes en train de me dire que mes parents m'ont abandonnée à votre profit ?

Athia secoue la tête vivement.

— Ce n'est pas un abandon. Tes parents t'oublieront, et toi aussi, tu les oublieras. Community altère la mémoire, tu te rappelles ? En quelques jours, en l'absence de contacts entre vous, tous les souvenirs qu'ils ont de toi s'effaceront. En revanche, l'être humain a besoin de motivation pour être heureux, et quoi de mieux qu'un enfant pour leur procurer ce sentiment ?

Je blêmis, mais elle ne s'arrête pas :

— Nous ne pouvons laisser se développer des alliances entre les individus. C'est l'une des raisons pour lesquelles nos ancêtres étaient si divisés. Il y avait des clans, des ethnies, des religions… Nous évitons à tout prix que ce genre de groupes se reforment.

J'ai du mal à respirer, presque envie de vomir tant ce que me révèle Athia me paraît inconcevable.

— Comment peut-on oublier quelque chose d'aussi important que son propre enfant ? bredouillé-je, abasourdie.

— La puce, Lyah. Elle altère la mémoire, c'était l'une des failles qu'avait identifiées le professeur Yuko. Nous avons exploité cette faiblesse pour en faire une force pour la communauté.

Je me remémore soudain les questions que je posais à mes parents au sujet de leurs propres parents. Je me demandais si eux aussi en avaient, et où ils étaient. En réalité, ils ne se souvenaient juste de rien… Ma gorge se noue.

— Mais pourquoi ? m'exclamé-je, horrifiée.

— Aurais-tu oublié mes cours d'histoire ? réplique Athia, contrariée. Toutes ces guerres, ces souffrances parce que la population était trop importante… Voilà pourquoi ! Pour faire en sorte que notre planète puisse tous nous nourrir et éviter que l'égoïsme reprenne le dessus.

Elle expire fortement avant d'affirmer :

— C'est la communauté qui compte.

Je déglutis.

— Ce n'est pas possible… J'ai du mal à croire que l'on puisse oublier à ce point.

— C'est pourtant vrai. Chaque adulte oublie. Mais cela n'est pas néfaste, car le lien le plus fort doit rester celui qui nous unit à la société. Pour le bien de tous.

J'observe Athia et déclare, déterminée :

— Moi, je n'oublierai pas mes parents. Jamais.

Elle soupire.

— Toi, tu n'as pas un cerveau comme les autres. Mais sache que tes parents n'auront plus que de vagues souvenirs de toi dans quelques heures.

Je me lève de ma chaise brusquement. C'en est trop.

— Pourquoi laissez-vous faire ça ?

Athia me demande de me rasseoir. Je l'ignore. Elle se lève à son tour.

— Chaque criminel du passé a commis l'irréparable au nom de quelque chose ! crie-t-elle dans mon esprit. Que ce soit l'amour, les liens du sang, la jalousie… Nous ne pouvons avoir de connexion plus forte que celle qui nous lie à la communauté. Sans cela, le monde retournera dans le chaos. Chaque être humain doit avoir un but dans la vie. Les groupes de tâches, le travail pour autrui permettent cela. Pour le bien de tous…

Athia continue à parler, mais je ne prête plus attention aux pensées qu'elle me transmet. Mes mains se crispent sous le bureau.

Je bouillonne.

27

Athia continue à me parler, visiblement insensible à mon malaise. Elle m'explique à quel point s'adapter à ces nouvelles connaissances a été difficile pour elle au début, qu'elle a conscience qu'il s'agit d'un chamboulement important. Puis elle me détaille une partie de sa vie. Elle me parle des nombreuses recherches qui lui ont permis de mettre au point Community 2.0, de son envie de rendre cette technologie meilleure à tout prix. Elle dresse même des parallèles entre elle et le professeur Yuko.

Lorsque son flux de pensées se tarit dans mon esprit, je comprends qu'elle attend de moi une réaction. Je ne sais même pas par où commencer... Devrais-je parler en premier lieu de cette loi sur l'insémination artificielle ? De la perte de mémoire ahurissante que nous subissons tous sans en avoir conscience ? Ou plutôt du système de contrôle à grande échelle de la population ?

Athia doit percevoir ma confusion, car elle ajoute :

— Lyah, nous avons pris des décisions qui sont certes drastiques, mais la réalité est la suivante : nous vivons en paix. Le meurtre n'existe plus, notre santé est optimale, aucune maladie ne nous affecte, et enfin, nous protégeons et respectons les ressources de notre planète.

Je déglutis avec amertume.

— Oui, mais nous n'avons plus aucun choix, rétorqué-je.

Athia hausse les sourcils.

– N'es-tu pas heureuse de cette vie ? Qu'est-ce qui manque à ton épanouissement, selon toi ?

J'hésite. Elle dit vrai, il n'y a plus de guerre depuis des siècles. Nous vivons en harmonie tous ensemble, mais à quel prix ? Celui de notre voix, des liens qui nous unissaient, de l'amour. Sans parler de toutes ces recherches au sujet de l'espace et du monde au-delà de notre planète que nous avons abandonnées. Nous voulions voir plus haut, plus loin. Où est passé ce bel élan ?

– Est-ce pour cela que vous bloquez l'accès à certaines bases de données ? demandé-je, attristée. Pour que plus personne ne tourne son regard vers le ciel, ne réfléchisse à un autre futur possible ?

Athia écarquille les yeux, surprise. Je ne m'arrête pas.

– Qu'en est-il de ces météorites qui peuvent nous tomber dessus à tout moment, par exemple ? Vous cachez le danger afin que nul ne s'en inquiète ?

– Lyah…

– Vous montrez ce qui vous arrange et décidez de séparer les familles sans leur accord.

– Ce n'est pas aussi brutal que tu le dépeins. Community fait la transition sans peine. Les couples ne se rappellent plus qu'ils ont eu un enfant, mais ils vivent heureux. Ma fille a 3 ans, je la chéris et je profite d'elle au présent, sans me préoccuper de l'avenir. Cela me convient très bien. Et pour ce qui est de l'espace, pourquoi chercherions-nous des réponses ailleurs alors que nous vivons en harmonie ici ? Que cherches-tu à découvrir, au juste, là-haut ?

– Peut-être que nous pouvons tous mourir parce qu'un caillou géant va s'écraser sur notre planète. Vous avez prévu quelque chose pour ça ?

Athia secoue la tête, dépitée, me donnant l'impression d'être une bête de foire.

– Lyah, je sais à quel point tu aimes les étoiles ou la galaxie, mais la vérité est la suivante : nos ancêtres ont perdu du temps dans ces recherches. Il a été plus productif que, sous l'impulsion du professeur Yuko, les esprits les plus brillants s'allient pour réfléchir ensemble à la meilleure manière de vivre sur notre propre planète. Nous foulons cette Terre depuis des milliers d'années, et aucune météorite n'a jamais mis en péril notre existence. Crois-tu vraiment que c'est si important que cela ? Tu perds ton temps dans ces rêveries. Ce qui compte, c'est nous, ici et maintenant.

Je blêmis.
— Et là-bas ? Et plus tard ? m'énervé-je.
Je m'étonne moi-même du ton que je viens de prendre. J'ai débité cela si vite… La vérité, c'est que notre propre avenir est incertain. Comment avons-nous pu renoncer à l'assurer ?
Athia me dévisage avec curiosité et me propose :
— Tes fonctions en tant que Chercheuse n'ont pas encore été évoquées officiellement. Si cela t'intéresse d'étudier cet aspect de notre existence, nous pourrions éventuellement en discuter.
Je me tais, consciente qu'elle me tend la main.
— Wil n'acceptera peut-être pas, mais cela vaut le coup d'essayer, ajoute-t-elle.
— Pourquoi ne serait-il pas d'accord ?
Elle soupire, puis me confie :
— Il aimerait que tu travailles sur les applications à donner à mon projet. Ton Assignation a révélé que le caractère obsessionnel était dominant chez toi. Avec une détermination comme la tienne, tu seras sans doute capable de traquer et de résoudre les failles de Community 2.0, et ce afin d'offrir une nouvelle technologie à la communauté sans mettre en péril l'organisation de notre société. Les capacités de la population devraient être augmentées, mais sans que les comportements s'en trouvent modifiés. Nous fonctionnons très bien avec la puce actuelle, le risque d'implanter la nouvelle à tout le monde sans précaution ne doit donc pas être pris. Ta mission, Lyah, serait de trouver une alternative à cette technologie, une version pour tous et non pour les seuls Chercheurs.
Je reste ébahie.
— C'est pour cela que j'ai rejoint vos rangs ? Parce que je me pose trop de questions, parce que je pense à toutes les issues possibles ? Pour garder les hommes dans le droit chemin et qu'ils bénéficient d'une nouvelle puce, mais qu'ils ne se détournent surtout pas de la communauté ? C'est cela ?
Athia opine.
— Oui, c'est exact. Tu es ici dans ce but.
Je me crispe. Je préférerais cent fois cueillir des champignons… Tout n'est que mensonges et secrets chez les Chercheurs. Est-ce qu'il y a au moins quelqu'un d'honnête parmi eux ? Je fronce les sourcils en songeant à mon binôme.
— Et Caleb ? Pourquoi lui ?

— C'est un très bon comportementaliste, aux limites de ce que l'on appelle le spectre autistique. Il enregistre tout ce qu'il voit et le digère. Il est en retrait des autres et ne s'intéresse qu'aux personnes qu'il estime en accord avec lui-même. Il a un jugement personnel qui lui permet de repérer facilement les comportements néfastes chez les individus. Nous pensons qu'il sera en mesure de prévoir les réactions possibles à l'implantation de la nouvelle puce. Toi, en revanche, tu as une capacité de réflexion impressionnante. Tes questionnements te rendent apte à trouver des solutions peu évidentes et à songer à tout ce qui pourrait fonctionner ou non. Ton analyse n'est pas comportementale, elle est scientifique.

Je comprends la logique du duo qu'ils ont voulu former, mais je reste crispée. Tout cela est si difficile à accepter…

— Lyah, comprends bien que tu n'as aucune raison de ne pas te sentir chez toi ici, reprend Athia. Et n'oublie pas que tes capacités seront décuplées et approfondies après l'opération. C'est bien ce que tu désires, non ? Tout savoir ?

J'hésite. À croire que les Chercheurs utilisent cette corde sensible chez moi à la moindre occasion…

Je réfléchis à la mission qui me serait confiée. Ma tête bouillonne de questions. Je pose la première que je parviens à formuler :

— Est-ce que cette nouvelle puce permettra aux parents de se souvenir de leur enfant ?

Athia secoue la tête.

— Lyah, ce ne doit pas être ton objectif. Il ne faut surtout pas éveiller la mémoire à ce point. Nous ne pouvons pas prendre le risque de modifier la société actuelle. C'est d'ailleurs toute la difficulté du travail qui sera le tien : Caleb et toi devrez mettre au point une version évoluée de Community sans que cela soit néfaste à notre communauté.

Je me tais. Ces exigences me paraissent tellement contradictoires…

— Et qu'en est-il de l'espace ? embrayé-je. Je tiens vraiment à faire des recherches là-dessus aussi.

— J'en parlerai à Wil, et lors du prochain congrès de Chercheurs, nous évoquerons peut-être cela, me répond Athia.

— Pour quand est-ce prévu ?

— Quand l'Assignation sera terminée dans toutes les zones. Cela ne devrait plus tarder, à présent.

Mon ancienne enseignante marque une pause, puis ajoute :

– En attendant, tu travailleras en binôme avec Caleb. C'est ce qu'il y a de mieux pour la communauté. Tu auras rendez-vous avec Wil tous les matins pour discuter de tes avancées. En tant que jeune Chercheuse, ce cadre te sera utile pour faire tes premiers pas sereinement.

J'acquiesce, mais j'ai bien compris qu'il s'agit d'un moyen supplémentaire pour me surveiller. Je suis devenue une Chercheuse, mais je ne suis pas encore un membre du groupe à part entière. Et tant que ce ne sera pas le cas, le mieux pour moi est de paraître me conformer à ce que l'on me demande… pour mon propre bien.

28

Athia poursuit ensuite ses explications sur le rôle que je vais devoir tenir. Elle m'en apprend plus sur la façon de concevoir des technologies dans un but commun, sur la manière dont les Chercheurs se mettent à la place des Cultivateurs, des Distributeurs ou des Constructeurs afin de comprendre ce qui les dérange le plus dans leur quotidien. Je dois admettre que son investissement me paraît sincère et empli de compassion. Mais ma gorge reste nouée. Il me paraît injuste de maintenir tant de gens dans l'ignorance. Cela me peine… Mais je préfère garder mes incertitudes pour moi.

Athia m'explique qu'elle est très proche de Wil, avec qui elle travaille en binôme. Elle espère que j'entretiendrai les mêmes rapports avec Caleb.

De ce que je comprends, il y a un millier de Chercheurs en T6, chez qui Community 2.0 a déjà été implantée depuis une quinzaine d'années ; et je devrais me sentir privilégiée de rejoindre leur communauté…

Mon ancienne enseignante me guide à travers le Centre, m'expliquant succinctement sur quoi travaillent les personnes dont elle me montre les bureaux. Je l'écoute avec attention : ce qu'elle me dit ne me plaît pas toujours mais n'en reste pas moins fascinant. Dans une pièce où se trouvent d'énormes armoires, elle marque une pause et extirpe une petite fiole de l'une des étagères. Je reconnais ce qu'elle contient sans mal : une puce enfantine, qui tourne toute

seule sur elle-même. Athia appuie sur un bouton, et une information est diffusée dans nos esprits.
NOÉ - MATRICULE 78963426
La Chercheuse récupère ensuite une seringue sur un établi à roulettes et aspire la puce hors de son cocon protecteur pour l'infiltrer à la structure au centre de la pièce. L'écran sur le mur de droite s'allume, et je suis stupéfaite par ce que je découvre. J'ai l'impression de voir à travers les yeux d'une autre personne. Deux parents souriants font des signes de la main dans notre direction, et la mère s'approche de nous.

— Toute la mémoire de cet enfant est enregistrée dans cette puce, m'explique Athia. L'étudier permet de constater des prédispositions à des traits néfastes qu'il faudra surveiller chez l'adulte qu'il est devenu, que ce soit la violence, la colère, le mensonge… Nous vérifions qu'ils s'effacent bien au fur et à mesure des années.

— Est-ce qu'il est déjà arrivé qu'ils ne disparaissent pas ?

Athia me fixe une fraction de seconde avant de me répondre :

— Non.

Elle retire ensuite la puce du système central et baragouine quelque chose au sujet du comportement enfantin. Je ne l'écoute pas vraiment. Je songe surtout au fait qu'elle vient de me mentir… Mais pourquoi ?

Elle me guide ensuite jusqu'à une nouvelle salle, où se trouve une simple boîte sur un fauteuil incliné. Elle me laisse entrer, récupère le coffret et va chercher un tabouret dans le coin de la pièce, me faisant signe de m'asseoir. Elle s'installe ensuite près de moi et ouvre le caisson. Une fiole contenant une autre puce s'y trouve, ainsi qu'une seringue.

— Es-tu prête à découvrir Community 2.0 ? me lance-t-elle.

Je me crispe, consciente que je ne peux pas refuser, et demande pour tenter de dissiper mon anxiété :

— Explique-moi comment cela fonctionne.

Athia me sourit et m'indique :

— La nouvelle puce va se lier à celle que tu as déjà et effectuer une petite mise à jour au niveau de ton cortex télépathique de façon à ce que tu puisses te connecter plus rapidement et instinctivement à une autre personne. Ensuite, elle va avancer dans ton cerveau jusqu'au lobe temporal droit, où une onde magnétique séquencera tes notions émotionnelles afin d'en ajouter de nouvelles. Enfin, elle s'installera dans ton lobe occipital, qui régit ta vision et tes sens. Après cela, je te donnerai des lentilles en connexion avec ta puce. Tu n'auras alors plus besoin de ton Andi.

Je serre les dents, impressionnée par ce protocole.

– Cette puce va faire quelques allers-retours dans mon cerveau, si je comprends bien.

Athia hoche la tête.

– Cela va faire mal ? m'inquiété-je.

Elle pince les lèvres.

– Oui, tu auras ce qu'on appelle une migraine expansive et fulgurante. Bien que la puce soit très petite, elle va tout de même se frayer un chemin dans ton cortex. Mais cela durera seulement le temps de l'opération, ensuite, tu ne ressentiras plus rien.

– Est-ce qu'il est déjà arrivé que l'opération se passe mal ?

Athia me sourit.

– Rassure-toi, il n'y a plus aucun risque, maintenant.

– Pourquoi « maintenant » ?

Elle hésite avant de me révéler :

– Lorsque j'ai commencé à travailler sur Community 2.0, j'ai d'abord reprogrammé la version de la puce déjà implantée dans ton cerveau pour qu'elle fasse le déplacement elle-même, mais nous avons eu des décès suite à cela. Elle n'était pas assez fiable. J'ai alors créé une seconde puce, qui l'est davantage. Tu n'as donc rien à craindre.

– Combien de personnes sont mortes ?

Athia recule un peu. Ses yeux s'humidifient, et le verdict tombe :

– Douze, sur soixante sujets.

Je déglutis.

– Tous des Chercheurs ?

– Oui.

Elle s'égare ensuite dans ses pensées. Je discerne qu'elle s'en veut. Je m'enfonce dans mon fauteuil, attendant qu'elle se reprenne. Lorsque son esprit s'est apaisé, elle se tourne à nouveau vers moi et approche la seringue de ma nuque.

– Tu peux y aller, lui confirmé-je.

Elle demande la clarté complète de la pièce. La lumière s'intensifie aussitôt au point de m'éblouir.

– Je dois être bien sûre de là où je vais, me précise-t-elle. Ne bouge pas, s'il te plaît.

Elle semble chercher l'endroit adéquat pour l'implantation. Je vois des lignes et des courbes sur son iris : sûrement la fameuse lentille dont elle m'a parlé… Soudain, je sens la piqûre s'infiltrer en moi et je me retrouve paralysée. J'ai le sentiment que l'on me détruit le crâne.

– Ça ne durera pas longt…

Les pensées se brouillent dans mon esprit. La douleur me transperce, et je panique, incapable de bouger le petit doigt. Même mon regard est figé.

Je me suis déjà demandé à quoi pouvait ressembler la mort. Cet instant en a un avant-goût… J'ai si mal. Je n'ai jamais ressenti une telle souffrance de toute mon existence.

Et d'un coup, c'est le trou noir.

Je sombre.

★★★

Je perçois des bribes de connexion au loin. Un brouhaha à peine perceptible. Je ne suis pas tout à fait consciente, mais j'ai le sentiment de le redevenir. En douceur, chacun de mes sens me revient. C'est le toucher qui me surprend, tout d'abord. Ma main glisse sur une surface plane, pourtant, j'y décèle des stries. Ces irrégularités me troublent. Elles sont si fines, si délicates que je crois rêver.

Un bourdonnement parvient ensuite à mes oreilles. Une onde fluctuante, à peine perceptible, qui se précise de seconde en seconde. Des métaux qui tintent entre eux. Le bruit d'un liquide qui se déverse dans un récipient.

Une odeur acide m'agresse les narines. Je retrousse le nez.

J'ouvre les yeux. La pièce autour de moi est sombre… Néanmoins, je distingue très bien la tablette que je touche sur ma droite. Je tourne le visage pour chercher Athia, mais je suis seule.

Quand une porte s'ouvre à ma droite, je mets ma main sur mes yeux, complètement éblouie. Des pas résonnent si fort à mes oreilles que mes poils se dressent. Quant aux pensées qui me parviennent via Community, c'est comme si elles hurlaient dans mon crâne.

– Tout s'est bien passé, m'indique Athia.

Chaque syllabe est si puissante qu'elle me donne le sentiment d'être écrasée par leur poids.

– Je… ne…

Je m'arrête. Même ma propre voix dans ma tête me dérange.

– Ça va passer, il te faut un petit temps d'adaptation.

Je plisse les yeux, impossible de bien voir ce qui m'entoure avec cette résonance dans mon crâne.

— Tout… me gêne.

— Oui, je le sais. Il te faut un peu de temps encore pour que ton cerveau réajuste tes sens. Je reviens dans cinq minutes. Bois un peu d'eau.

Lorsqu'Athia pose un verre sur la tablette, j'ai l'impression que ma poitrine ressent le choc. J'entends ses pas s'éloigner ; ils me font tressaillir. Je saisis le gobelet à ma droite, toujours aveuglée par la lumière de la porte à peine entrouverte. Lorsque j'avale la première gorgée, je suis sous le choc : je ressens le liquide couler dans mon corps avec une acuité dérangeante.

Mais qu'est-ce qu'ils viennent de me faire ?

29

À mon grand soulagement, ma sensibilité finit par se stabiliser, et l'inconfort se dissipant, je me mets à m'émerveiller des possibilités offertes par ma nouvelle puce. Je me sens tout de même… différente, sans savoir exactement comment l'expliquer. Ma nouvelle vision est impressionnante de détails, mes pas résonnent dans mon environnement alors qu'avant je les percevais à peine, mais je ne parviens pas à m'en réjouir pleinement. C'est comme si on avait fait de moi quelqu'un d'autre, et je ne digère pas que les Chercheurs disposent d'un si grand pouvoir.

Alors que je suis Athia vers le réfectoire, j'essaye de m'habituer aux nouvelles lentilles sur mes yeux, dans un état second. J'ai déjà essayé de consulter des choses simples, comme les actualités, et j'ai été surprise que cela soit aussi intuitif. J'ai également eu l'impression que chaque information donnée imprimait mon esprit avec une force accrue et, maintenant que j'essaye de me les remémorer, je suis frappée de m'en souvenir avec autant de détails. Cela m'effraie et me fascine à la fois…

Alors que nous arrivons au réfectoire, je constate qu'aujourd'hui, il n'est pas vide. Quelques Chercheurs sont assis devant leur repas et conversent entre eux ; ils nous saluent de la main, Athia et moi, en nous voyant. Caleb est également attablé, seul. Je laisse mon ancienne enseignante se diriger vers le petit groupe et vais me chercher une assiette de carottes avant de m'approcher de mon binôme. Je suis contente de le retrouver après tout ce que j'ai vécu ce matin… Il semble perdu dans ce qui l'entoure et prête à peine attention à moi lorsque je m'installe à ses côtés. Lui aussi subit le contrecoup de son opération, j'imagine… Il me suffit de cligner des yeux en le regardant pour ouvrir une nouvelle connexion avec lui. Je n'ai même plus besoin de demander l'autorisation, la puce le fait toute seule, et je me retrouve propulsée dans ses pensées. De ce que je vois, il est en train de consulter une base de données au sujet de l'hypersensibilité.

– Caleb ?

Il se tourne vers moi et papillonne des paupières avant de me sourire et de me répondre :

– Salut.

– Salut.

Il soupire un bon coup et avale une bouchée de champignons.

– Tout va bien ? me demande-t-il.

– Oui, et toi ?

Mon regard s'attarde sur son visage. J'ai l'impression d'être capable de distinguer le contour de la moindre de ses taches de rousseur désormais, aussi bien que la plus subtile nuance d'azur dans ses iris.

– Ouais, je suis juste un peu… sous le choc, s'amuse-t-il.

– À toi aussi, on t'a implanté la nouvelle puce ?

Il hoche la tête.

– C'est dingue, tu ne trouves pas ?

Tout en piquant deux carottes à l'aide de ma fourchette, j'acquiesce à mon tour.

– Je n'imaginais pas que les Chercheurs faisaient tout ça. Je suis dans le brouillard, maintenant, ajoute Caleb. Après ce que Wil m'a montré ce matin…

Je tique.

– Qu'est-ce qu'il t'a montré ?

– Le cœur de Community. Enfin, les deux cœurs, puisqu'il y a deux puces, en réalité.

– Il t'a parlé de la mission qu'il souhaite nous confier ?

Caleb soupire.

– Ouais…

Il me paraît aussi sceptique que moi… J'essaye de le sonder davantage :

– Tu n'es pas convaincu ?

– Je n'en sais rien. D'un côté, ils ont raison, le système tel qu'il est permet de préserver la paix, et de l'autre, il me semble un peu injuste.

J'esquisse un faible sourire, heureuse d'obtenir la confirmation qu'il partage mon avis. Il reprend :

– Je ne sais pas vraiment comment nous allons y parvenir, mais j'aimerais bien que l'on fasse de notre mieux pour tout le monde, qu'en penses-tu ?

Je hoche la tête et affirme :

– J'ai confiance en toi.

Caleb sourit. Ma confession semble le rendre heureux… Je poursuis :

– Athia m'a dit que tu étais un comportementaliste. Qui pourrait comprendre les autres mieux que toi ?

Il pouffe avant de reprendre une nouvelle bouchée de champignons.

– Il paraît que c'est mon atout majeur, oui, lâche-t-il.

– Je trouve ça bien que tu sois à même d'analyser l'être humain.

– Et moi, je trouve ça sympa que ton côté obsessionnel te pousse à songer à tous les chemins possibles.

Il m'adresse un clin d'œil. Je ris de bon cœur avant de boire une gorgée d'eau.

– Nous allons former une belle équipe, conclut-il.

Je l'espère, en tout cas. Nous mangeons quelques secondes sans partager de pensées avant qu'il ne reprenne :

– Il m'a aussi expliqué pour nos parents.

Un goût amer envahit ma bouche. Caleb, lui, observe son assiette, l'appétit visiblement coupé.

– Ils ont raison, d'un côté, dit-il, mais…

– « Raison » ? le coupé-je, surprise.

– Oui, à propos des liens familiaux si forts qu'ils pourraient mettre en péril notre attachement à la communauté. Inconcevable, non ? lâche Caleb d'un ton ironique.

J'hésite à dire ce que je pense, mais j'ai le sentiment que mon binôme me comprendra, alors je me lance :

– Moi, je trouve ça injuste.

Caleb pioche à nouveau dans son assiette.

– Mes parents sont Chercheurs, ils travaillaient ici avant mon Assignation, mais ils viennent d'être envoyés en T9. Ils ont la nouvelle puce, eux aussi, mais Wil m'a laissé entendre que cela ne suffirait pas à ce qu'ils conservent des souvenirs clairs de moi.

Je ne sais même pas s'ils me reconnaîtront à notre prochaine rencontre…

Il paraît si peiné… Je lui confie :

— Et encore, tu fais partie des chanceux. Tes parents sont Chercheurs : ils sont comme nous, ils savent ce qui se passe. Je suis persuadée qu'ils te reconnaîtront. Pour les miens, c'est une autre histoire.

Je plante rageusement ma fourchette dans mes carottes. Caleb m'observe une longue seconde, puis me demande :

— Où sont-ils ?

— Dans le District 2, alors que l'on m'a attribué un logement dans le 12. Je ne sais pas si je les reverrai un jour. Quand j'ai essayé de leur rendre visite, Community m'a empêchée de prendre contact avec eux.

Caleb pince les lèvres et s'approche un peu plus de moi. Notre connexion me permet de percevoir la compassion qu'il ressent pour moi. Et je dois dire que cela me fait du bien qu'il cherche à me consoler… Nous nous fixons droit dans les yeux avant qu'il ne dévie le regard et braque son attention sur son assiette.

— Et ton assigné ? Il te plaît ?

— Isaak ? Je le connaissais déjà. C'est le fils de Wil.

Caleb écarquille les yeux.

— Le fils de l'Assignateur, rien que ça !

Mon binôme éclate de rire, et je dois avouer que sa bonne humeur est contagieuse.

— C'est mon ami d'enfance, répliqué-je. Et toi, elle te convient, ton assignée ?

Caleb grimace.

— Élisa ? Eh bien… je ne la connais absolument pas. C'est étrange de vivre avec une inconnue.

Il joue avec le quartier d'orange dans sa main avant de l'avaler.

— Tu es déçu ? osé-je.

Il reporte son attention sur moi.

— Peut-être bien, oui. Je n'en sais rien encore. Je crois que je l'ai vite cernée.

Un vrai comportementaliste…

— Tu fais vraiment ça avec tout le monde, n'est-ce pas ? fais-je remarquer.

— Quoi ?

— Les analyser.

Il passe sa langue sur ses dents, songeur.
— Ouais, c'est plutôt marrant, à vrai dire.
— Et alors, tu en es arrivé à quelle conclusion concernant Élisa ?
— Elle est gentille, mais un peu ennuyeuse.

Qu'il formule un jugement aussi cru m'étonne.
— Qu'est-ce que tu crois ? Que tu aurais pu avoir mieux ? me moqué-je.

Caleb s'enfonce dans son siège et réfléchit. Il arque un sourcil, me jette un coup d'œil puis me répond :
— Ouais, je crois bien.

Je reste une petite seconde figée face aux derniers mots de mon binôme. Je n'ai toutefois pas le temps de m'attarder dessus, car il me demande :
— Alors, qu'est-ce que tu penses de notre nouvelle mission ? Pour ma part, je trouve que c'est un beau projet à mener.

J'acquiesce. Il ajoute :
— De ce que j'ai compris, on va être enfermés ensemble une bonne partie de nos journées.

Sa plaisanterie ne m'amuse pas. L'idée d'être confinée pendant des heures dans une même pièce me déplaît… Ma parcelle me manque. Je songe à Isaak et me demande où il se trouve en ce moment même. Sans doute au milieu de son champ de blé, à préparer sa récolte…

— Tu l'apprécies beaucoup, cet Isaak, n'est-ce pas ? intervint soudain Caleb.

Je me crispe, surprise que mes pensées aient été partagées avec lui. Je vais devoir apprendre à maîtriser ma nouvelle puce pour éviter ce genre de faux pas à l'avenir… Qu'une telle erreur se produise au cours d'une discussion avec mon binôme, passe encore, mais face à Wil ou Athia, j'aimerais que mon esprit soit davantage cloisonné…

Caleb me fixe, droit dans les yeux, et je me résous à répondre à sa question :
— C'est mon ami depuis toujours, donc oui.
— D'accord, lâche-t-il.

Je ne rebondis pas, préférant changer de sujet :
— Sais-tu quand nous devons commencer ?
— Demain. Wil m'a dit qu'il valait mieux que nous nous reposions cet après-midi, vu le bouleversement représenté par notre opération de ce matin.
— Tu vas faire quoi de ton temps libre ? lui demandé-je.

Il hausse les épaules.

— Je pense que je vais consulter des bases de données pour voir de quoi notre nouveau jouet est capable.

Son enthousiasme est contagieux, et c'est un temps que je me promets de prendre aussi.

Caleb se fige soudain, le regard dans le vide. Je patiente quelques secondes, puis l'interpelle mentalement pour regagner son attention.

— Tu faisais quoi ? le questionné-je.

— Je passais en revue les nouvelles bases de données auxquelles nous avons accès désormais. J'ai repéré un dossier entier sur Tishira Yuko. Je pense que je vais commencer par là. Un peu d'histoire, ça ne peut pas faire de mal, pas vrai ?

J'acquiesce, et mon binôme se moque gentiment de moi :

— Cela m'étonne que l'obsessionnelle compulsive que tu es n'ait pas déjà tout consulté, d'ailleurs !

— Hé ! Je ne suis pas compulsive !

— Mais oui, dit la femme qui a téléchargé plus de 60 000 bases de données. J'en ai moitié moins, moi !

Je lève les yeux au ciel, amusée.

— Oui, d'accord, j'aime bien tout savoir.

— C'est pour ça que tu es là, après tout.

Caleb m'adresse un clin d'œil… Mais soudain, son visage redevient sérieux. Je suis son regard et vois Wil s'approcher de nous. Il passe toutefois à côté de notre table sans s'arrêter et rejoint le groupe de Chercheurs qui mange un peu plus loin.

— Lyah ?

Je reporte mon attention sur Caleb, qui arque un sourcil.

— Tu as un problème avec Wil ? me demande-t-il.

— Non !

Je me rabroue, il est hors de question de laisser entendre cela à qui que ce soit.

— O.K. J'avais un petit doute, vu la manière dont tu le fusilles des yeux.

— Il fait son travail, voilà tout.

Et à présent, je vais devoir l'y aider… J'espère que je vais réussir à m'y faire et que mes doutes sur le bien-fondé des méthodes des Chercheurs se dissiperont.

30

Sur le chemin du retour, je repense à la journée qui vient de s'écouler. Puisque nous étions autorisés à nous reposer, Caleb et moi avons discuté pendant plusieurs heures après le déjeuner. J'avoue que j'apprécie sa compagnie. Il m'a fait rire à plusieurs reprises, et nous avons abordé une multitude de sujets très intéressants. La nature, l'être humain, la physionomie, la psychologie… Selon lui, Community a été une étape clé dans notre évolution, à l'instar de la découverte du feu pour les Homo sapiens. Quand j'ai rétorqué que cela nous avait aussi fait régresser par certains aspects, notamment à cause des pertes de mémoire entraînées par la puce, il m'a juste regardée avec un œil brillant. J'avais le sentiment qu'il était fasciné par mes dires. Chose étonnante, il me répond toujours de façon à nous permettre de pousser encore plus loin notre analyse. C'est la première fois que je me suis sentie aussi excitée en conversant avec quelqu'un, et j'ai hâte de le retrouver demain.

Dans un registre moins réjouissant, Wil m'a prise à part pour me confirmer que nous nous verrions chaque matin désormais, comme Athia me l'avait indiqué. De toute évidence, il voulait me le redire lui-même. Cela ne m'enchante pas, mais je me suis fait une raison… Ce qui m'inquiète, cependant, c'est qu'il a remis la question de ma puce enfantine « disparue » sur le tapis. Il m'a indiqué qu'il entrait dans ses attributions d'Assignateur de les archiver, et qu'il était contrarié que la mienne manque à l'appel. Que si j'avais une idée de l'endroit où elle pouvait se trouver, il fallait que je le lui dise.

Cela m'a perturbée. Il m'a regardée d'une manière qui laissait entendre qu'il savait que j'avais caché ma puce. J'ai senti des picotements dans ma poitrine, consciente que l'objet de ses convoitises se trouvait dans ma poche, tout contre moi… Je ne vais pas pouvoir continuer à la transporter ainsi, c'est bien trop risqué… Mais si je la laisse dans ma nouvelle maison, j'ai peur de ce qui pourrait se produire. Est-ce qu'elle ne risque pas de se connecter au système central par erreur, indiquant sa localisation à Wil ? Et dans ce cas, comment justifierai-je les mensonges répétés que je lui ai servis ?

Filant sur mon transporteur, j'arrive sur les terres d'Isaak. Je ne le vois pas : il doit être en train de suivre des cours de biologie pour être plus efficace dans ses nouvelles fonctions, ou bien de découvrir le district en courant, en passionné de sport qu'il est. Je passe ma main sur mon buste, là où ma puce enfantine est cachée dans son tube. Une idée me vient… Je ralentis jusqu'à m'immobiliser près de l'un des seuls arbres visibles aux alentours.

J'entends des oiseaux chanter. Je perçois leurs trilles tellement mieux qu'avant grâce à ma nouvelle puce… Je m'en étonne une fois de plus. Je lève le menton, cherche la source du bruit… et me crispe, constatant que ma vue change. Mes nouvelles lentilles ont effectué un zoom sur la zone que je fixais… Je détaille la branche qu'elles me montrent, suivant du regard les motifs de l'écorce. Tout est si clair, si proche, alors qu'elle se trouve à plus de trois mètres au-dessus de ma tête… Soudain, je souris en découvrant le nid que je recherchais. Je m'attendris en voyant trois oisillons. Eux au moins, frères ou sœurs, ils sont ensemble.

Je soupire, hésitante, et extirpe ma puce enfantine de ma poche intérieure. Je la scrute, mordant l'intérieur de ma joue. Cela me fait mal de m'en séparer, de renoncer à tous les souvenirs qui s'y trouvent, mais je ne peux pas risquer que Wil la trouve. Et puis, est-ce bon de m'accrocher à mon passé ? Ne devrais-je pas juste me contenter de qui je suis, là maintenant, comme m'y encouragent les Chercheurs ?

J'ouvre le tube et place la puce dans ma paume. Elle est si petite, et elle est restée logée dans mon crâne durant si longtemps… Je sais ce qu'il me reste à faire, mais j'attends encore, la gorge nouée par la nostalgie en pensant à ces souvenirs d'enfance que ma mémoire défaillante oubliera immanquablement.

Je bascule ma paume et laisse tomber ma puce au sol. Je jette un dernier regard vers elle avant de l'écraser de mon talon. Le craquement sous ma chaussure me déchire la poitrine. Mais c'est le seul moyen d'éviter que Wil ne mette le doigt sur mes mensonges. La détruire… J'appuie plus fermement pour être certaine de la réduire en miettes, puis j'ôte mon pied et me baisse pour l'observer. Elle est bien anéantie. Cela me donne envie de pleurer. Je ne peux pas me résoudre à l'abandonner là, désossée, elle qui symbolise tant à mes yeux : mon enfance maintenant derrière moi, ces souvenirs dont l'on me prive, mes parents que je ne reverrai peut-être jamais… Alors, je m'agenouille et gratte la terre pour y creuser un trou afin de l'y enterrer. Ceci fait, je me redresse, les mains brunies, me retourne… et me retrouve nez à nez avec Isaak qui m'observe. Je sursaute, terrifiée, et ouvre la bouche en expirant tout mon air.

Un bruit inconcevable retentit à mes oreilles.

Il me faut quelques secondes pour comprendre que je viens de hurler à pleins poumons. Que ce que je viens d'entendre, c'est *ma voix*. Pour la première fois.

Je tremble, abasourdie, tandis qu'Isaak me détaille. Il n'active pas la moindre connexion. Je lui en adresse une, et il l'accepte dans la foulée, le regard sombre.

– Qu'est-ce que tu faisais ? me demande-t-il, méfiant.

Je déglutis, la gorge sèche. Je ne sais pas ce qu'il a pu voir ou non, ni depuis combien de temps il se trouve dans mon dos. Je prends tout de même le risque de lui mentir :

– Je te cherchais.

– À quatre pattes, en train de creuser un trou ?

Isaak baisse le regard, intrigué. Je me mords l'intérieur de la joue. Je m'avance ensuite d'un pas ; il recule. Je me force à sourire.

– D'accord, j'avais besoin d'un échantillon pour une recherche, me justifié-je.

– Laquelle ?

– Je ne peux pas te le dire. Les Chercheurs sont tenus au secret, tu le sais bien.

Mon assigné pince les lèvres, puis finit par hocher la tête. J'en profite pour changer de sujet aussitôt :

– Tu es allé courir dans le district, je suppose ?
– Non, j'avais du travail. C'était plus important.

Son ton est si sérieux… Cela me surprend de sa part.

– Et tu as fini, maintenant ? Nous pouvons rentrer ensemble, peut-être ?

Il secoue la tête en pointant du doigt le bout de son champ.

– Je dois encore aller recenser cette parcelle. Je te rejoins après.

– Je vais t'aider. Nous irons plus vite, comme ça.

Isaak paraît étonné mais ne refuse pas. J'en profite pour discuter avec lui de son nouveau travail en tant que Cultivateur. Il me détaille sa journée, et cela me soulage un peu qu'il y mette tant de passion : je tiens à éviter qu'il ne rebrousse chemin sans moi pour aller déterrer ce que j'ai enfoui… Je réponds le strict minimum pour entretenir la conversation, mon esprit revivant en boucle ce qui vient de se passer. Mon ami n'a rien entendu, mais moi, si. J'ai crié. Il m'a effrayée, et j'ai hurlé. Cela ne m'était jamais arrivé.

Je comprends ce que disait Athia à mon réveil au sujet de mes sens. Ils se sont décuplés, au-delà même de ce que j'imaginais possible. Si la parole m'est désormais accessible, quels autres secrets recèle Community 2.0 ?

31

Lorsqu'Isaak et moi rentrons chez nous, je m'avance par automatisme vers la commande centrale de la maison et lui demande de diffuser de la musique, tandis que mon assigné file en cuisine. Je suis stupéfaite quand les premières notes de piano résonnent : je les entends tellement mieux à présent... Je reste immobile, les yeux clos, à les savourer, jusqu'à ce que je perçoive des pas dans mon dos. Je me retourne : Isaak me tend une gourde. Je la refuse, voulant simplement profiter du son libéré par la bâtisse. Mais mon ami insiste en m'envoyant une demande de connexion, que j'accepte.

– Lyah, est-ce que tout va bien ?
– Oui, j'ai juste...

Je m'arrête. Je ne peux pas lui parler de ma sensibilité décuplée : j'ai prêté serment. Mon compagnon de vie n'est pas censé savoir qu'une nouvelle puce existe... Je complète ma phrase comme je le peux :

– Je suis contente d'être là.

Isaak me sourit, heureux de l'apprendre.

– Souhaites-tu me parler de ta journée et m'expliquer tout de même pourquoi tu étais dans mon champ ?

Il reprend la direction de la cuisine dans la foulée pour se commander des fruits. En le suivant, j'hésite. Que pourrais-je bien lui dire ? Il gobe un raisin, puis pivote vers moi, la grappe en main.

Je décline une fois encore, je n'ai pas faim. Il s'installe sur un tabouret avant de me scruter. Je soupire et lui confie :

— Je ne peux pas tout te dire, tu le sais bien, mais j'ai vu ton père aujourd'hui.

— Mon père ?

Isaak fronce les sourcils, comme si je venais de lui donner le nom d'une créature mythologique. Je déglutis avec peine, comprenant que Community a déjà altéré la majeure partie de ses souvenirs de lui. Les larmes me montent aux yeux en prenant conscience qu'Athia avait raison... Quand j'essaye de me rappeler les visages de mes propres parents, je ne parviens pas à me remémorer certains détails. Ma mère avait-elle les yeux bleus ? Ou verts ? Je ne sais plus. C'est comme si je cherchais quelque chose qui n'existait pas dans mon esprit.

Je fixe Isaak, perdue et effarée. Lui ne semble pas perturbé par ce manque de mémoire. Je ferme les yeux une seconde avant de lui répondre :

— Non, rien, ça n'a aucune importance.

— D'accord !

Plus jovial, mon ami me dit qu'il va mettre à jour les données de ses dernières récoltes. J'acquiesce et monte à l'étage. Je file dans la salle de bains. Les Nanos ne suffiront pas à me détendre aujourd'hui, j'ai besoin d'une douche et de réconfort. J'aimerais tellement l'obtenir en discutant avec ma mère ou mon père... Mais c'est impossible. Face à la cabine de pressurisation, je me fais une raison et ordonne son ouverture tandis que je me déshabille. Je rumine encore en entrant dedans. J'enclenche la commande de lavage, puis écarte les bras et les jambes. Figée dans cette position, je me perds dans mes pensées. La réaction d'Isaak me perturbe, mais ce qui me trouble le plus, c'est que ma propre mémoire me fait défaut. Je sais que j'ai des parents dans le District 2. Qu'ils s'appellent Enya et...

Je me crispe.

La buée m'englobe et les jets d'eau détendent mes muscles, pourtant, je ne parviens pas à me souvenir du nom de mon propre père. Une bile acide remonte dans ma gorge. Je retiens un sanglot, ne comprenant pas comment mon esprit peut me faire défaut à ce point. Et dire que je suis censée porter une puce évoluée, désormais ! Isaak, lui, ne se souvient même plus de Wil. Comment le processus peut-il être aussi rapide ?

Je n'arrive pas à y croire, mais c'est bien réel.

Je quitte la douche et me sèche, puis passe dans ma chambre, où je me connecte à l'écran sur le mur. J'ai si peur d'oublier davantage…

Isaak s'incruste soudain dans mon esprit :

– Lyah, tu viens manger ?

Je grimace.

– J'arrive, laisse-moi encore quelques minutes, s'il te plaît.

– Très bien, je t'attends.

J'hésite une petite seconde, puis j'ose :

– Isaak ?

– Oui ?

– Est-ce que tu sais qui est l'Assignateur, Wil ?

Mon ami ne me répond pas tout de suite, fouillant sa mémoire, je suppose.

– C'est celui qui nous a assignés ensemble, oui, finit-il par affirmer.

– Tu n'as pas d'autres liens avec lui ?

– Voyons, Lyah ! Nous savons tous que c'est un Chercheur important, comment le connaîtrais-je ?

– Oui, tu as raison…

CONNEXION INTERROMPUE

Serrant les poings, j'ordonne à la maison de verrouiller la porte de la chambre pour qu'on ne me dérange pas. Dès que l'écran s'active face à moi, je soupire un bon coup et lance un enregistrement avant de mettre de l'ordre dans mes pensées.

– Tu as été assignée il y a peu de jours. Deux, exactement. Tu ne vis plus avec tes parents : ta famille, c'est le groupe des Chercheurs dorénavant. Tu as décidé de te filmer pour te rappeler que tu as des parents, parce qu'en ce moment même, tu commences déjà à les oublier. Ton assigné, Isaak, ne se souvient déjà plus de son propre père. Quant à toi, le nom du tien s'est effacé de ta mémoire. Dans peu de temps, tu ne te rappelleras plus son visage. Tu sais tout ça parce que tu l'as appris en tant que Chercheuse. Ta mémoire effectue un tri sélectif. Si nous ne côtoyons pas assez souvent les personnes qui nous sont chères, Community est programmée pour supprimer nos souvenirs d'eux.

Je m'observe une seconde à travers l'écran. Mes yeux verts, je les tiens de mon père. Je sais aussi que j'ai les mêmes cheveux que ma mère. Mais ce que j'ignore, c'est combien de temps j'arriverai à m'en souvenir… Je soupire avant de reprendre :

COMMUNITY

– Lyah, n'oublie pas tes parents. Songe à eux et garde cette vidéo pour te rappeler.
ENREGISTREMENT INTERROMPU

32

C'est toujours accablée par mes découvertes de la veille que j'entre dans la partie du Centre réservée aux Chercheurs le lendemain matin. Je m'apprête à rejoindre la salle qui nous a été attribuée, à Caleb et moi, lorsque Wil m'envoie une demande de connexion, que j'accepte.
CONNEXION ÉTABLIE
– Lyah, es-tu déjà arrivée ? N'oublie pas que tu dois passer me voir, ce matin. Je t'envoie l'emplacement de mon bureau.
Une carte s'affiche devant mes yeux avant que je puisse répondre.
CONNEXION INTERROMPUE
Je grimace avant de me mettre en chemin, suivant la ligne bleue qui se matérialise devant moi, jusqu'à ce que je parvienne devant une impasse. Je lance aussitôt une nouvelle demande de connexion à l'Assignateur. La porte s'ouvre ensuite. Face à moi, Will me sourit avant de m'inviter à entrer.
– Installe-toi, je t'en prie.
Je m'exécute en observant la pièce qui m'entoure. Elle n'est pas exiguë, mais pas grande non plus. Elle est meublée d'un bureau assez vaste, sur lequel une tablette est posée, ainsi que de deux chaises, et surtout d'armoires alignées dans son dos. Je me demande bien ce qu'elles contiennent… Tout est blanc, à l'image du reste du Centre.
Wil tapote sur la surface plane de son bureau et m'affiche la carte de notre zone. Son index se pose sur un point blanc. Je ravale ma salive, nerveuse.

— Nous avons reçu un bref signal de ta puce enfantine hier soir.

Le regard qu'il me jette ne me laisse présager rien de bon.

— Je suppose que tu sais pourquoi, non ? ajoute-t-il d'un ton sec.

Je pince les lèvres. Wil ne me quitte pas des yeux, dans l'attente de ma réponse.

— Non, je l'ignore, dis-je.

— Le signal a pourtant été émis depuis le District 12. Comment ta puce enfantine se serait-elle déplacée seule de neuf cents kilomètres ?

Je déglutis en comprenant qu'un dispositif de protection doit sûrement alerter les Chercheurs lorsqu'une puce est menacée de destruction… Je n'aurais peut-être pas dû abîmer la mienne, finalement. Paniquée, j'improvise un mensonge :

— Je l'ai perdue bien avant l'Assignation… À vrai dire, j'ai un peu honte de ce qui s'est passé… Plus jeune, j'ai tenté de communiquer avec un oiseau, alors je lui ai fait avaler ma puce.

— Un oiseau ? s'étonne Wil.

— Je sais, c'était idiot, me justifié-je. Mais j'avais envie d'essayer de parler avec lui. De toute évidence, c'était une erreur.

Wil passe ses mains sur son visage, consterné. Je continue :

— Je n'ai pas osé le dire à mes parents. Je ne voulais pas les décevoir. Je n'imaginais pas que ma puce enfantine était importante pour l'Assignation, mais… heureusement que vous aviez le questionnaire !

Je souris à Wil. Je me doute bien qu'il doit me prendre pour une écervelée en ce moment, mais je préfère ça à ce qu'il se rende compte que je me méfie de lui et de ses collègues Chercheurs… Je dois lui paraître suffisamment stupide, car il semble me croire. Il me toise. J'enfonce aussitôt ma tête dans les épaules, le laissant croire que je culpabilise.

— Tu as renoncé à tous tes souvenirs d'enfance pour donner ta puce enfantine à un oiseau ? grogne-t-il.

— Je ne pensais pas que c'était si important que ça.

— Et tu prétends que c'est une coïncidence si elle a émis un signal de détresse depuis le District 12 ?

— C'est la saison des migrations, les oiseaux remontent au nord en ce moment, répliqué-je, heureuse de me souvenir de cette bribe de cours dispensé à l'Union.

Wil paraît agacé. Je ne le quitte pas des yeux, espérant qu'il me prendra pour une idiote et que cela le dissuadera de creuser le sujet. Un savant du passé nommé Einstein disait que l'avantage d'être intelligent, c'est qu'on peut toujours faire l'imbécile, alors que l'inverse est totalement impossible…

Le Chercheur se recule dans son fauteuil et me jauge quelques secondes encore.

— Au moins, nous savons maintenant que les oiseaux ne peuvent pas communiquer avec nous, ajouté-je. Avez-vous d'autres questions ?

— Non, tu peux partir, mais à l'avenir, préviens quelqu'un avant de prendre une telle initiative.

J'acquiesce avant de me lever et de me diriger vers la porte.

— Attends une seconde, me retient-il.

La main sur la paroi, je me retourne.

— Comment va mon fils ? s'inquiète-t-il.

Je lui lance un bref regard par-dessus mon épaule avant de répondre sèchement.

— Il ne se souvient déjà plus de vous.

Wil se décompose. Pourtant, il devait bien s'en douter, non ?

Je quitte la pièce sans rien ajouter.

★★★

Quand j'entre dans notre salle de travail, je trouve Caleb face à un écran, les mains posées à plat sur son bureau. Je m'avance dans son dos avant d'activer une connexion. Il se retourne aussitôt et me sourit en acceptant.

CONNEXION ÉTABLIE

— Alors, ton entretien ? me demande-t-il.

Je hausse les épaules.

— C'est Wil, son nom suffit à donner une ambiance.

Caleb pouffe, puis reprend un ton un peu plus grave pour me dire :

— C'est notre Assignateur. Et même si tu n'as pas l'air de l'apprécier… essaye d'être plus maligne que lui.

Je me fige alors que je m'apprêtais à m'asseoir.

— Que veux-tu dire ? l'interrogé-je.

Il pivote vers moi, un sourire aux lèvres.

— Tu as ta personnalité, j'ai la mienne, Wil aussi. Si tu le comprends, tout sera plus simple pour toi. Tu pourras lui donner ce qu'il attend, et il te laissera tranquille.

Caleb m'adresse un clin d'œil complice pour compléter sa tirade. Je m'installe sur ma chaise sans le quitter des yeux, amusée par son analyse.

Il n'a pas tort : le savoir est crucial. Le Centre où nous nous trouvons en est la preuve.

— Merci du conseil, lui dis-je.

Puis, je saisis ma tablette à ma gauche et me penche pour mieux observer l'écran face à nous.

— Qu'est-ce que c'est ? demandé-je en désignant le graphique affiché.

— La moyenne d'âge actuelle de la population en fonction des zones. Il faut d'abord que l'on sache à qui on a affaire avant de réfléchir à la manière d'infiltrer plus largement la nouvelle puce.

Je soupire avant de lâcher :

— On devrait l'implanter à tout le monde, le problème serait réglé.

Caleb pivote vers moi, le regard triste.

— On ferait courir un grand risque à la société en agissant ainsi, et tu le sais aussi bien que moi.

Je pince les lèvres, consciente qu'il a raison. Il poursuit ses explications, répertoriant l'ensemble des enfants à la surface du globe. Il me dit qu'ils pourraient faire de bons cobayes en premier lieu. Je rétorque que nous ne pouvons pas avoir assez de recul sur les effets que la nouvelle puce pourrait déclencher chez eux. Ils sont encore en croissance, après tout.

Nous passons ainsi plusieurs heures à imaginer différents scénarios possibles, les erreurs à éviter, les changements physiques et psychologiques probables ainsi que les conséquences qui en résulteraient. Toutefois, plus nous avançons dans notre analyse, moins je suis concentrée. Je ne peux pas m'empêcher de me demander à quoi ressemble la vie de Caleb avec son assignée. A-t-elle de telles discussions avec lui ? Je l'ignore, mais étrangement, je m'imagine à sa place un bref instant, si mon binôme était mon compagnon et non simplement mon collègue...

33

Face à un énième graphique, je me frotte les yeux. Je ne sais plus où donner de la tête, et Caleb lui aussi semble fatigué. Cela fait près d'une semaine que nous épluchons des dossiers d'enfants au comportement douteux pour comprendre les limites de l'influence de la puce sur eux. Nous nous sommes d'abord rapprochés d'Athia pour qu'elle nous fasse un exposé de l'état de ses découvertes. Après tout, elle est la créatrice de Community 2.0. Son constat est sans appel : la puce telle qu'elle est actuellement aide à supprimer les pensées les plus sombres d'un individu, ce qui n'est pas le cas de son évolution. Je ne me suis pas donné la peine de lui répondre qu'elle n'ôtait pas que cela…

J'ai laissé Caleb converser avec Wil à ce sujet, je ne tenais pas à m'imposer une énième entrevue avec l'Assignateur. Une par jour me suffit amplement. De mon côté, en visionnant des souvenirs d'enfants, j'ai été frappée de constater l'aisance avec laquelle ils mentent dans certains cas. Moi-même, j'ai déjà caché des informations à plusieurs reprises – depuis que je vois Wil chaque matin, c'est même quotidiennement que je dois surveiller mes pensées pour ne pas me trahir à propos du sort que j'ai fait subir à ma puce enfantine. Cependant, à chaque fois que j'ai menti, cela m'a mise mal à l'aise. Comment était-ce avant ? Les générations précédentes mentaient-elles tout le temps, ou seulement lorsque c'était nécessaire, comme je l'ai fait ? Est-ce que je veux vraiment d'un monde dans lequel ce comportement pourra être généralisé ?

– Caleb, est-ce que tu penses que la nouvelle puce pourrait favoriser le mensonge ? demandé-je.

Mon binôme pose ses mains à plat sur le bureau tout en continuant de visionner les souvenirs d'un adolescent qui ment à ses parents au sujet de ses repas. Il maintient face à son père qu'il n'a mangé que trois pommes alors qu'il en a ingurgité quatre.

– D'après ce que j'ai compris, la puce adulte qu'on nous injecte à 18 ans permet de nous préparer à notre vie dans la communauté, me répond-il.

Nous nous divisions les bases de données à consulter, et je n'étais pas encore tombée sur cette information. Je l'interroge :

– Qu'est-ce que tu veux dire par «préparer» ?

Caleb soupire.

– C'est dans le lobe temporal de notre cerveau que la mémoire est active ; ce lobe est aussi le siège de l'apprentissage. Avec la puce adulte, nous nous concentrons davantage sur nos objectifs que sur nos souvenirs. Elle rééquilibre l'utilisation de ce lobe pour solliciter moins la mémoire, et davantage les capacités utiles pour notre travail au sein de notre groupe de tâches.

Je m'enfonce dans ma chaise. Cela fait écho à ce que je constate chez Isaak depuis quelques jours. De plus en plus d'éléments de notre vie d'avant l'Assignation ont cessé de lui évoquer quoi que ce soit – hier soir, il s'est montré incapable de me citer le cours qu'il préférait à l'Union. Je ne suis même pas sûre qu'il se souvenait de l'Union, d'ailleurs... En revanche, jamais je n'aurais pensé qu'il se montrerait aussi concentré sur son rôle de Cultivateur. Sa parcelle accapare toutes ses pensées, au détriment du sport qu'il adore pratiquer depuis toujours.

– C'est valable pour nous aussi ? demandé-je.

Caleb pince les lèvres.

– Oui et non. La puce adulte n'est vraiment activée qu'à l'Assignation : c'est seulement à ce moment-là que le rééquilibrage commence. Nous, nous avons une autre version de Community dans la tête.

Je me tais, incapable de dire quoi que ce soit. Mon binôme me dévisage, inquiet.

– Lyah ?

Je relève le menton vers lui.

— Je ne pensais pas que tout était contrôlé à ce point, lui avoué-je.

— Moi non plus. Cela dit, il y a des avantages, c'est sûr. L'immense majorité des enfants qui mentent arrêtent à l'âge adulte.

Je tique.

— Si nous leur injectons la nouvelle puce, ils pourraient continuer ?

— Oui, et pire, cela pourrait éveiller en eux une envie de pouvoir. S'ils arrivent à berner leurs propres parents, encore et encore, pourquoi ne le feraient-ils pas à plus grande échelle après l'Assignation ?

Cela paraît inquiéter Caleb. Et je dois admettre que je n'avais pas envisagé cette possibilité…

— Qu'est-ce que tu proposes ? demandé-je.

Mon binôme réfléchit une seconde. Il me surprend à poser ses deux pieds sur la surface en verre du bureau et à s'étirer vers l'arrière.

— Si la puce maîtrise aussi le cortex préfrontal, nous pouvons certainement trouver un moyen de contrer ce problème.

J'affiche aussitôt sur la droite de l'écran les zones avec lesquelles la nouvelle puce interagit.

— Cela ferait faire un nouveau déplacement à la puce… Cela fait beaucoup. Nous serions alors à…

— Quatre déplacements, je sais, me complète-t-il.

Je hoche la tête.

— Cela ferait augmenter le risque encouru par les sujets, dis-je. Ils pourraient mourir d'une telle intervention, sans compter que nous ne pouvons pas mesurer les conséquences d'un changement de cette envergure.

Je soupire, peinant encore à me représenter cet engrenage complexe qu'est le cerveau humain. Caleb se redresse à côté de moi, tout aussi désemparé.

— Je crois que notre mission est bien plus difficile que ce que l'on pensait, souffle-t-il.

Il ose un regard vers moi, la mâchoire serrée. Je ne vois pas quoi lui répondre. Il dit vrai : pour l'instant, chaque hypothèse que nous avons envisagée nous a renvoyés dans une impasse. Chaque solution que nous entrevoyons crée ses propres problèmes. À croire que c'est un cercle sans fin. Je m'enfonce dans mon siège, découragée.

— Et si on faisait une pause ? proposé-je.

Caleb pivote vers moi, le regard troublé. J'ai l'impression d'avoir dit une bêtise.

— Qu'est-ce qui ne va pas ? l'interrogé-je.

— Rien, je pensais juste que tu étais une acharnée du travail.

Je m'offusque.

— Tu insinues que je ne sais pas me reposer ?

— Pas du tout ! s'amuse-t-il.

Aussitôt, il se lève de sa chaise et remonte la fermeture Éclair de sa combinaison avant de filer vers la porte de notre bureau.

— L'extérieur, ça te convient ?

J'acquiesce et le suis, enthousiaste.

Dans le couloir, Caleb me jette des regards étranges. Comme s'il… m'épiait. Une fois à la hauteur d'un ascenseur, nous patientons côte à côte dans un silence de plomb. Il ne s'arrête pourtant pas de me scruter de temps à autre.

— Quelque chose ne va pas ? demandé-je une fois de plus, mal à l'aise.

Il secoue la tête.

— Non, je me disais juste que tu étais différente.

Ce qu'il sous-entend m'intrigue. Alors que nous entrons dans l'étroite cabine, je lui demande, curieuse :

— En quoi ?

Il programme une montée lente avant de me répondre :

— Ton analyse au travail est spéciale, je trouve. Et surtout, tu m'étonnes à vouloir souffler un coup, juste comme ça.

— Je n'ai pas le droit d'être fatiguée, alors ?

Caleb hausse les épaules.

— Peut-être que tu ne dors pas bien.

Je me crispe. Il n'a pas tort. Cela fait plusieurs jours que j'ai du mal à trouver le sommeil le soir… Mais comme toujours, dire que je n'utilise pas de protocole de rêves serait avouer que je suis anormale. Ou différente.

— C'est vrai, me contenté-je de confirmer.

Caleb m'offre un sourire en coin alors que nous débouchons à la surface.

— Je le savais bien qu'il y avait quelque chose.

Je lève les yeux au ciel en sortant du Centre et m'avance droit vers un arbre. Le soleil m'éblouit quelque peu, mais ça me fait tant de bien d'être à l'extérieur… Je hume cet air frais qui me manque terriblement lorsque je suis dans les souterrains.

— Tu veux en parler ? s'enquiert Caleb en me rejoignant.

— Pourquoi ?

– Peut-être parce que ce n'est pas commun de ne pas bien dormir, réplique-t-il d'un ton narquois.

Je m'avance vers l'arbre et m'assois contre son tronc sans rien répondre. Caleb, lui, s'installe face à moi. Il me dévisage quelques secondes. Je soupire avant de lui confier :

– D'accord. Je suis fatiguée parce que je consulte beaucoup de bases de données et parce que je dors de manière naturelle.

Mon binôme semble épaté. Il pouffe en secouant la tête.

– Oui, je sais, mais je n'aime pas dormir avec un protocole, me justifié-je. J'ai le sentiment que l'on me dicte mes rêves et je n'aime pas ça.

– Tu préfères les choisir, c'est ça ?

Confuse, je préfère garder mes pensées pour moi, le regard perdu dans les feuillages au-dessus de ma tête.

– Tu n'es pas la seule, tu sais ?

Mon attention se reporte soudain sur Caleb.

– Je n'utilise pas de protocole non plus, ajoute-t-il.

La bouche entrouverte, je le détaille. Il passe sa main sur sa nuque, penaud.

– Enfin, si, ça m'arrive tout de même d'en lancer un lorsque je suis exténué et que j'ai vraiment besoin de me reposer.

Je n'arrive pas à y croire. Et moi qui pensais être la seule à dormir naturellement…

– De quoi as-tu déjà rêvé ? demandé-je, curieuse.

Caleb lève les yeux vers le ciel.

– Honnêtement ? Je ne me rappelle pas tous mes rêves. Mais j'ai un petit rituel pour essayer d'en garder autant que possible en mémoire.

J'arque un sourcil, intriguée. Il poursuit :

– Je me répète plusieurs fois dans ma tête ce dont je veux me souvenir. Quand je fais un rêve que j'aime bien, je me le remémore en boucle plusieurs fois, et ça me permet de m'en souvenir longtemps.

J'écarquille les yeux, étonnée par une telle confession. Je prends conscience que Caleb avait certainement compris il y a bien longtemps que sa mémoire n'était pas fiable.

– Tu savais que la puce effaçait des éléments de ton cerveau ? lui demandé-je.

Mon ami hausse les épaules.

– Quand j'étais petit, je me rappelais plein de choses, mais quand la puce adulte m'a été implantée, j'ai constaté que de plus en plus d'éléments devenaient flous. Alors j'ai eu cette idée. Le matin, je me répète ce que j'ai à faire dans la journée et le soir, je me remémore tout ce qui m'est arrivé depuis mon réveil. C'est parfois un peu pénible de réciter ma vie ainsi, mais ça fonctionne.

Je me trouve soudain stupide de ne pas avoir pensé à faire ça. Caleb m'impressionne chaque jour un peu plus.

— Tu te souviens de plusieurs rêves, alors ? lui demandé-je.

— Mes préférés sont ceux où je voyage dans le temps. Je me suis retrouvé en 1930 et aussi en 1800, c'était assez incroyable !

Je souris, subjuguée.

— Raconte-moi l'un de ces rêves, s'il te plaît.

Caleb m'observe une petite seconde, les yeux brillants, avant de démarrer son récit :

— Je m'étais endormi en consultant une base de données sur les gangs, et mon cerveau m'a propulsé dans les rues de Chicago. Je ne sais pas si cette ville te dit quelque chose, mais avant d'être le District 16 de la T2, c'était un haut lieu du crime dans les années 1930. J'étais un bandit, un gangster de la mafia…

Je l'écoute, abasourdie par ce qu'il me raconte. Il me parle de rues sombres et d'armes à feu, d'une brunette qu'il devait secourir. Je suis suspendue à ses lèvres. Il met tant de conviction dans son récit que je pourrais en oublier qu'il ne s'agissait que d'un rêve… Je l'écoute avec attention, projetée à mon tour dans le monde incroyable qu'il me décrit.

Et je prends conscience peu à peu qu'il est aussi différent que moi.

34

Je m'arrête en haut de la colline qui surplombe mon hameau avant de rentrer chez moi. Durant le trajet, je n'ai pas cessé de penser aux rêves de Caleb. Je me demande bien si d'autres personnes, dans d'autres zones, ont elles aussi choisi de désactiver leurs protocoles de sommeil. Cela fait bien longtemps que j'ai constaté que j'étais différente de mes parents, de mes camarades de classe. Que je souhaitais rêver. Voir jusqu'où mon subconscient pouvait me mener. Et si, finalement, je n'étais pas si seule ?

Qui suis-je ? Depuis Community, nous sommes censés être des individus attachés à la société. Nous devons être tous et non un. Alors, à partir de quand fais-je passer mon individualité avant le bien du groupe ? Dès lors que je décide de rêver par moi-même ? Que je pense pour moi et non pas pour tous ? Est-ce déjà une erreur pouvant mener à d'autres plus graves, comme le mensonge… ou même pire ? Est-ce les gens comme moi, comme Caleb, qui finissent par mettre en danger le système ?

Je soupire, le vent fouettant mon visage, agacée par mes propres pensées qui ne s'arrêtent pas. Ma tête ne cesse de se poser des questions : j'ai l'impression de n'avoir fait que cela toute ma vie. Parfois, j'envie presque Isaak, qui ne se soucie pas de toutes ces choses. Et je suis fatiguée de devoir me justifier de penser différemment. Je n'ai donc plus beaucoup de choix : me cacher, et donc mentir, est ma seule issue…

Je prends mon visage entre mes mains et me frotte les yeux, confuse. Il est certain que mentir est néfaste. Voir ce comportement se généraliser n'est pas ce que je souhaite, et c'est ce qui se passerait sans doute si Community 2.0 était implantée à tous sans précautions préalables.

Je me suis offusquée en apprenant que les Chercheurs gardaient pour eux cette technologie nouvelle. Je ne trouvais pas juste de priver le plus grand nombre de la nouvelle puce, car cela me donnait le sentiment d'empêcher tous ces gens d'être eux-mêmes. Cependant, si elle était largement répandue, serions-nous plus heureux ainsi? La tentation de mal agir pourrait raviver des comportements néfastes pour la communauté, sans compter que nous serions bien plus nombreux à être tiraillés par des questionnements comme ceux qui m'agitent.

Je ne connaîtrai jamais mon frère ou ma sœur, et mes parents m'ont sans doute déjà oubliée. Ils vont vivre le reste de leur existence en pensant qu'ils n'ont eu qu'un seul enfant. Cependant, n'est-ce pas eux qui sont les plus heureux, justement parce qu'ils ignorent la vérité?

Je passe mes mains sur mon visage, perturbée. Après tout, est-ce que je ne pourrais pas tout simplement lâcher prise, profiter de ma nouvelle vie avec Isaak, mon meilleur ami de toujours?

Je soupire un bon coup avant de me remettre en chemin. J'ai besoin d'une douche chaude et d'une nuit de sommeil. Mais avant cela, il me faut surtout me décharger de toutes ces pensées, pour ne pas les oublier... Une fois chez moi, je me connecte à l'écran de la chambre. Mon visage apparaît en gros plan. Je grimace. J'ai l'air si fatiguée... Des cernes impressionnants s'étalent sous mes yeux. Mes interrogations sont en train d'affecter jusqu'à mon corps... Je me tapote les joues pour me redonner un peu d'aplomb avant de commencer à enregistrer mes réflexions.

— Aujourd'hui, tu as appris que tu n'étais pas la seule à ne pas utiliser de protocoles de sommeil. Caleb, lui aussi, dort de manière naturelle. Cette découverte te pousse à te poser beaucoup de questions. Tu sais que tu apprécies certaines choses qui laissent la majeure partie des gens indifférents, comme la nature ou les étoiles. Cela fait de toi la personne que tu es. Pourquoi es-tu ainsi? Tu n'es pas persuadée d'être normale, au contraire. Pourtant, ta singularité te satisfait. Tu aimes la façon dont tu penses, même si elle est différente.

Je pince les lèvres et secoue la tête avant de reprendre :

— Mais pourquoi sommes-nous si peu à constater ce genre de choses? À avoir un sentiment d'individualité? Community bride-t-elle à ce point

notre esprit qu'il faut avoir un cerveau exceptionnel pour le constater, comme le disent les Chercheurs ? Je crois bien que oui, et que je trouve ça dommage. Car tous ces gens sont-ils heureux ? *Vraiment* heureux ? Et toi, l'es-tu en faisant passer la communauté avant toi ? Qu'est-ce qui est le plus important, un sentiment de contentement ou la capacité de choisir ?
ENREGISTREMENT INTERROMPU

35

Je déteste ces ascenseurs qui m'amènent encore et toujours dans les profondeurs de la terre. Et je déteste presque autant le Centre. Il n'y a rien de joyeux, là-bas. Pas de verdure, pas d'air frais ni de brise sur le visage. Que des couloirs qui mènent à je ne sais quoi, des salles où travaille je ne sais qui. J'ignore ce que font tous les Chercheurs qui m'entourent : on attend de moi que je remplisse ma mission sans me poser davantage de questions. Je ne sais pas trop quoi en penser pour l'instant. Toutes ces révélations me perturbent…

Et ce qui me déplaît encore plus, c'est de devoir rendre des comptes à Wil chaque matin sur ce que je fais. Je soupire en prenant la direction de son bureau. Face à sa porte close, je lui adresse une demande de connexion. Il l'accepte, m'autorise à entrer et relève le visage vers moi, sans un sourire. Il m'observe longuement avant de daigner me saluer.

– Bonjour.

– Bonjour, lui réponds-je par pure politesse.

– Quel est votre programme, à Caleb et à toi, aujourd'hui ?

– Nous souhaitons étudier avec exactitude les atouts de la puce des Chercheurs afin de comprendre les effets précis de cette dernière sur le cerveau et les comportements.

– Vous allez avoir besoin d'un accès à la centrale Community pour cela. Je vais vous l'accorder pour vos recherches.

J'acquiesce. Wil embraye en me demandant :

— J'aimerais aussi savoir comment se porte Isaak.

Je retrousse mon nez, quelque peu étonnée que le Chercheur remette le sujet sur le tapis. Étonnant, de la part de quelqu'un qui prône l'importance d'une séparation entre parents et enfants pour le bien de la société.

— As-tu remarqué des changements comportementaux chez lui ? insiste-t-il.

Je hausse les épaules et révèle :

— Depuis l'Assignation, je ne l'ai pas vu une seule fois courir à l'extérieur.

Wil fronce les sourcils. Je suppose que, comme moi, il sait que son fils adorait le footing, avant.

— Autre chose ?

Je passe ma main sur ma nuque et ne résiste pas à l'envie de retourner le couteau dans la plaie :

— Mis à part qu'il ne sait presque plus qui vous êtes, non.

Le Chercheur grimace.

— « Presque », c'est-à-dire ?

— Il sait bien que vous êtes l'Assignateur de la zone, mais il est persuadé de ne pas avoir de lien particulier avec vous.

— Tu en es sûre ? Pourrais-tu le vérifier ?

— Pourquoi ? grogné-je.

Wil plisse les yeux.

— Parce que je te le demande. Je suis ton supérieur, tu te dois de me rendre des comptes.

— Oui, en tant que Chercheuse, mais il s'agit là de ma relation avec mon assigné, et elle ne vous concerne pas.

Wil penche la tête, contrarié.

— Tu n'as pas compris, à ce que je vois. Je suis responsable de cette zone. Ce qui signifie que je suis en droit de savoir tout ce qui s'y passe. Même en dehors de ce Centre.

Je déglutis. Mes mains se crispent sous le bureau. Il reprend :

— J'aimerais donc que tu me fasses un rapport complet sur Isaak chaque jour à partir de maintenant. Tout ce que tu remarques à son sujet, tu m'en fais part. Est-ce clair, Lyah ?

Je hoche la tête à contrecœur.

— Bien, reprenons. As-tu remarqué autre chose chez lui ?

— Il est heureux d'être assigné à moi, dis-je, agacée de devoir me plier à la demande du Chercheur.

Wil tape quelque chose sur sa tablette avant de m'interroger :
— Parfait, mais encore ? As-tu constaté des changements d'ordre physique ?
— Pas pour l'instant, non. À quoi pensez-vous ?
— Il pourrait se plaindre de maux de tête, par exemple.
— Pas que je sache.
Wil scrute l'écran de sa tablette puis redresse le visage vers moi.
— Et sa mère, est-ce qu'il s'en rappelle ?
Je secoue la tête en guise de réponse.
— Il se souvient de ses amis, peut-être ? Je sais que Jeff et lui étaient plutôt proches. A-t-il abordé le sujet avec toi ?
— Non.
Wil prend une nouvelle note. Je me frotte le visage, à bout de patience.
— Avez-vous encore des questions, ou puis-je retrouver mon bureau ?
— Caleb peut attendre un peu, réplique l'Assignateur sans lever les yeux de sa tablette.
Je soupire. Il enchaîne :
— Ses habitudes alimentaires ont-elles changé ?
— Non, il a pris des haricots et des choux de Bruxelles hier soir.
Wil esquisse un faible sourire, comme attendri. Il semble vraiment se soucier de son fils… Et mes réponses à ses questions me permettent de constater, en même temps que lui, à quel point Isaak s'est transformé depuis l'Assignation. Elle a pourtant eu lieu il y a si peu de temps… Et tout cela, c'est à cause de Community.

Quand Wil daigne enfin me laisser partir, je prends la direction de mon bureau pour retrouver Caleb. Malgré tout, c'est à Isaak que je pense. Même si je prends un malin plaisir à frustrer l'Assignateur en lui en révélant aussi peu que possible sur son fils, il n'empêche que l'état de mon ami m'inquiète. Le voir perdre la mémoire me trouble, tout comme sa perte de vitalité, son manque d'appétit parfois, ses phases où il s'égare dans ses réflexions…

Cela me peine de plus en plus. J'ai du mal à reconnaître mon ami, qui était si jovial, avant. Le travail le change, il ne pense qu'à cela. Je ne peux même pas regarder un film avec lui, il ne comprend rien. Lorsque j'ai voulu savoir pourquoi il ne souhaitait pas apprendre les langues mortes, il m'a répondu qu'il n'en voyait pas l'utilité. Je me suis soudain sentie incomprise. Et seule.

Très seule.

COMMUNITY

Chaque soir, nous discutons – mais si peu ! – tout en mangeant ensemble, puis il va s'allonger dans la bulle de sommeil. Pour ma part, mon esprit ne s'arrête jamais. Alors, pour continuer à échanger avec quelqu'un, je contacte Caleb. Désormais, même lorsque nous ne sommes pas au Centre, nous sommes connectés ensemble quasiment en permanence, à parler de notre mission ou de n'importe quoi d'autre. Avec mon binôme, je ne m'ennuie jamais.

Cela me perturbe. Je remarque bien que je m'éloigne d'Isaak tandis que je me rapproche du Chercheur. Sa présence devient pour moi un réconfort, voire une nécessité. Cela m'inquiète et me fait du bien à la fois. J'adore converser avec lui : sa façon de voir les choses complète la mienne. Lors de nos déjeuners au Centre, il s'amuse à me faire part des tocs de chacun des Chercheurs qui nous entourent, comme Jill, qui ne mange jamais de légumes de couleurs différentes et qui ne boit qu'à la fin de son repas. Ses observations me font rire…

Et plus je suis à ses côtés, plus une idée germe dans mon esprit. Je me surprends à vouloir… *le toucher*. Pour voir ce que ça pourrait me faire.

Ou lui faire.

36

Je soupire tout en me hâtant hors de la gare centrale. J'ai reçu un message hier me disant qu'aujourd'hui, tous les Chercheurs de la zone avaient rendez-vous à six heures afin de se rendre en T3 pour le congrès annuel de notre groupe de tâches. Enfin ! J'espère avoir l'occasion de demander à étudier l'espace plutôt que le cerveau humain, comme Athia me l'a suggéré. Community 2.0 et tous les problèmes qui vont avec commencent à me sortir par les yeux, je préférerais largement être autorisée à me rabattre sur mon sujet de prédilection…

Lorsque j'arrive dans le hall du Centre, le sol devient vert, et ma puce m'envoie aussitôt une notification.

CONNEXION GROUPÉE ÉTABLIE

— Nous n'attendions plus que toi, me signale la voix de Wil dans mon esprit.

— Pardonnez mon retard.

Il ne prend pas la peine de me répondre. Athia, non loin de moi, hausse un sourcil pour me réprimander. Je l'accepte. Je n'aime vraiment pas descendre sous terre, alors je traîne des pieds le matin…

Cela me fait bizarre de voir autant de Chercheurs rassemblés. Il y en a des centaines ! Un grand nombre d'entre eux, je ne les ai jamais croisés…

Une partie du groupe me passe devant, Wil à sa tête, pour prendre le chemin de la gare. Génial, encore un trajet en navette de bon matin… Pour ma part, je cherche Caleb.

– Ça va ? susurre-t-il dans mon esprit.

Je me retourne, trouve ses yeux bleus inquiets. Je le rassure d'un hochement de tête.

– Tu sais en quoi consiste le congrès exactement ? demandé-je.

Une femme à ma gauche s'immisce dans notre conversation et me répond :

– Nous allons décider de nos projets de l'année avec nos collègues des autres zones.

– Quels genres de projets ?

La Chercheuse s'apprête à me répondre quand Wil lui coupe la parole.

– Pour ceux qui ne la connaissent pas encore, voici Lyah, notre Chercheuse *obsessionnelle*.

Quelques rires éclatent. Même Caleb semble amusé. Je me renfrogne, touchée dans mon ego. Heureusement, Athia précise à l'attention de tous :

– Elle a aussi été la plus brillante de mes élèves sur ces dix dernières années. Sans vouloir t'offenser, Caleb.

Mon ami m'adresse un clin d'œil. Je lui souris, gênée, ne sachant pas quoi répondre à cela.

Lorsque nous arrivons à la gare centrale, Wil nous prévient :

– Plusieurs navettes vont se succéder, nous nous retrouverons tous en T3. Dirigez-vous directement vers l'Amphithéâtre.

L'Assignateur entre ensuite dans une première navette, et les Chercheurs autour de moi pressent le pas pour le suivre. Je fais comme eux. Une fois à l'intérieur, je m'attache en vitesse au premier siège que je trouve, à côté d'Athia. Le cœur palpitant, je me prépare au démarrage.

– Combien de temps durera le voyage ? demandé-je à mon ancienne enseignante.

Elle réfléchit une petite seconde avant de me répondre :

– Nous allons dans l'océan Atlantique, mais nous devons d'abord traverser deux zones. Nous en aurons pour quelques heures, je pense.

Je n'ai même pas le temps de la remercier que la propulsion de l'appareil s'enclenche. Je sombre dans un sommeil artificiel.

★★★

Mon réveil est difficile. Je me sens comateuse, j'ai du mal à retrouver l'usage de mes membres. Cela dit, les autres passagers semblent dans le même cas…

Dès que je peux retirer mes sangles, je m'exécute. J'ai hâte de m'extraire de la navette. Je ne suis jamais allée en T3, cela m'intrigue…

Le moins que l'on puisse dire, c'est que je ne m'attendais pas à découvrir le paysage qui s'offre à moi dès que je pose un pied dehors. J'ouvre grand les yeux, émerveillée. Caleb s'approche de moi et me sourit, tout aussi fasciné que moi.

– C'est exceptionnel, n'est-ce pas ? nous lance un Chercheur plus âgé.

Il éclate de rire et ajoute :

– Ça m'a fait le même effet la première fois que je suis venu ici.

C'est la tête en l'air que je marche pour suivre le groupe. Au-dessus de moi, une large coupole vitrée me permet d'observer… les profondeurs de l'océan ! Des spots illuminent l'extérieur, assez pour que je puisse distinguer des poissons tout autour. Un banc de sardines passe devant mon regard ébahi. J'aimerais prendre le temps de mieux observer les fonds marins, mais Wil m'ordonne de me presser. Je reprends mes esprits en constatant que je suis encore la dernière : les autres sont déjà entassés devant un ascenseur. Je marche plus vite pour les rejoindre.

Les niveaux inférieurs me déçoivent : ils ressemblent au Centre de ma propre zone… Des couloirs blancs et impersonnels, tout ce que je déteste.

Une femme vêtue d'une combinaison bleue nous attend. Elle nous souhaite la bienvenue avant d'entrer en conversation avec Wil.

– Qui est-ce ? demandé-je à Caleb.

Il hausse les épaules, et c'est une voix féminine qui me répond :

– Triss, l'Assignatrice de la zone.

Je remercie Jill, puis nous poursuivons notre chemin jusqu'à une salle qui me laisse admirative. Parfaitement ronde, elle est tout bonnement immense. Des rangées et des rangées de sièges en font le tour ; au centre se trouvent un pupitre ainsi qu'un écran circulaire couvrant la pièce à 360 degrés. Je suis mon groupe, qui se dirige vers la droite. Vu le nombre de sièges vide, j'en conclus que nous sommes presque les premiers à arriver.

Alors que je m'avance, Community se manifeste, et un siège s'affiche en vert via ma lentille.

`ASSISE LYAH - MATRICULE 05654231`

Je le rejoins, m'installe, et la voix s'enclenche de nouveau.

`LYAH - MATRICULE 05654231 / PRÉSENTE`

COMMUNITY

Je suis heureuse de me trouver à côté de Caleb, un peu moins d'être à proximité de Wil. En attendant que le congrès ne commence, je scrute la salle. Ma lentille prend le relais dès que je pointe dans la direction d'un Chercheur, m'indiquant son nom, son matricule, ainsi que sa zone de résidence. Il y a si peu de jeunes… Ce constat me frappe.

Je pivote soudain vers mon ami, lui aussi en train de lorgner ce qui nous entoure.

– Caleb ? lui demandé-je.
– Mmmh ?
– Est-ce que tes parents sont là ?

Il pince les lèvres, perturbé.

– Je ne sais pas.

Mes épaules s'affaissent alors que je comprends qu'il n'arrive pas à les reconnaître. Je n'ose rien ajouter, de peur de le blesser davantage.

Lorsque les derniers Chercheurs entrent, la salle passe au vert une petite seconde avant de retrouver sa couleur d'origine – le blanc, comme partout au Centre. La femme qui nous a accueillis à l'entrée se place au centre de la pièce. Nos puces s'activent toutes lorsqu'elle prend la parole :

– Bonjour à tous et bienvenue pour ce congrès annuel des Chercheurs. J'espère que vous avez fait bon voyage.

Son visage est retransmis sur l'écran suspendu au-dessus de la salle. Souriante, elle fait un petit tour sur elle-même avant de reprendre :

– Comme vous le savez, nous allons, comme chaque année, étudier la proposition de développement de chaque zone et définir les missions globales de recherche. Je suis persuadée que nous allons avoir beaucoup à dire aujourd'hui.

37

Cela fait trois heures que le congrès a commencé, et je vais de déception en déception. Je m'imaginais une grande discussion où chacun énoncerait ses réflexions pour nourrir le débat. Mais en réalité, les Assignateurs des différentes zones se succèdent sur l'estrade pour énoncer leurs directives le plus vite possible. Actuellement, le représentant de la T8, un petit homme nerveux d'une quarantaine d'années, propose de monter une équipe d'investigation pour les parties du globe supposées être encore touchées par les radiations nucléaires, dans le but de trouver plus de terre pour nourrir la population. Et bien évidemment, ceux qu'on enverrait réaliser des relevés dangereux seraient des Cultivateurs, pas des Chercheurs…

Tout ceci commence à mettre mes nerfs à rude épreuve. J'hésite à écouter de la musique pour me calmer. La façon de procéder de mes nouveaux collègues me laisse dubitative. Je n'imaginais pas que de telles réunions décidant de l'avenir de la Terre se tenaient dans un secret total. Comment réagirait la population si elle apprenait leur existence ?

Je m'enfonce dans mon siège alors que le représentant de la T17 prend la parole pour proposer de tenir l'Assignation non plus à vingt et un ans mais à dix-huit, et ce pour limiter les problèmes causés par ce qu'il appelle les « tensions sexuelles adolescentes ».

— Les neurotoxines contribuant à l'assèchement de la libido libérées par la puce ne suffisent pas à refréner les pulsions si présentes chez les jeunes adultes, indique-t-il. Une première grossesse déclenchée plus tôt pourrait être une solution à ce problème.

— Que voulez-vous dire par « refréner les pulsions sexuelles » ? m'exclamé-je.

N'y tenant plus, je me suis levée et ai projeté ma question dans les esprits de tous sans vraiment l'avoir décidé. La totalité de l'assemblée se tourne vers moi, déboussolée par mon intrusion. Assaillie par des bribes de pensées chuchotées, j'ai le droit à quelques regards condescendants, principalement venant des Assignateurs.

— Excusez-moi… Lyah, c'est ça ? me lance l'Assignateur de la T17.

— Oui.

— J'ai la parole en ce moment même, et le fait de me couper est d'une vulgarité affligeante.

Mon ventre se contracte. Malgré tout, je rétorque :

— Pardonnez ma « vulgarité affligeante », je pense néanmoins que nous sommes ici pour comprendre sur quoi chacun de nos collègues Chercheurs travaille. Alors, oui, je réitère ma question : qu'entendez-vous par « refréner les pulsions » ?

Des rires trop bruyants retentissent dans mon esprit. L'Assignateur pouffe et lâche :

— Très bien, si vous insistez… Sachez, jeune fille, que depuis que nous diffusons des neurotoxines via la puce adulte, nous avons réduit les cas de sociopathie, psychopathie et même les pulsions meurtrières. Malgré tout, certains jeunes souhaitent découvrir leur corps dans l'intimité. Nous ne pouvons tolérer ce type de fantasmes : ils sont nocifs pour la communauté. Le désir est à bannir, pour le bien de tous. Est-ce clair pour vous, maintenant ?

Je me rassois, confuse. Des bribes de souvenirs me reviennent en mémoire. Le désir… Je crois en avoir déjà ressenti. Et je crois même en ressentir encore, bien que je ne sois pas sûre de ce qu'est cette sensation exactement…

Lorsque je tourne la tête, l'ensemble des Chercheurs de ma zone me lorgnent. Je perçois via Community leur étonnement quant au fait que j'aie osé m'exprimer en plein congrès… La réprobation de Wil est évidente.

Caleb, à ma droite, se penche légèrement vers moi, avant de lancer une conversation plus discrète entre nous :

– Je crois que je sais ce que c'est, le désir, m'avoue-t-il.

Il arque un sourcil tout en me scrutant. Je soutiens son regard.

– Peut-être est-ce quelque chose à explorer au cours de nos recherches ? proposé-je.

Il est surpris, mais paraît enthousiaste.

– Pourquoi pas.

Je lui rends son sourire, et nous nous renfonçons tous les deux dans notre siège.

★★★

Lorsque son tour de s'exprimer au nom de la T6 arrive, Wil se lève avant de balayer l'assemblée du regard.

– Bonjour à tous, commence-t-il. Comme vous le savez, nous sommes toujours en train de développer Community 2.0. Et pour nous aider dans cette tâche, nous avons recruté deux nouveaux Chercheurs. Pour ce qui est de la première, vous venez de faire sa connaissance de manière peu conventionnelle.

Des rires moqueurs s'élèvent. Je me crispe.

– Quant au second…

Wil invite Caleb à se lever. Son visage apparaît sur l'écran circulaire qui fait le tour de la salle.

– Caleb est doté d'une intelligence particulière, explique l'Assignateur. En tant que comportementaliste, il va nous permettre de prendre en compte toutes les subtilités de l'esprit humain dans nos recherches.

Des visages se crispent. Le représentant d'une autre zone intervient, consterné :

– Quelle idée d'avoir recruté quelqu'un comme ça ! Il va passer son temps à nous étudier, maintenant ! Vous savez quels soucis les comportementalistes ont causés par le passé…

– Caleb est primordial pour l'avancée du projet, rétorque Wil, nerveux.

Mon ami fronce les sourcils. Tandis que les pensées des Chercheurs fusent en tous sens, j'en profite pour m'infiltrer dans son crâne.

– Qu'est-ce qui leur prend ? m'étonné-je.

– Ils ont peur… me répond Caleb.

– De quoi ?

– Du jugement que je pourrais porter sur eux, j'imagine. Ils craignent qu'en les observant, je ne les estime pas aptes à exercer leurs fonctions.

Je grimace. Au même moment, Wil pousse ses pensées pour qu'elles dominent celles du reste de l'assistance.

— Ça suffit ! Ce n'est pas parce que nous avons eu un cas problématique que tous le seront. Nous avons besoin d'un comportementaliste pour cette version 2.0, c'est essentiel.

Le ton véhément de notre Assignateur calme les plus réticents. Un peu apaisé, il ajoute :

— Nous avons conçu une nouvelle cellule pour travailler sur le projet. Caleb pour étudier l'être humain, donc, et sa voisine, Lyah, parce qu'elle est méthodique et analyste. Mais surtout, obsessionnelle.

Le représentant de la T17 persifle :

— Je comprends mieux son intervention sur le désir, dans ce cas !

Je me sens mal à l'aise, piégée dans une discussion dont je ne comprends pas les codes. Je n'aime pas que l'on parle ainsi de moi sans que je puisse m'exprimer… Wil ajoute :

— Nous espérons bien évidemment que, dans les prochaines années, nous trouverons un moyen d'infiltrer Community 2.0 au plus grand nombre sans risquer que notre société soit bouleversée, pour le bien de tous.

— Pour le bien de tous, répète l'assemblée.

Certaines personnes applaudissent, tandis que d'autres nous lorgnent avec méfiance. Je comprends que le temps de parole de ma zone est terminé… et il n'a pas du tout été question d'espace, contrairement à ce qu'Athia m'avait laissé croire. M'a-t-elle dit cela uniquement pour m'apaiser sur le coup ? Ou bien était-elle de bonne foi ? Quoi qu'il en soit, je ne compte pas laisser passer ma chance de m'adresser à l'ensemble des Chercheurs, surtout au vu de la manière dont Wil nous a affichés devant eux, Caleb et moi. Je me lève à nouveau ; mon Assignateur me jette un regard noir. Je l'ignore et lance :

— Excusez-moi, mais j'aimerais vous faire part d'une proposition, moi aussi.

— Nous en rediscuterons plus tard, souffle Wil dans mon esprit.

— Non, je pense que c'est primordial d'en parler ici, insisté-je.

Je m'observe dans l'écran géant. Je me tiens bien droite, je donne presque l'impression d'être sûre de moi. En tout cas, j'essaie de ne pas laisser paraître ma gêne. Je m'adresse tout de même à l'ensemble des Chercheurs du globe. Je continue :

— Je suis consciente que je ne dois pas totalement respecter les règles en prenant la parole de cette manière. Néanmoins, j'ai moi aussi une suggestion d'amélioration pour notre communauté. J'imagine que, comme moi, certains d'entre vous se sont renseignés sur notre système solaire ainsi que sur l'espace.

Je cherche du regard des soutiens. Je suis rassurée de distinguer quelques personnes attentives dans l'assistance. Pas autant que je le voudrais, cependant… Je poursuis malgré tout :

– Notre évolution technologique ne concerne plus la recherche spatiale, et ce depuis longtemps. J'ai bien conscience que nos priorités ont changé, mais faut-il vraiment abandonner complètement ce sujet ?

– Que proposez-vous ? s'exclame une Assignatrice d'un ton clairement hostile.

– Notre planète a subi plusieurs extinctions de masse. Nous n'avons aucune idée de ce qui peut nous tomber dessus à nouveau. Une météorite pourrait suffire à mettre fin à la formidable aventure de l'espèce humaine. Nous sommes ici pour parler de l'avenir de la société, faisons-nous vraiment le nécessaire pour l'assurer ?

Des moqueries fusent de toutes parts. J'observe mon groupe : la plupart des Chercheurs baissent la tête, consternés. Athia, dépitée, se frotte le visage. Heureusement, le fait que Caleb paraisse intéressé par ce que je raconte me réchauffe un peu le cœur.

– Lyah, ne soyez pas stupide, je vous en prie ! rétorque l'Assignateur de la T1. La dernière météorite d'importance est tombée sur Terre il y a plusieurs millions d'années. Au nom de quoi mobiliserions-nous des ressources pour aller explorer l'espace ? C'est une perte de temps ! Nous concentrer sur le bon fonctionnement de notre société est bien plus important.

Je ne me laisse pas abattre et réponds :

– Nous devons nous soucier de notre avenir à plus long terme. Notre espèce court un risque. Comment pouvons-nous le négliger ?

Je m'étonne moi-même de ma véhémence. L'Assignateur de la T1 ne semble pas impressionné pour autant : il éclate de rire.

– Qu'est-ce que vous ne comprenez pas dans « millions d'années » ? lance-t-il. Nous serons là encore longtemps ! Nous avons d'autres priorités à gérer dans l'immédiat !

– Non, le risque est bien présent, et j'en ai la preuve !

J'extirpe de ma poche la pierre tombée du ciel sur ma parcelle et la lève au-dessus de ma tête, espérant frapper enfin l'esprit des Chercheurs. Mais c'est un rire qui éclate, puis un autre, et encore un autre… Finalement, c'est presque toute la salle qui se joue de moi. Je tremble, furieuse. Je m'apprête à me défendre, mais Wil me devance :

— Lyah… aime beaucoup les étoiles, pardonnez-la. Ses rêveries la poussent parfois à dire des absurdités.

Ils rient tous. Je ne bouge pas, effarée. Caleb toussote dans ma tête pour me faire asseoir. Je m'exécute mécaniquement, encore sous le choc de ce qui vient de se passer.

Le congrès continue comme si de rien n'était. Je suis stupéfaite d'avoir été négligée ainsi. J'ose un regard vers Athia : elle secoue la tête avant de soupirer. Je la déçois. Tout comme je décevais mes parents. Pourtant, je ne comprends pas leur logique. Je m'inquiète de l'avenir de notre communauté, alors pourquoi pas eux ?

Ils voudraient tous que je rentre dans le moule, que je devienne une Chercheuse irréprochable et que je ne me pose plus d'autres questions que celles à propos desquelles ils me demandent d'investiguer. Ce serait sans doute plus simple pour moi d'obéir. Mais en suis-je capable ?

Et surtout, est-ce vraiment ce que je veux ?

38

Le retour en Zone T6 est un supplice pour moi. Personne ne m'adresse la parole dans le protocole de rêve qui a été enclenché pour la durée du voyage, à part Caleb.

Wil m'a prise à part avant d'entrer dans la navette. Il m'a fait promettre de ne plus jamais intervenir de la sorte et m'a assuré « que nous rediscuterons de ce cinéma demain tous les deux », déplorant « que je gâche mes capacités en m'égarant dans des utopies sans queue ni tête ». J'ai serré les dents sans rien répondre : cela m'a paru préférable… Ses dernières paroles me restent cependant en tête. « Si tu ne fermes pas ton clapet, je serai obligé de m'en occuper moi-même. » Était-ce une menace ? Je ne sais pas exactement ce qu'il sous-entendait, mais cela en avait tout l'air…

Lorsque j'ouvre les paupières à l'arrivée en gare, je me surprends à espérer que Wil ne se réveille pas. Je me morigène aussitôt, étonnée d'avoir nourri une telle pensée…

Je me lève quand les ceintures se desserrent et croise le regard de Caleb. Il me fixe, captivé. Je me demande bien à quoi il pense…

Je sors de la navette sans engager aucune conversation avec les Chercheurs qui m'entourent : personne ne souhaite me parler, de toute façon. Je traîne des pieds, en retrait des autres, tandis que nous retournons au Centre.

Caleb se place à ma hauteur et penche la tête plusieurs fois avec un sourire espiègle. Il ne m'adresse pourtant aucune demande de connexion. N'y tenant plus face à son petit jeu, je finis par lui en envoyer une moi-même, qu'il accepte.
CONNEXION ÉTABLIE
— Quoi ?
Il se redresse et me répond :
— Rien, je me disais juste que tu en avais dans le ventre.
Une fois de plus, il me fait un clin d'œil.
— Tu aimes bien ça, constaté-je.
— Quoi donc ?
— Me faire un clin d'œil.
— Oui, et alors ?
— Qu'est-ce que ça signifie pour toi ?
Il rit avant de répondre :
— Rien de particulier. Je trouve ça cool dans les films, alors j'ai pris le coup moi aussi.
Je m'arrête, hébétée. Caleb s'immobilise aussi et se tourne vers moi, intrigué.
— J'ai dit quelque chose qu'il ne fallait pas ?
Je secoue la tête avant de reprendre ma marche à ses côtés.
— Non, je ne pensais pas que tu regardais des films. Tu as appris les langues mortes, alors ?
Il hoche la tête.
— Oui, l'anglais, le français et même l'espagnol !
Je pince les lèvres, tentant de contenir ma joie. Enfin, je trouve quelqu'un qui s'y intéresse aussi ! Je commençais à perdre espoir…
Caleb me scrute d'un œil curieux tandis que nous nous approchons de l'ascenseur. Je me dandine sur mes jambes avant de lui avouer :
— Je maîtrise aussi l'anglais et le français.
Mon ami me sourit. J'enchaîne aussitôt en lui demandant :
— Quel genre de films aimes-tu ?
Il hausse les épaules, puis passe sa main dans sa barbe naissante, songeur.
— J'ai vu beaucoup de films de guerre, des documentaires aussi, et quelques enquêtes. Je reste ébahi devant la cruauté humaine, j'ai du mal à concevoir que nos ancêtres aient pu se montrer aussi violents… Et toi ?
À ce moment, l'ascenseur s'ouvre, et nous entrons à l'intérieur. Voyant que j'ordonne une descente lente, les autres Chercheurs

préfèrent attendre qu'une autre cabine arrive, et je me retrouve seule avec Caleb.

— Pour ma part, j'ai vu beaucoup de films d'amour, réponds-je à sa question.

Il penche la tête vers moi. Je ferme les yeux, me sentant stupide. Il m'avoue toutefois :

— J'en ai vu quelques-uns moi aussi.

Sa confession me trouble. Je me sens nerveuse. Les mains moites, je les frictionne entre elles pour tenter de faire taire la gêne qui gronde dans mon ventre. Mes interrogations reviennent au pas de course : quelles sensations aurais-je en le touchant ?

Caleb me dévisage, soucieux. Puis il s'avance un peu plus vers moi et demande :

— Ça ne va pas, Lyah ?

Je déglutis. Son regard azur me happe alors que je fais mon possible pour refréner l'envie qui s'est emparée de moi. Inquiet, il me repose sa question. Je réfléchis, pesant le pour et le contre, avant de céder, bien trop prise par la curiosité.

— Est-ce que je peux te demander quelque chose ? osé-je.

Il fronce les sourcils, puis hoche la tête.

— Oui, bien sûr.

— Tu vas trouver ça bizarre, mais…

Mes pensées s'embrouillent. Caleb me dévisage avec sollicitude.

— Qu'est-ce que tu veux ? insiste-t-il.

— Touche-moi.

Mon ami observe sans rien dire la main que j'approche de lui. Elle tremble entre nous deux sans qu'il ne la saisisse. Plusieurs secondes passent. Je ferme les yeux avant de soupirer et de lâcher :

— Oublie ce que je viens de te…

Et là, alors que je ne m'y attends plus, Caleb saisit ma main. Mes yeux s'écarquillent. Ses doigts glissent ensuite le long de ma paume pour venir crocheter les miens. Je peine à respirer tandis que nos phalanges s'entrelacent et se caressent. Ma poitrine me brûle. La sensation est affriolante, paralysante aussi, mais si délicate… Je m'imprègne du contact de la peau de Caleb contre la mienne, et il fait de même. Nos respirations saccadées résonnent dans l'espace réduit de la cabine. Aventureuse, je touche son poignet… et à cet instant, l'ascenseur ralentit. La porte s'ouvre, et nous nous lâchons. Mon binôme se tourne pour vérifier que personne ne nous a vus ; heureusement, le couloir face à nous est désert. Son attention se reporte sur moi, et nous nous dévisageons.

— Je... tenté-je.

Je n'arrive pas à mettre mes pensées en ordre, c'est au-dessus de mes forces. Caleb me lance un énième regard avant de pouffer, nerveux.

— C'est du délire !

Je lui souris, ne sachant pas quoi répondre. Il tourne ensuite les talons pour sortir de la cabine. Je le suis, encore désemparée. Nous marchons côte à côte en direction de notre bureau sans rien dire. Comme si c'était évident que nous venions de faire quelque chose de grave. Pourtant, nous sourions. Stupéfaits et excités par notre découverte.

Je crois enfin comprendre ce que signifie le désir, et j'espère que c'est son cas à lui aussi.

39

Une fois dans l'intimité de notre bureau, Caleb et moi nous dévisageons quelques secondes. J'ai du mal à croire que nous venons de nous toucher… Nous n'activons pas de connexion : je ne sais pas quoi lui dire, et je suppose qu'il en est de même pour lui. C'est si étrange. Je ressens encore des picotements là où sa main a été en contact avec la mienne, j'arrive presque à percevoir l'écho de ses doigts filant sur mon poignet.

J'hésite, mais finis par activer Community. Mon binôme met un instant avant d'accepter la communication, mais même alors, il bride ses pensées, ne songeant à rien. Tout ce qu'il fait, c'est me regarder. Mon cœur s'emballe dans ma poitrine, je le détaille moi aussi. Une mèche châtain retombe sur son front, ses yeux azur entourés de taches de rousseur ne me quittent pas. Je me lance et lui demande :

– Qu'as-tu ressenti ?

Il triture ses doigts et fuit mon regard.

– Caleb ? insisté-je.

Je m'avance d'un pas, une boule affreuse logée dans mon ventre. Mon ami semble perdu, et je m'arrête, plantée au beau milieu de la pièce. Que dire ? Que faire ? De toute évidence, notre contact ne lui a pas procuré la même euphorie qu'à moi…

– Je suis désolée, soufflé-je.

Je l'entends pester dans son esprit. Ça me perturbe. Il relève enfin le regard vers moi, attristé. Je déglutis. Je discerne en lui… de la peur. Oui, la terreur à l'idée d'avoir commis une erreur le ronge. Pourtant, il ne me quitte pas des yeux, bouleversé.

– Pourquoi t'excuserais-tu ? me demande-t-il. Tu as juste été…

– Curieuse ? complété-je.

Il fronce les sourcils. Pour ma défense, j'ajoute :

– Toi aussi tu l'as été, sinon tu ne m'aurais pas touchée.

Ses mains passent sur son visage alors qu'il m'avoue :

– Oui, je le voulais aussi…

L'atmosphère est si lourde… J'en viens presque à regretter mon geste. Je me frotte la nuque, toujours mal à l'aise. Néanmoins, ce que j'ai ressenti était exceptionnel. Pour Caleb aussi, non ? J'ai bien vu dans ses yeux qu'il était ébahi, autant que moi. Il ne peut pas me mentir à ce sujet, j'ai vu la vérité dans son regard.

– Dis-moi juste ce que tu as ressenti, s'il te plaît, demandé-je, nerveuse.

Il me scrute, avant de secouer la tête et de prendre une chaise pour s'asseoir. Son regard se perd dans ses pensées, qu'il ne me partage plus. Mes épaules s'affaissent, et la déception m'envahit.

– J'ai eu chaud, lâche-t-il soudain.

Je redresse le visage vers lui.

– Et… reprend-il avant de se taire.

– J'avais envie de te toucher plus, avoué-je.

Caleb pivote vers moi, le regard brillant. J'ai le sentiment d'avoir du mal à respirer, de voir flou. Je peine à garder mes pensées cohérentes. Mon binôme en saisit même une au passage, où je confie à quel point je désire recommencer. Je ne quitte pas des yeux son avant-bras posé sur la table ; il le relève et glisse le bout de son pouce sur chaque doigt en silence.

– Lorsque je le fais, ce n'est pas pareil qu'avec toi, bredouille-t-il.

J'avance ma main vers lui, dans l'espoir qu'il me la prenne encore. Au lieu de ça, il la fixe d'un regard brûlant, comme s'il luttait contre lui-même. Je m'en veux soudain et replace ma paume sur mes cuisses, à l'abri sous le bureau.

– C'est ça, le désir, alors ? demandé-je. C'est souhaiter te toucher sans pouvoir le faire ?

Caleb ne répond rien. J'ajoute :

– Ou c'est cette sensation dans mon ventre, mon cœur qui s'emballe ?

Je suis étourdie moi-même par ce que je ressens. Caleb me sourit faiblement.
— Je crois que c'est tout ça à la fois, me glisse-t-il tout en rapprochant sa main de moi.
Je sors la mienne de sous le bureau pour venir à sa rencontre. Mes doigts tremblent autant que les siens, mais c'est plus fort que moi...
À cet instant, la porte s'ouvre, et mon cœur s'arrête. Je cache aussitôt ma main, et mon ami tapote sur la surface en verre du bureau, mal à l'aise. En pivotant vers l'entrée de la pièce, je découvre Athia, qui nous lorgne avec curiosité, une tablette contre elle. Je tente d'arborer une expression aussi neutre que possible, bien qu'intérieurement, je bouillonne. Caleb, quant à lui, évite mon regard et se focalise sur la Chercheuse.
Cette dernière s'approche de nous en nous dévisageant, méfiante. Elle active une connexion groupée.
— Je vous ai interrompus dans vos recherches, peut-être ?
Je secoue la tête tandis que Caleb acquiesce.
— Nous étions en train de discuter d'une procédure d'infiltration à l'échelle mondiale, ment-il, hésitant.
Athia hoche la tête, le regard vide, avant de poser sa tablette au centre de la table.
— J'ai retrouvé des notes qui pourraient vous aider. Je vous les ai apportées.
Caleb saisit la tablette avant de sourire, nerveux.
— Merci.
Nul n'ajoute quoi que ce soit. Athia semble comprendre qu'elle est de trop, car elle reprend la direction de la porte. Mais elle s'arrête avant de la franchir et se retourne vers moi.
— Je suis ravie que tu t'investisses dans ces recherches malgré ce qui s'est passé au congrès, Lyah, me dit-elle. Wil a raison, ce projet est bien plus important que toute investigation à propos de l'espace.
Je hoche la tête, ne sachant pas quoi faire d'autre. Quand Athia quitte la pièce, je soupire de soulagement.
— Je trouve au contraire que ton idée était intéressante, me lance soudain Caleb.
Mon attention revient vers lui, et je le remercie, touchée par son soutien. Il me sourit, puis connecte la tablette d'Athia à l'écran en face de nous pour faire défiler les notes de la Chercheuse. Je me mords l'intérieur de la joue, comprenant que nous toucher à nouveau

n'est plus à l'ordre du jour… Je me concentre sur le premier enregistrement qui se lance.

ATHIA – MATRICULE 96324564 / 09 FÉVRIER 2985 / PREMIERS ESSAIS COMMUNITY 2.0

Le visage de mon ancienne enseignante s'affiche, et ses pensées de l'époque nous sont partagées.

— Chris est mort. Le déplacement de la puce l'a tué. Je n'arrive pas à y croire. Je ne sais pas comment j'ai pu me tromper à ce point, mais je dois à tout prix trouver une autre solution…

Athia continue à livrer ses réflexions ; cependant, dans les minutes qui suivent, c'est surtout la respiration de Caleb à ma droite qui capte mon attention. Je n'ai qu'une envie, le toucher. Encore et encore. Retrouver cette sensation qui m'a envahie lorsque nos mains se sont effleurées. Je ne me suis jamais sentie aussi vivante de toute ma vie…

Une nouvelle pensée, bien plus sombre, naît soudain dans mon esprit. Cela fait des siècles que nous, les humains, ne touchons plus. Je ne me suis jamais demandé pourquoi, mais après le congrès, j'en ai désormais une petite idée.

Ce sont *eux*, les Chercheurs, qui ont décidé de brider nos désirs. Et nous, nous avons juste oublié ce que ça signifiait…

Aimer.

40

Comme tous les matins, je prends la direction du bureau de Wil pour le rapport quotidien que je dois lui faire. Au vu de mon intervention au congrès hier, je me doute bien que notre entrevue ne sera pas agréable, surtout au vu de ce qu'il m'a dit avant que nous montions dans la navette pour rentrer dans notre zone.

Tout en avançant, je triture la pierre dans ma poche. Une petite voix intérieure me dit que j'ai raison de m'obstiner de la sorte, de me préoccuper de ce qui se passe au-dessus de nos têtes. Et puis, notre société est censée garantir le bien de tous. Comment le peut-elle si nous fermons les yeux sur une menace, même d'apparence bénigne ? Combien d'autres points dérangeants les Chercheurs négligent-ils ?

Face au bureau de Wil, je soupire avant de lui envoyer une demande de connexion. Il l'accepte aussitôt et déverrouille sa porte. Obnubilé par sa tablette, il me fait signe de m'asseoir sans lever les yeux vers moi. Je pince les lèvres en l'observant. Il paraît contrarié : ce n'est pas de bon augure… Mon regard dérive sur les armoires fermées dans son dos. Elles m'intriguent : je me demande bien ce qu'elles renferment…

Lorsqu'il pose enfin sa tablette, je m'enfonce un peu plus dans mon siège. Il me lorgne pendant quelques secondes en gardant ses pensées pour lui, ce qui me met mal à l'aise. Puis il cingle :

— Je vais être très clair, Lyah. Tu ne dois plus jamais te comporter comme tu l'as fait hier.

Je me mords l'intérieur de la joue tandis qu'il poursuit :

— Athia m'avait fait part de ton souhait d'effectuer plus de recherches sur l'espace, mais il est primordial que tu te concentres sur ton projet et non sur des divagations comme celles-ci.

— Ce ne sont pas des divagations, le coupé-je.

Il arque un sourcil, surpris par mon ton, je suppose. Je prends une grande inspiration avant de développer :

— Lors de mon Assignation, vous m'avez dit que nous autres, Chercheurs, sommes l'avenir, que nous devons mettre à profit nos connaissances pour le bien de tous. Et c'est bien ce que je fais en exposant le danger que nous font courir les météorites.

Wil secoue la tête et croise les doigts sans émotion.

— Nous avons bien assez de travail sur cette planète sans nous soucier de ce qu'il y a au-dessus de nous. La communauté est bien plus importante que les recherches futiles dont tu parles. Il nous faut nous soucier de notre avenir, concrètement, et pas en nous perdant dans des spéculations à propos de choses qui ne se produiront jamais, ou pas avant des milliers d'années.

Je déglutis, agacée.

— Je n'ai pas le choix, c'est cela que vous voulez dire ?

— Non, en effet. Tu n'as pas le choix, parce que c'est pour le bien de tous que tu dois travailler sur Community 2.0. La priorité est de permettre au plus grand nombre de bénéficier de cette puce. N'oublie pas que j'ai décidé de faire de toi une Chercheuse même si je savais que tu te montrerais difficile. Je pense que tu es en mesure de comprendre qu'il y a des règles à respecter dans notre société.

— Je ne suis pas certaine qu'elles soient justes.

Wil fronce les sourcils et réplique :

— Nous ne sommes pas ici pour juger de ce qu'il est bon de faire ou non. Nous sommes là pour faire en sorte que ce monde tourne bien.

— Pourtant, vous avez bien émis un jugement sur moi au moment de faire de moi une Chercheuse, rétorqué-je, peu convaincue.

— C'est là où tu fais erreur : ce sont tes capacités qui t'ont placée dans cette voie. Alors, je t'en prie, ne les gâche pas avec des idioties. Community 2.0 est la raison de ton admission parmi nous, et je te suggère de ne pas t'égarer.

Je m'enfonce dans mon siège, confuse. Est-ce encore une menace ? Wil me dévisage et ajoute :

— Comment crois-tu que nous avons infiltré la toute première puce à l'ensemble de la population ?

Je hausse les sourcils, surprise par cette question soudaine, et prends le temps de réfléchir avant de répondre :

— Les pays ont décidé les uns après les autres d'adopter la constitution Community.

— Oui, bien évidemment, la plupart l'ont fait de leur plein gré. Mais penses-tu vraiment que cela a été le cas de tous ?

Je me renfrogne. C'est ce que les cours d'histoire nous laissent entendre… Wil reprend :

— Certains pays se sont montrés réfractaires au nouvel ordre mondial, pour diverses raisons. Nous les avons contraints à nous rejoindre, pour le bien de tous.

— Une formule qui justifie tout, à ce que je vois…

Wil secoue la tête en me demandant :

— Qu'est-ce qui compte le plus ? Le bien-être de milliards d'êtres humains ou la liberté d'une poignée de rebelles ?

Je ne réponds rien, étonnée par le ton sarcastique qu'il emploie.

— L'une des missions des Chercheurs, c'est de préserver la paix par tous les moyens, poursuit-il. À chaque fois que nous avons été confrontés à des fauteurs de troubles par le passé, nous nous en sommes occupés.

Je le dévisage.

— Vous les avez tués ? osé-je.

Wil secoue la tête.

— Pas tous, non. La dernière personne à s'être rebellée, par exemple, a participé à un grand projet.

Je ne le quitte pas des yeux, emplie d'un mélange trouble de terreur et de curiosité.

— Comme cobaye, complète-t-il.

Un goût amer envahit ma bouche. J'ai du mal à comprendre ce que l'Assignateur m'avoue. Pourtant, c'est très clair : il est en train de me menacer. Mes mains se mettent à trembler sous la table.

— Quand je te dis de ne pas gâcher tes capacités, me comprends-tu mieux, à présent ? reprend-il.

Je serre les dents et hoche la tête, méfiante. Cela paraît le satisfaire. Il tape dans ses mains avant de les frotter ensemble et de déclarer :

— Caleb et toi avez reçu une tâche à accomplir. Je compte sur vous pour ne pas vous en écarter.

Son message est limpide : je n'ai pas le choix.

— Lyah, je sais que tu as du mal à accepter comment nous fonctionnons, mais avec le temps, tu comprendras que c'est le meilleur moyen, ajoute-t-il face à ma mine sceptique.

— Tout contrôler ? répliqué-je.

Wil se recule sur sa chaise.

— Le contrôle n'est là que dans le but d'aider les individus. L'être humain a besoin d'un but dans sa vie, et nous le lui offrons. Tout le monde est gagnant.

— Vous avez raison, nous vivons en paix, admets-je. Mais sommes-nous vraiment si heureux ?

— Le bonheur est utopique, réplique Wil. Il y a des siècles, les gens étaient heureux d'avoir une télévision chez eux, mais au fond, qu'est-ce que cela leur a apporté ? Se sentaient-ils plus en sécurité ? Non, la guerre était toujours présente et elle faisait des ravages. Ce qui compte, c'est la paix et la stabilité de la société.

Je l'écoute avec attention. Pour un bref instant, il me paraît plus proche, plus compatissant.

— Nous nous sommes trompés sur le bonheur, poursuit-il. Nous avons cru qu'il était nécessaire à notre vie. Et nous nous sommes entre-tués au lieu de nous entraider. Mais ce qui est primordial, c'est de vivre. De respirer, de manger, d'avoir des enfants pour perpétuer notre espèce. Le bonheur individuel passe par le bien commun. Le fait de savoir que tu contribues à la sécurité et à la paix de l'humanité est la satisfaction la plus incroyable qui soit, non ? Alors, oui, nous contrôlons, nous, les Chercheurs, mais c'est grâce à cela que nous restons tous en vie, soudés et en sécurité.

Je soupire. Wil est convaincu par ce qu'il me dit, cela se voit. Néanmoins, il y a une faille dans son raisonnement.

— La sécurité n'est pas complète, rétorqué-je.

J'extirpe ma pierre de ma poche pour la poser sur le bureau. Alors que Wil l'observe, j'explique :

— Cette chose est tombée devant moi, éventrant au passage une partie de mon ancienne parcelle. Elle n'est pas très grande, certes. Mais que se passerait-il si une météorite plus grosse s'écrasait sur Terre ? Je suis persuadée que vous connaissez déjà la réponse.

L'Assignateur soupire, se pince l'arête du nez, puis me répond :

— Je vais être honnête avec toi, Lyah. Il est bien plus important pour la société que Caleb et toi trouviez le moyen de corriger les failles de la nouvelle version de Community. Ensuite, pourquoi pas, nous rediscuterons de ton projet. Et puis, il viendra un jour où tu seras toi-même Assignatrice et où tu pourras définir tes propres priorités.

Je m'enfonce dans mon assise, confuse.

— Que voulez-vous dire ?

— Il arrivera un moment où je devrai choisir un successeur pour mon poste, quand mon deuxième enfant atteindra l'âge adulte. Sache que tu es une candidate potentielle. Pourquoi crois-tu que je te convoque tous les matins en entretien, toi et pas Caleb ? Bien que tu me donnes du fil à retordre, nous avons quelque chose en commun tous les deux que tu ne soupçonnes pas.

Wil marque une pause, puis ajoute :

— Comme toi, je suis obsessionnel… Ce n'est pas un trait de caractère fréquent, et pourtant, il est crucial que l'Assignateur le possède. Il n'a pas le droit à la moindre erreur, il y va de l'équilibre de la société.

Nous nous dévisageons quelques secondes. J'ai du mal à croire à ce qu'il me confie.

— Est-ce que les autres Chercheurs sont au courant de ce que vous envisagez pour moi ? finis-je par demander.

— Non, ce n'est qu'une possibilité pour l'instant. Avant cela, tu vas devoir faire tes preuves.

— Avec Community 2.0, lâché-je.

— C'est cela. Montre-moi que je ne me trompe pas à ton sujet, et tu en seras récompensée.

Je hoche la tête, ne sachant pas quoi répondre à cela. Wil me scrute quelques secondes encore avant de déclarer :

— Mon esprit est le tien.

Je me relève, comprenant que notre entrevue prend fin.

— Et mes pensées sont les tiennes, réponds-je avant de me diriger vers la sortie.

CONNEXION INTERROMPUE

La porte se referme dans mon dos. Je jette un coup d'œil par-dessus mon épaule : la surface en verre est redevenue opaque, renvoyant Wil dans son monde.

Je fixe le couloir vide face à moi en songeant à notre discussion. Ses confidences me laissent pantoise. Je n'imaginais pas que nous nous ressemblions à ce point. Tout en me dirigeant vers mon bureau, je demande à ma lentille de m'afficher son dossier.

COMMUNITY

RECHERCHE : ASSIGNATION WIL - MATRICULE 00256378
RECHERCHE EN COURS

Dès que l'alerte résonne dans mon crâne, je m'arrête à une intersection et ouvre le fichier qui m'intéresse.

TRAIT DOMINANT : ANALYSTE. DEUXIÈME : RIGOUREUX. TROISIÈME : RÉFLÉCHI. QUATRIÈME : DIPLOMATE. CINQUIÈME : TRAVAILLEUR. SIXIÈME : ORGANISÉ. SEPTIÈME : PATIENT. HUITIÈME : EFFICACE…

La liste des qualités de Wil s'égrène, puis c'est celle de ses défauts qui défile dans mon esprit :

TRAIT DOMINANT : OBSESSIONNEL. DEUXIÈME : COLÉRIQUE. TROISIÈME : ARROGANT. QUATRIÈME : ENVAHISSANT. CINQUIÈME : OBSTINÉ…

Je m'interroge sur nos ressemblances. Il est vrai que nos deux traits dominants sont identiques. Wil est comme moi, analyste et obsessionnel. Je pince toutefois les lèvres, sceptique. En réalité, je me sens si différente de lui… Je quitte son dossier pour lancer une autre recherche, à propos de moi. Je souhaite nous comparer.

RECHERCHE : ASSIGNATION LYAH - MATRICULE 05654231
RECHERCHE EN COURS

Je tapote des doigts contre la paroi en verre à laquelle je suis adossée, impatiente. Ma respiration se coupe lorsqu'une alerte résonne dans mon crâne.

ASSIGNATION NON DISPONIBLE / AUTORISATION NÉCESSAIRE POUR LA CONSULTER

41

Incrédule, j'essaye une nouvelle fois d'accéder à mon dossier d'Assignation, sans succès. Pourquoi ? Qu'est-ce qu'il pourrait y avoir dedans de confidentiel ? Je ne comprends pas… Mais quelque part, je ne suis pas surprise. C'est encore une information de plus que les Chercheurs dissimulent…

L'esprit troublé, je rejoins la salle qui contient la sphère de Community. À cause du magnétisme ambiant, je sens déjà mes cheveux crépiter. Ma main est scannée lorsque je la pose sur le mur, et une porte se matérialise dans la foulée. À l'intérieur, je retrouve Caleb, une tablette à la main. De dos, il ne me remarque pas encore. Ce n'est que lorsque je me place à sa hauteur qu'il sursaute.

CONNEXION ÉTABLIE

— Tu m'as fait peur ! s'exclame mon ami.

— Excuse-moi.

Je lui adresse un sourire, qu'il me rend.

— Ton entretien s'est bien passé ? me demande-t-il.

Je hausse les épaules.

— Wil m'a réprimandée.

Caleb pouffe.

— Tu t'en doutais un peu, n'est-ce pas ?

Tout en récupérant une tablette moi aussi, je réponds :

— Il y a tout de même des choses que je ne comprends pas.

Mon binôme me lorgne avec curiosité. J'hésite à lui faire part de ce que Wil m'a révélé. Mais je n'en ai pas le temps, car il reprend :
— Il n'approuve pas ta volonté de faire des recherches sur l'espace ?
Je glisse ma main dans ma poche, caresse ma pierre avant de la sortir et de la poser sur une table non loin de la sphère.
— Non, mais pourtant, cette chose est bien réelle.
Caleb s'approche de ma petite météorite, la saisit et l'examine.
— Nous pourrions l'étudier tous les deux, si tu le souhaites vraiment, me propose-t-il.
Mon sourire s'élargit aussitôt.
— Ça serait une bonne chose, oui. Merci pour ton aide.
— Nous sommes une équipe, me lance-t-il avec un clin d'œil.
Une douce chaleur s'empare de moi. Caleb ne dit rien de plus et se tourne à nouveau vers la sphère. Son soutien me fait du bien… Je l'observe de dos alors qu'il tapote sur sa tablette, m'attardant sur sa main quelques secondes. Ses veines sont apparentes, et ses doigts agiles m'hypnotisent. Je me mords l'intérieur de la joue, prise par des émotions qui m'étaient encore inconnues il y a peu.
— À quel point sommes-nous une équipe selon toi ? osé-je.
Il s'arrête. Sa main en suspens au-dessus de sa tablette ne bouge plus. Il soupire ; sa nervosité est palpable.
— Je n'en suis pas sûr encore, finit-il par me répondre.
— Nous devrions peut-être en parler.
Caleb ne bouge toujours pas. Je m'approche un peu de lui et cherche à capter son attention. Il pivote vers moi. Son regard me prend aux tripes. Mon ventre se serre alors que ses yeux m'implorent presque de ne pas m'engager dans cette voie. Pourtant, c'est plus fort que moi. Nous nous sommes touchés, et nous n'en avons pas reparlé. Ce n'est pas rien !
— Pour ma part, je crois qu'avec ce qui s'est passé hier, nous formons plus qu'un binôme à présent, avoué-je.
Caleb ne me quitte pas des yeux. Néanmoins, il ne me partage pas ses pensées. Il me regarde, c'est tout. Ses prunelles détaillent les traits de mon visage avant de plonger dans les miennes. Mes lèvres se pincent, et je sens tout mon corps se crisper. Ma respiration devient lourde, et il me semble que l'air commence à manquer à Caleb aussi. Il baisse la tête, confus, puis la relève. Je m'avance d'un pas.
— Tu n'as pas envie de recommencer ? demandé-je, pleine d'espoir.
Il esquisse un sourire.

— Si, lâche-t-il soudain.

Ma main tremble alors que je l'approche de lui. J'ai envie qu'il me prenne dans ses bras, ou de me coller à son buste. Je crois que j'en tomberais dans les pommes… Caleb ne bouge cependant pas d'un iota, si ce n'est pour faire un pas en arrière.

— Mais nous ne sommes pas assignés ensemble, Lyah. Et…

Il s'arrête avant de soupirer.

— Même si c'était incroyable, reprend-il, il y a bien une raison au fait que nous ne nous touchions plus…

— Je n'en vois aucune, le coupé-je.

— Moi, j'en vois une.

Caleb recule davantage, jusqu'à s'adosser contre une paroi en verre.

— En retrouvant Élisa hier soir, j'ai culpabilisé, lâche-t-il.

Ma gorge se noue aussitôt alors que je songe à Isaak. Pour ma part, je ne m'en suis pas voulu. Il dormait déjà à poings fermés lorsque je suis arrivée chez moi. C'est à Caleb que j'ai pensé en sombrant dans le sommeil. Nous avons découvert quelque chose tous les deux, et ça a été exceptionnel pour nos sens… Je ne peux pas passer outre.

— Je croyais que tu trouvais Élisa ennuyeuse, répliqué-je.

— Elle n'en reste pas moins mon assignée. Elle est la femme la plus compatible pour moi, et il y a bien une raison à cela. Toi, tu es…

— Une tentation, c'est cela ?

Mon ami se renfrogne, attristé.

— Non, ce n'est pas ce que je veux dire. Toi, tu es différente, et je ne sais pas quoi en penser.

Je passe ma main sur ma nuque, confuse. Il reprend :

— Nous allons travailler ensemble toute notre vie. Et si notre relation redevenait celle qu'elle doit être ?

Ma poitrine se serre. Il veut que nous ne soyons rien d'autre que deux Chercheurs, que nous nous occupions uniquement de notre tâche, c'est cela ?

Caleb doit percevoir ma tristesse, car il fait un pas vers moi, inquiet.

— Pardonne-moi, Lyah. Je ne veux pas te faire de peine.

Je m'avance à mon tour et relève le visage. Mon binôme est plus grand que moi, mais ses iris restent fermement accrochés aux miens. Nous sommes si proches l'un de l'autre à présent que je peux sentir son souffle contre ma peau. Nous ne bougeons pas, peut-être trop pris par nos émotions. En tout cas, j'espère que c'est ce que Caleb ressent… Je scrute sa bouche tout en m'interdisant de faire un pas de plus.

— Tu as juste peur, affirmé-je.

Ses traits se durcissent. Il déglutit avant de hocher la tête. Sa réponse m'attriste. Je n'ai pas peur, moi, bien au contraire. Mais je dois accepter qu'il ne pense pas comme moi. Je fais un pas en arrière, peinée, avant de me remettre devant la sphère et d'activer ma tablette. Caleb se place à côté de moi et me demande :

— Nous avons fait quelque chose que personne ne fait. Ça ne t'effraie pas, toi ?

— Non, réponds-je. Ça m'a rendue heureuse…

Je reporte mon attention sur le graphique que j'ai affiché sur l'écran devant nous. Il est temps de changer de sujet : je ne souhaite pas m'infliger davantage de peine.

— Les deux sphères ne communiquent pas entre elles, ce qui signifie que si nous devions infiltrer la nouvelle puce à tous, celle-ci deviendrait obsolète, dis-je.

Caleb ne réagit pas. Je poursuis :

— Nous devrions prévoir des interventions pour près de trois milliards d'individus. Il faudrait donc ordonner la production massive de nouvelles puces.

— Ou alors, nous pourrions trouver un moyen de reprogrammer les anciennes sans danger, me coupe soudain mon binôme. C'est ce qu'Athia avait d'abord tenté.

— En effet, si nous y parvenions, cela aurait l'avantage de la rapidité.

Je donne le change, mais ma gorge est encore nouée. Ce que Caleb m'a avoué deux minutes plus tôt tourne en boucle dans mon esprit.

Il a peur.

De moi. De ce que nous avons fait. De la société, de mal faire, de se tromper… Pour ma part, toutes mes craintes ont disparu lorsque j'ai posé ma main sur la sienne. Il n'y avait plus rien, mis à part lui et moi.

Je ferme les yeux et prends une grande inspiration, me répétant que je ne peux pas le forcer à faire quoi que ce soit. Je me concentre à nouveau sur la sphère et m'approche de la commande centrale. La plupart de ses fonctions sont protégées par un mot de passe que je ne connais pas, mais j'ai tout de même accès à certaines données basiques, que je charge sur ma tablette. Je me concentre sur ma tâche, n'osant pas me retourner pour regarder mon binôme. Pourtant, un frisson me parcourt lorsque sa voix chaude résonne dans mon crâne :

— Je t'ai menti. Moi aussi, ça m'a rendu heureux.

Je ne réponds rien, mais mon cœur explose dans ma poitrine. Et comme s'il n'avait jamais fait cette confession, Caleb engage à nouveau la discussion sur l'infiltration mondiale de la nouvelle puce. Au cours des heures qui suivent, nous nous concentrons sur notre travail, en échangeant des regards complices de temps à autre. Je sens que mon binôme se bat contre lui-même… mais il n'empêche qu'en rentrant chez moi, j'ai le cœur léger d'avoir pu passer ma journée avec lui.

42

Cela fait deux jours maintenant qu'Isaak et moi nous ne nous sommes même pas parlé. Le matin, il part dans ses champs alors que je dors encore. Le soir, quand je rentre du Centre, il est déjà plongé dans le sommeil… J'ai mis à profit mon temps pour faire des recherches sur les rébellions dont Wil m'a parlé. Il avait raison : dans les débuts de Community, beaucoup de personnes y ont été connectées par la contrainte. Elles ne s'en sont jamais plaintes par la suite, mais tout de même : leur liberté a été bafouée… Et tout ça au nom de quoi ? Le bien de tous, encore et toujours.

Même dans les siècles qui ont suivi, des individus ont tenté de se dresser contre le système. Peu nombreux, mais tout de même assez pour que je trouve une base de données à leur sujet dans celles réservées aux Chercheurs. Une liste de personnes qu'ils ont considérées comme néfastes, égoïstes et dangereuses pour la communauté. Je n'ai pas pu m'empêcher de vérifier si mon matricule s'y trouvait… Bien sûr, il n'y était pas. Sinon, pourquoi Wil m'aurait-il confié qu'il m'envisageait pour lui succéder en tant qu'Assignatrice de la zone ? Cela dit, pourquoi a-t-il tenu à me faire part de ce secret ? Pour m'encourager à me concentrer sur mon travail en me faisant miroiter de belles perspectives ?

Me retrouvant face à son bureau comme tous les matins, je lui adresse une demande de connexion. Il l'accepte, et sa porte s'ouvre.

Il me dédie un sourire rayonnant, ce qui me surprend : il m'avait habituée à une froide indifférence… Alors que je m'installe sur le siège qu'il me désigne, je lui demande :

— Pourquoi mon dossier d'Assignation n'est-il pas consultable ?

Il fronce les sourcils et croise les doigts, imperturbable.

— Bonjour, Lyah.

Son ton réprobateur me remet à ma place tout de suite.

— Je croyais que c'était moi qui posais les questions lors de nos entrevues, s'amuse-t-il.

Je ravale ma salive, penaude. Il se redresse en appuyant ses coudes sur la table.

— Qu'avez-vous fait, Caleb et toi ? m'interroge-t-il brusquement.

Ma mâchoire se serre. Je panique. Que cherche-t-il à savoir ? A-t-il deviné que mon binôme et moi nous sommes touchés ? Mais comment aurait-il pu l'apprendre ? Mes pensées se brouillent, et je ne parviens pas à formuler une réponse cohérente :

— Je… Nous…

— Vous avez passé toute la journée d'hier auprès de la sphère de Community, j'aimerais savoir sur quoi vous avez travaillé.

Il ne s'agit donc que de cela ? Je me sens soulagée.

— Nous nous sommes demandé s'il n'était pas plus judicieux de reprogrammer l'ancienne puce plutôt que d'infiltrer la nouvelle, expliqué-je. La seconde solution monopoliserait beaucoup de ressources et de Chercheurs. De manière transitoire, nous appuyer sur la technologie déjà implantée nous paraît plus aisé. Peut-être qu'avec des déplacements précis et limités, le danger pourrait être maîtrisé.

Wil me fixe avec attention. Je poursuis :

— La puce actuelle pourrait d'abord s'occuper du cortex visuel afin de permettre à tous de se passer d'Andis. Cela pourrait être la première étape. Selon les résultats de ce test, nous déterminerions quoi faire ensuite de manière éclairée.

— C'est une très bonne idée, bravo à vous deux, me complimente l'Assignateur.

— Nous aurions besoin d'accès élargis aux commandes centrales des deux sphères de Community pour poursuivre nos recherches.

— Pour quoi faire exactement ?

— Nous représenter leur fonctionnement de manière plus précise, essentiellement.

Wil me dévisage quelques secondes avant de décréter :

– Établissez-moi d'abord un ordre détaillé des actions à mener.

Je me renfrogne, vexée par son ton intransigeant. Je penche la tête, confuse.

– Pourquoi ?

– Pourrais-tu t'abstenir de toujours remettre en cause ce que je te dis ? réplique l'Assignateur. Je te le répète : de nous deux, c'est moi qui pose les questions.

J'acquiesce à contrecœur. Changeant totalement de sujet, il me demande :

– Au fait, comment va mon fils ?

Je pince les lèvres.

– Je ne lui ai pas parlé ces deux derniers jours, avoué-je.

– Et pourquoi ça ?

– Lorsque je rentre chez nous, il dort déjà. Il est trop épuisé par sa journée pour se soucier de moi, je suppose.

Wil détourne le regard.

– Qu'en est-il de sa mémoire ? me questionne-t-il.

– Il oublie vite. Rien ne compte plus pour lui que ses parcelles.

– Tu devrais te rapprocher de lui. Vous êtes chacun un repère l'un pour l'autre, et mon fils doit avoir ton soutien.

– Il y a autre chose que je peux faire pour vous ? ironisé-je, abasourdie de recevoir des recommandations de la part de l'Assignateur même sur la manière dont je me comporte dans mon propre foyer.

Wil hésite une seconde, ne relevant pas ma provocation. Il finit par hocher la tête et m'ordonner :

– Enregistre-le. Filmez votre vie ! Tu m'amèneras les cartes mémoire dès qu'elles seront pleines.

Cette demande me laisse hébétée. Le Chercheur semble pourtant très sérieux. Je cligne des yeux, ayant du mal à croire à ce qu'il me demande.

– Pourquoi avez-vous besoin de cela ? l'interrogé-je.

– J'ai mes raisons.

Je fronce les sourcils alors qu'une idée germe dans mon esprit. Voilà qui me met pour la première fois en position de force face à lui…

– D'accord, si vous répondez à mes questions en échange.

Il plisse les yeux, agacé, puis lâche :

– Très bien.

Je souris et demande une nouvelle fois :

– Pourquoi n'ai-je pas accès à mon dossier d'Assignation ?

– Aucun Chercheur n'a accès à sa propre fiche, sauf les Assignateurs, me répond Wil.
– Pourquoi protéger l'accès à la commande centrale de Community par un mot de passe ? enchaîné-je.
– Je ne fais confiance à personne, et encore moins à toi.
– Pourquoi ?

Nous ne nous quittons pas des yeux, méfiants. Il lève son index et penche la tête comme pour me réprimander une fois encore.

– Cela suffit. Tu peux y aller, maintenant.

D'un geste de la main, il m'invite à me lever et à disparaître. Je bouillonne, mais obéis. Alors que je m'avance vers la porte, sa voix retentit une dernière fois dans mon crâne :

– Mon esprit est le tien.
– Et mes pensées sont les tiennes, réponds-je sèchement avant de quitter son bureau.

CONNEXION INTERROMPUE

43

Alors que je regagne mon bureau en ressassant mon entrevue avec Wil, je sursaute en tombant nez à nez avec Athia au détour d'un couloir.
CONNEXION ÉTABLIE
– Nous avons failli nous rentrer dedans ! pouffe-t-elle.
– Ça n'aurait pas été si grave, non ? Nous n'aurions pas fait exprès.
Athia me dévisage une petite seconde, puis me répond :
– Oui, certainement.
Elle me sourit avant de faire un mouvement pour s'éloigner. Je la retiens.
– Athia, attendez !
La Chercheuse s'arrête et tourne la tête. Je m'avance vers elle en me mordant la lèvre inférieure.
– J'ai discuté avec Wil ce matin au sujet des accès aux sphères de Community, dis-je.
Athia m'invite à continuer d'un hochement de tête. Je poursuis :
– Est-ce que vous savez pourquoi elles sont protégées par un mot de passe, et pourriez-vous me le donner ? Je vais en avoir besoin pour...
– Je ne connais pas ce mot de passe.
Je fronce les sourcils, surprise.
– Mais vous avez créé la seconde sphère !

— Oui, mais sa gestion dépasse mes responsabilités. Avoir accès au système central de Community me donnerait un pouvoir quasi absolu sur la technologie. Je pourrais même la désactiver !

C'est ce que prévoit notre neuvième loi : « La technologie Community est libre d'être désactivée dès lors où elle nuirait à la santé et à la nature humaine. » Une perspective qui me paraît tellement surréaliste que je ne l'ai jamais envisagée sérieusement.

— Les Assignateurs de la T6 sont les gardiens de ces sphères, ajoute Athia. Ils prêtent un serment supplémentaire lorsqu'ils prennent leur fonction.

— Lequel ?

— Celui de préserver la technologie. C'est pour ça qu'elle est protégée par un mot de passe. Imagine donc si un Chercheur pouvait désactiver Community par une simple pensée !

Mon regard rivé au sien, je hoche la tête.

— Oui, bien sûr, je comprends.

— Ne t'inquiète pas, Wil te donnera accès à ce qui est nécessaire pour tes recherches si tu lui expliques bien ce dont tu as besoin.

J'acquiesce. Athia s'éloigne en me souhaitant une bonne journée, puis coupe la communication entre nous. Pour ma part, je ne bouge pas. Je songe à ce que désactiver Community changerait dans le monde. Les fondateurs avaient une idée très précise de la « nature humaine » qui ne devait pas être bafouée, mais qu'en reste-t-il tant de siècles plus tard ?

J'en suis là de mes réflexions lorsque je reçois une demande de connexion de la part de Caleb. Je l'accepte aussitôt.

— Lyah, où es-tu ?

Je reprends mes esprits et réponds :

— J'arrive tout de suite.

Je rejoins mon bureau en quelques minutes. Caleb me sourit en me voyant, et ma poitrine se réchauffe.

— Tu t'es perdue ? me demande-t-il, amusé.

Je m'installe sur mon siège et secoue la tête.

— Je viens de croiser Athia, j'ai discuté avec elle.

— J'étais en train d'établir un protocole de déplacement de la puce, m'indique mon binôme en me désignant l'écran devant lui.

Mon regard se rive sur l'image de cerveau face à moi. Des flèches en tous sens le parcourent.

— Il faudrait six déplacements pour que la puce adulte puisse obtenir les mêmes propriétés que celle des Chercheurs. Nous sommes toujours d'accord pour nous focaliser sur un seul d'entre eux dans un premier temps ?

Je m'accoude tout en fixant le schéma dessiné par Caleb. Il a avancé si vite… Le connaissant, il a peut-être même travaillé cette nuit.

Je tente de me concentrer sur ce qu'il me montre, mais ma discussion avec Athia me perturbe encore. N'y tenant plus, je demande brusquement à mon binôme :

– Qu'est-ce que c'est, pour toi, la nature humaine ?

Mon ami fronce les sourcils, surpris.

– Je… je ne sais pas, me répond-il.

– Tu es un comportementaliste, tu devrais en avoir une petite idée, non ? insisté-je.

Caleb s'enfonce dans son siège, déstabilisé. Il passe sa main dans ses cheveux et m'interroge :

– Pourquoi tu te demandes ça ?

– J'aimerais juste avoir ton point de vue sur la question.

Il réfléchit un instant, puis se lance :

– La nature humaine, c'est ce qui nous définit, ce qui constitue notre essence.

– Et pour toi, qui sommes-nous, alors ?

Il hésite.

– Déjà, nous sommes des individus divers. Uniques. Mais notre génétique nous classe dans la même catégorie. Et nous avons un schéma commun.

– Lequel ?

– La survie, lâche-t-il. Nous souhaitons survivre à tout prix.

Je le scrute sans répondre. Il m'adresse un sourire avant de reprendre ses explications sur le déplacement qu'il envisage. Je ne l'écoute pas vraiment, au point qu'il finit par me demander ce qui ne va pas.

Je mens, préférant lui cacher tout ce qui me passe par la tête. Parce que le terme qu'il a employé, « survie », résonne dans mon crâne. Et avec lui, une question dérangeante.

L'humanité lutte-t-elle encore pour sa survie ?

44

La navette entre en gare, et je me relève comme toujours avec difficulté de mon siège, les membres engourdis. Dès que la porte s'ouvre, je descends. Il n'est pas très tard, je pourrai voir Isaak aujourd'hui. Peut-être n'est-il même pas encore rentré chez nous.

Je rejoins le seul ascenseur qui remonte à la surface et contracte mon ventre en anticipant la montée soudaine. Une fois en haut, je me rends compte que j'ai réussi à combattre ma crainte des souterrains depuis mon Assignation, finalement. Je n'appréhende plus autant de m'y rendre… Pourtant, en respirant l'air frais, je ferme les yeux. C'est si agréable… J'envie encore Isaak de pouvoir profiter de l'extérieur toute la journée.

Je récupère mon transporteur en charge et programme mon retour à la maison. Le soleil est encore visible, et j'entends quelques oiseaux chanter. Je prends mon temps pour en profiter… Cela me désole que nous soyons si peu nombreux à pouvoir savourer l'extérieur. C'est pour préserver la nature à tout prix que l'essentiel de notre société s'est déplacé sous Terre, et je ne peux qu'approuver que la défense de l'environnement soit une priorité. Néanmoins, les mesures que nous appliquons sont si radicales… Ne pourrions-nous pas les assouplir, maintenant que plusieurs siècles ont passé ?

Je pince les lèvres en approchant de chez moi. Les murs sont opaques. Isaak doit déjà être là. Dès que j'entre, je lui adresse une demande de connexion.

CONNEXION ÉTABLIE

– Où es-tu ? lui demandé-je.

– Sous la douche, me répond-il aussitôt.

En passant à la cuisine, je suis agréablement surprise d'y trouver une assiette de framboises. J'en attrape une et la savoure.

– Je suis heureux de te parler, me confie mon assigné.

– Moi aussi, avoué-je.

À l'étage, j'entends la cabine de pressurisation en train de le sécher. Je m'installe sur un tabouret et commence à réfléchir à la demande que Wil m'a faite ce matin. Je décide de lui obéir et de programmer des enregistrements, comme il le souhaite. Je me connecte aux divers écrans de la maison un à un et ordonne aux caméras de se lancer à notre réveil ainsi qu'en fin de journée. Ces vidéos ne serviront pas qu'à Wil, après tout : je pourrai les visionner moi aussi pour comprendre ce qui change chez Isaak jour après jour…

Mon assigné me rejoint juste après, le sourire aux lèvres. Je le lui rends, ravie de le revoir si jovial. Il s'installe à côté de moi avant de me dire :

– Tu es rentrée tard, hier. Je n'ai pas réussi à t'attendre, j'étais bien trop fatigué.

– Ce n'est pas grave, le rassuré-je.

Je lui ai réellement manqué, et cela m'attendrit.

– Est-ce que ça te dirait de manger sur la colline ce soir ? me propose-t-il.

Je rayonne, enchantée.

– Nous pourrions regarder les étoiles ensuite, ajoute-t-il. Tu aimes ça, non ?

– Oui, merci. Ça sera super.

La perspective me réjouit sincèrement, mais je repense soudain à ce que Caleb m'a dit. A-t-il raison, finalement ? Au fond, suis-je plus proche d'Isaak, mon assigné, que de lui ? Malgré les changements que j'ai constatés chez lui, il reste mon ami d'enfance. Celui avec qui j'ai discuté des centaines de fois dans les champs, qui m'a fait rire durant des années. J'avais l'habitude de tout lui dire, et je m'en veux encore maintenant de lui avoir caché ce que j'ai fait à ma puce enfantine. Je l'ai enterrée dans son champ, j'espère que cela ne lui vaudra pas de problèmes dans le futur…

– Isaak, commencé-je. Tu sais, quand tu m'as retrouvée sur ta parcelle, l'autre jour…

Mon ami fronce les sourcils tout en mâchant une framboise.

– Quand ? me demande-t-il, perturbé.

Serait-il possible qu'il ait déjà oublié ça ? J'insiste :

– Tu m'as surprise sur ta parcelle il y a quelques jours, au pied d'un arbre, tu te rappelles ?

Isaak gonfle les joues, puis hausse les épaules.

– Euh… oui, certainement. Pourquoi ?

À son ton hésitant, je comprends que Community a déjà bel et bien balayé ce souvenir de sa mémoire… J'en reste pantoise. Je n'avais jamais remarqué de tels oublis, même chez mes parents… Est-ce que la puce a un effet plus ou moins fort selon les individus ? Ou peut-être que, notre Assignation venant tout juste d'avoir lieu, le tri mémoriel réalisé est particulièrement sévère ? Quoi qu'il en soit, il est inutile que j'insiste : Isaak n'a aucune idée de ce dont je parle.

– Pour rien. Ça n'a aucune importance, lui assuré-je avec un sourire.

Mon assigné hoche la tête, et je me lève en annonçant :

– Je vais moi aussi me doucher.

– Très bien. Je t'attends, et nous mangerons dehors ensuite, ça te va ?

J'acquiesce avant de filer à l'étage. Je n'entre pas tout de suite dans la cabine : je fonce me connecter à l'écran de notre chambre pour lancer un enregistrement.

– Je me sens perdue. Il y a beaucoup trop de choses dans mon esprit qui me perturbent. Entre les méthodes des Chercheurs, le sort qu'ils ont fait subir aux rebelles, Caleb, Isaak… Le voir perdre la mémoire de jour en jour me fait de la peine. Je me demande bien ce que je dois faire. Implanter la nouvelle puce à tout le monde sans changer l'ordre mondial, comme le veut ma mission ? Et l'espace, dans tout ça ? Si ça se trouve, nous allons tous mourir à cause d'un gros caillou qui va s'écraser sur Terre… Dans ce cas-là, à quoi ça sert de se battre ?

Je me frotte le visage, épuisée.

– Je ne sais pas, je ne sais plus. Dois-je attendre bien sagement qu'un jour, peut-être, on me désigne Assignatrice, et ensuite mener à bien les projets qui me tiennent à cœur ? Ou alors, dois-je agir au plus vite pour changer tout ce qui ne va pas ? Tout ça me dépasse. Est-ce que tous les Chercheurs acceptent ça ?

Je réprime un rictus. La réponse à cette question, je la connais déjà, en réalité.

COMMUNITY

– Ils ne l'ont pas tous accepté, non, et certains sont morts à cause de ça. Community nous a aidés, c'est vrai. Elle a restructuré le monde, nous a disciplinés pour le bien commun. Pour que nous soyons plus compatissants les uns envers les autres. Pour que nous soyons plus soudés. C'est ce que voulait le professeur Yuko. Mais que dirait-il s'il voyait où nous en sommes maintenant ?

Je pince les lèvres.

– Il voulait un monde meilleur et il nous l'a offert. Cependant, ne nous sommes-nous pas perdus en chemin ?

ENREGISTREMENT INTERROMPU

45

Un mois s'est écoulé depuis le congrès des Chercheurs. Je n'ai pas arrêté de réfléchir et j'ai consulté autant de bases de données que je pouvais en trouver à propos de notre société. Pour tout savoir. Tout connaître.

Malheureusement, cela ne m'a pas apporté de réponses sur ce que je dois faire à présent…

J'ai également continué à me documenter à propos de l'espace. Les Chercheurs du passé essayaient de trouver un moyen de réaliser des voyages interstellaires, et j'ai parcouru un grand nombre de leurs travaux. Bien sûr, tout cela a été abandonné avec l'émergence de Community… Est-ce que j'aurais vraiment la possibilité de relancer ces recherches si je deviens Assignatrice ?

Je n'arrive toujours pas à croire que Wil pense à moi pour lui succéder. Ça aussi, ça me perturbe. Sans compter qu'il devient de plus en plus envahissant. Il ne se passe pas une journée sans qu'il ne débarque à l'improviste dans le bureau que je partage avec Caleb. Juste comme ça, pour voir ce que nous faisons… Si bien que nous n'avons plus osé nous toucher de nouveau. De toute façon, je respecte le point de vue de mon binôme à ce sujet. Élisa est son assignée, et Isaak, le mien. Cela ne m'a pas empêchée de percevoir le regard brûlant qu'il a posé sur moi à plusieurs reprises…

Toutefois, malgré ce non-dit entre nous, Caleb est la seule personne qui m'écoute attentivement. Et même en dehors du cadre de nos recherches, nous discutons beaucoup. Nos déjeuners sont aussi agréables. Nous remontons à la surface, nous nous allongeons dans l'herbe et regardons ensemble le ciel.

Dans ces moments-là, je pense souvent à une émotion dont les personnages de mes vieux films parlent beaucoup et qui est une énigme pour moi.

L'amour.

Pendant des années, je suis restée perplexe devant les scènes où les couples s'enlaçaient. Désormais, lorsque l'une d'entre elles apparaît à l'écran, c'est à Caleb que je pense...

J'ai essayé de comprendre comment fonctionnait l'Assignation. Et malheureusement, je n'ai pas trouvé grand-chose. J'ai consulté le dossier d'Isaak : il y est précisé qu'il est compatible avec moi à 75 %. Ensuite, j'ai voulu chercher celui de mes parents... sans parvenir à me souvenir de leur matricule. Je les oublie peu à peu, malgré moi, et cela me met dans une telle colère... Je ne veux pas me résigner à ce que ma mémoire soit effacée. J'essaye de lutter contre l'inéluctable avec mes enregistrements mais je suis impuissante, et cela me mine.

Je me venge en passant ma mauvaise humeur sur la personne que j'estime responsable de la situation. Wil... Le matin, je lui pose de plus en plus de questions, bien décidée à percer les secrets que je suis persuadée qu'il cache. Lui en revient systématiquement à ses sujets de discussion favoris : la nouvelle puce et Isaak...

Je suis obnubilée par les armoires qui se trouvent derrière lui. Que renferment-elles ? Un soir, je me suis même attardée au Centre dans l'espoir de pouvoir me glisser dans son bureau en son absence. Peine perdue : l'accès est bloqué à toute autre personne que lui.

J'aimerais tellement parler de tout ça avec Isaak, me confier à lui comme avant... mais la vérité, c'est qu'il a encore changé. Son cerveau sature de plus en plus après sa journée de travail, et il se jette dans notre bulle de sommeil au plus tôt, parfois sans même m'adresser la parole. Mon esprit, quant à lui, est en ébullition. Je poursuis mes recherches jusque tard dans la nuit, passant au crible des dizaines de bases de données sur les Chercheurs. C'est ainsi que j'ai trouvé un dossier confidentiel sur le fameux comportementaliste rebelle qui a été évoqué lors du congrès. Il était chargé de comprendre les enfants en vue d'une amélioration de leur puce. Ses collègues souhaitaient intensifier les neurotoxines permettant d'atténuer les pulsions sexuelles, au risque de provoquer des déséquilibres hormonaux chez une partie importante des jeunes. Il était contre et il s'en est pris à l'Assignateur de la zone. Il l'a menacé d'informer toute la population de ce projet. Il en a payé le prix fort : son dossier mentionne « une chute malencontreuse ».

Il s'appelait Matthew et il avait mon âge. Son destin m'a donné des sueurs froides.

Si je ne veux pas finir comme lui, je dois me montrer méthodique. Rien ne doit m'échapper.

Je dois songer à tout.

Plus les jours passent et plus je perçois à quel point Wil et Athia attendent beaucoup de Caleb et moi. Ils sont persuadés que nous allons enfin trouver la solution pour infiltrer la nouvelle puce à tous sans que l'ordre mondial soit modifié. Sauf qu'au vu des contraintes qu'ils nous imposent, cela me paraît une mission impossible. Nous avons beau retourner les problèmes dans tous les sens, mon binôme et moi parvenons toujours à cette conclusion. Community 2.0 corrige les failles de la première version et apporte ainsi davantage de lucidité à ceux à qui elle est implantée. Mais Athia et Wil ont été très clairs : les fondateurs ont organisé notre société pour le bien de tous, avec à sa tête des esprits brillants pouvant la contrôler. Selon eux, nous n'avons pas le droit de mettre en péril des siècles de travail.

Alors, nous sommes dans une impasse.

Je pourrais m'en accommoder, fermer les yeux sur tout ce qui me dérange et me fondre dans le moule. Cela vaudrait sans doute mieux pour moi, si je ne veux pas finir comme Matthew.

Sauf que, contrairement à lui, je suis obsessionnelle. Quand quelque chose me pose question, je suis incapable de l'occulter pour passer à autre chose.

Petit à petit, un plan s'est formé dans mon esprit.

Je sais que je n'ai pas le droit à l'erreur.

Mais je n'échouerai pas.

46

Éreintée par ma journée, je rentre chez moi. Isaak est déjà là et m'attend. S'il savait que je n'ai pas la moindre intention de me reposer… C'est aujourd'hui que j'ai décidé d'avoir des réponses.

Cette nuit.

Mon assigné m'adresse un sourire réconfortant et active une nouvelle connexion avec moi dès mon arrivée.

– Bonne journée ? s'inquiète-t-il.

Ses yeux caramel pleins de sollicitude m'attendrissent. Je hoche la tête avant de m'étirer. Il reprend :

– J'ai une belle nouvelle.

J'arque un sourcil, confuse. Il s'approche de moi et me tend son Andi.

– Regarde.

J'observe le masque en soupirant. Il ignore que je n'en ai plus besoin depuis des semaines… Je fais mine de le mettre sur mon visage pour découvrir ce qui le rend heureux. Un message s'affiche aussitôt sur ma lentille.

```
ISAAK - MATRICULE 46598761 ET LYAH - MATRICULE
05654231, MERCI DE VOUS PRÉSENTER AU CENTRE JEUDI PROCHAIN
À 15H, SECTION INSÉMINATION ARTIFICIELLE, ÉTAGE -15,
CELLULE 146.
```

Je me crispe. Jeudi, c'est dans moins de deux jours… J'imaginais avoir plus de temps que ça, je ne suis certainement pas prête à avoir un enfant. Pas encore !

J'ôte l'Andi de mon visage et essaie de sourire. Isaak, lui, paraît si heureux… Il ignore que cet enfant, nous serons condamnés à l'oublier, au bout du compte. Et dire que je commence à peine à découvrir la signification de l'amour…

Mes yeux s'humidifient. Je retiens mes larmes. Mon assigné doit penser qu'il s'agit de pleurs de joie alors que c'est l'inverse. Je suis si triste de savoir que nous sommes pris au piège… J'essaie de paraître la plus enthousiaste possible, en vain. Isaak remarque bien que quelque chose ne tourne pas rond chez moi. Il m'observe, confus.

– Qu'est-ce qu'il y a ? Tu n'es pas heureuse ?

Je déglutis.

– Pourquoi sommes-nous obligés d'aller si vite ?

– En quoi cela est-il mal ? s'étonne mon ami.

Je me mords l'intérieur de la joue. J'hésite à lui révéler tout ce que je lui cache depuis des semaines. Tout ce qui le concerne, toutes ces vidéos que j'effectue pour son père. Pour qu'il comprenne à quel point il change. À quel point notre société lui ment.

– Nous n'avons pas le choix, n'est-ce pas ? rétorqué-je en haussant les épaules.

– Tous les assignés ont un enfant. Tu n'en souhaites pas un ?

Je soupire.

– Ce n'est pas ce que je dis, je me demande juste pourquoi cela doit être aussi rapide. En as-tu une idée ?

Je connais déjà la réponse à cette question, je l'ai trouvée dans les bases de données réservées aux Chercheurs. Plus vite les assignés ont un enfant, plus ils sont efficaces dans leur tâche, car ils souhaitent à tout prix un monde meilleur pour leur progéniture.

Isaak secoue la tête. Il n'a aucune idée de tout cela, bien évidemment…

– Ce n'est pas grave, je suis heureuse de savoir que l'on va avoir un enfant, lâché-je.

Mensonge. J'étouffe un sanglot. Isaak penche la tête.

– Tu feras une bonne maman, je t'assure.

Je ne réponds pas. Je ne veux pas oublier mon enfant une fois son Assignation venue. J'ai déjà tant de mal à garder des souvenirs de mes parents… C'est à peine si je me rappelle leurs visages. Pourtant, je sais bien que je n'ai pas le choix…

Pour le bien de tous ?

J'ai du mal à y croire.

Isaak récupère son Andi et vaque à ses occupations. Il réactualise les dernières informations concernant ses parcelles. Il semble si convaincu que tout ce qu'il fait est bon… Il s'oublie dans ses tâches : ses émotions, son individualité n'ont plus aucune place dans cette tâche qu'on lui a confiée.

Quelques dizaines de minutes plus tard, je le laisse monter seul à l'étage, prétextant vouloir consulter encore quelques bases de données avant de me coucher. Fier de moi, il me souhaite une bonne nuit. Il est si convaincu que le travail que j'effectue comme Chercheuse est incroyable. S'il savait que je suis là pour le contrôler, lui ainsi que l'ensemble des individus sur cette planète… Que ma mission, c'est de veiller à ce que l'emprise de la puce sur lui ne se desserre pas…

Oui, s'il le savait, qu'en penserait-il ? Ressentirait-il lui aussi une gêne dans sa trachée ? Une pression à la poitrine, peut-être ? S'inquiéterait-il de son avenir, comme moi ?

Une fois que je suis certaine qu'il est plongé dans un protocole de sommeil, je me place pour la dernière fois devant l'une des caméras de la maison et commence un enregistrement.

– Aujourd'hui, tu as appris qu'Isaak et toi allez avoir un enfant dans moins de deux jours. Ton assigné était heureux de l'apprendre, mais il ignore ce que cela cache. Cet enfant ne vous appartiendra pas. Il ne sera à vous que jusqu'à son Assignation, puis il ira vivre loin de vous. Il vous oubliera et vous l'oublierez, pour le bien de la communauté. Car nul ne doit aimer quiconque plus que sa tâche. Mais je ne suis pas prête à ce qu'on me vole mon enfant au nom d'une loi… Isaak, quand tu verras cette vidéo, j'espère que tu comprendras pourquoi j'ai agi ainsi et que tu me pardonneras… Je ne sais pas ce qui va m'arriver. Tu n'as jamais eu le choix, et moi, je voulais juste te l'offrir.

Je coupe l'enregistrement, les larmes au bord des yeux. Tremblante, je me lève de mon tabouret et retire la puce de l'écran. Je monte à l'étage et entre dans la chambre. Isaak dort à poings fermés. Il ne se doute pas encore de tout ce qu'il apprendra à son réveil… Je soupire et m'approche de mon armoire, où je range le petit rond de métal avec les autres. Puis je file hors de la maison. J'ai besoin de prendre l'air, de réfléchir une dernière fois avant de me coucher.

Je vais devoir me lever tôt.

En pleine nuit.

Je rejoins la colline qui surplombe le hameau et la gravis. Une fois à son sommet, je m'arrête et lève les yeux vers le ciel. Tout est si beau au-dessus de ma tête. Les étoiles par milliers m'observent depuis les tréfonds de la galaxie. Je me sens tout d'un coup si petite… Je ne suis qu'un être humain de plus sur cette planète. Pourtant, n'ai-je pas le droit de vouloir prendre en main mon destin ? De vivre ma vie comme je l'entends, même si elle est ridicule à l'échelle de l'univers ?

Je m'assois à même le sol, me remémore une à une les étapes de mon plan, et bien sûr, la plus hasardeuse d'entre elles m'angoisse. Je suis au pied du mur. Je dois agir, je n'ai plus le choix. Mais vais-je réussir à entrer dans l'esprit de Wil ? À le comprendre parfaitement, assez pour le battre ? Les genoux repliés contre moi, les yeux rivés vers le ciel, j'analyse, encore et toujours. Je me remémore mes entretiens avec l'Assignateur. Mes souvenirs le concernant. Cela sera-t-il suffisant ?

Cette nuit, je vais avoir besoin de courage. De lucidité, aussi. Et j'espère que la contemplation des astres m'en apportera un peu…

47

J'ouvre les yeux avec difficulté lorsque l'alarme que j'ai programmée résonne, à trois heures du matin. J'ai si peu dormi… À côté de moi, Isaak est encore dans son rêve. Je l'observe un instant. Il paraît paisible ainsi.

Je me frotte le visage avant d'ouvrir la bulle de sommeil et d'activer un réveil pour mon assigné. Lui aussi va devoir se lever bientôt. J'ai besoin de savoir que je peux compter sur lui. Pieds nus, je récupère une combinaison dans mon armoire, ainsi que la boîte qui contient tous mes enregistrements. Je descends ensuite à la cuisine pour commander ce qui sera peut-être mon dernier repas.

Je mange en silence en attendant qu'Isaak se réveille. Mon plan tourne en boucle dans ma tête. J'aimerais tellement en parler avec quelqu'un, pour qu'on m'assure que je fais le bon choix. Pour qu'on m'encourage. J'aimerais bien discuter avec les fondateurs, ces personnes qui ont fait que ma vie est ainsi. Tishira Yuko, par exemple, lui qui a créé la technologie qui nous a emmenés si loin. Que penserait-il de ce qui est advenu de son rêve d'un monde meilleur ?

Je me mords l'intérieur de la joue, puis je bois une gorgée de mon jus de groseille pour me donner de l'aplomb. Tout ceci n'est de toute manière pas possible. Il n'y a que l'avenir qui compte, maintenant, et non plus le passé. J'ouvre une capsule de Nanos en me convainquant que ma décision est juste. Lorsqu'elles retournent dans leur boîte une fois leur travail terminé, je reste debout, attendant Isaak. J'ai besoin de lui : je dois le prévenir. Il m'aidera si quelque chose se passe mal, j'en suis certaine. Mes enregistrements lui éviteront de m'oublier.

Quand il apparaît enfin au bas de l'escalier, son visage est fatigué et confus.

CONNEXION ÉTABLIE

– Quelle heure est-il ? grommelle-t-il.

– Tôt, réponds-je.

– Pourquoi mon réveil a-t-il sonné ?

– J'ai besoin de te parler.

Il fronce les sourcils avant de s'asseoir et d'observer avec curiosité la boîte emplie de puces.

– Qu'est-ce que c'est ?

– Des messages que j'ai enregistrés pour toi.

Isaak sourit, intrigué.

– C'est un cadeau ? Tu m'as réveillé pour ça ?

Je pince les lèvres.

– Ça peut être vu comme ça, oui. Dans quelques heures, tu comprendras mieux. Est-ce que je peux te demander de rester ici ce matin et de les visionner ?

– Mais je dois m'occuper de mes parcelles…

– Il est très tôt, tu as un peu de temps devant toi avant l'aurore. Crois-moi, ce qu'il y a là-dedans est bien plus important. Est-ce que je peux te faire promettre que, si je ne reviens pas, tu montreras ce que tu as vu au monde entier ?

Les traits d'Isaak se durcissent. Son tic nerveux refait surface, il se triture les doigts. Je m'en veux aussitôt de devoir le mêler à tout ça. Mais il est tout aussi concerné que moi. Comme tout le monde sur cette planète, en fait.

– Lyah, pourquoi tu me dis ça ? s'inquiète-t-il. Qu'est-ce qui ne va pas ?

Je soupire.

– Beaucoup de choses ne vont pas. S'il te plaît, promets-moi de diffuser ces enregistrements.

Mon ami d'enfance me détaille tout en me répondant :

– Je veux bien te le promettre, oui, mais tu me fais peur. Tu peux tout me dire, tu sais.

– C'est ce que j'ai fait avec ces vidéos. Regarde-les.

Il acquiesce, le regard rivé à la boîte. Son esprit cogite, je perçois jusque dans ma propre tête ses interrogations et ses angoisses. Il se demande ce qui ne va pas, il s'imagine même qu'il est responsable de quelque chose, qu'il a commis une erreur. Il fait son possible pour s'en souvenir, sans y parvenir. Mon cœur se fend en le voyant culpabiliser ainsi. Je lui demande :

– Tu te rappelles quand nous avons discuté de ce que l'amour signifiait ?

Son attention revient vers moi. Il me fixe, le regard brillant.

– Je crois, oui.

– La vérité, c'est que tu ne sais pas encore ce que ça signifie. Tu l'as oublié, comme tu as oublié tes parents.

Il me dévisage, anxieux.

– Qu'est-ce que tu veux dire ?

J'ai du mal à respirer. Je renifle et me concentre pour ne pas pleurer.

– Sache juste que je n'ai pas eu le choix, et que j'espère de tout mon cœur que tu t'en sortiras. Tu es mon ami depuis toujours. Je te dois la vérité, comme à tout le monde. Ce que je m'apprête à faire est un sacrifice énorme pour moi.

Isaak reste silencieux, fixant le vide.

– Tu comprends ce que je te dis ? ajouté-je.

Il secoue la tête.

– Non, qu'est-ce que tu vas faire ?

– Tu le verras bien assez tôt.

Je lui souris, puis fais un pas vers lui. Il se lève de son tabouret. J'enroule subitement mes bras autour de sa taille et pose ma joue contre son torse, le serrant de toutes mes forces. Il se crispe, je sens son cœur battre plus vite. Je brise un interdit tacite en le touchant, mais je veux qu'il sache à quel point je l'ai toujours apprécié. Je peine à retenir mes larmes. Il a été mon premier ami, et je suis consciente que je vais le mettre en danger. Néanmoins, s'il voit toutes les vidéos, il comprendra pourquoi.

Quand je me détache de lui, il m'observe, la bouche entrouverte et les yeux exorbités. Il ne doit pas comprendre mon geste, ni ce que je lui ai dit… Hébété, il ne réagit pas lorsque je tourne les talons pour quitter la maison.

Une fois à l'extérieur, je grimpe sur mon transporteur pour filer vers l'ascenseur le plus proche. De là, je rejoins la gare et monte dans une navette nocturne pour le Centre.

COMMUNITY

Je me répète en boucle ce que j'ai à faire. Dès que je serai entrée dans le bureau de Wil, je n'aurai plus le choix : il me faudra continuer à suivre mon plan coûte que coûte. Je vais devoir être méthodique jusqu'au bout.

Je veux des réponses à mes questions et je les aurai, peu importe le prix à payer.

48

Mes pas résonnent dans le couloir du Centre. Je marche aussi vite que possible, comme si je me sentais épiée, pour rejoindre le bureau de Wil. Il me cache des choses, j'en suis convaincue. À commencer par mon propre dossier d'Assignation…

Je regarde ma main, dans laquelle je tiens ma pierre venue de l'espace. Je pense à tout le trajet qu'elle a fait pour arriver jusqu'à ma parcelle. Elle est si petite, et pourtant si lourde, si solide… Bien plus que les portes du Centre.

L'Assignation a vu juste à mon sujet. Je suis capable de beaucoup pour parvenir à mes fins… y compris de violence.

Je recule de quelques pas avant de lever la météorite au-dessus de ma tête et de la jeter sur la surface en verre qui me fait face. La porte éclate en mille morceaux dans un bruit assourdissant. Un moyen archaïque mais efficace de passer outre les restrictions d'accès au bureau de Wil… J'attends une seconde, de peur qu'une alerte se déclenche, mais non, rien. Je soupire de soulagement, puis me faufile dans l'interstice. Dès que je suis passée de l'autre côté, je demande à la pièce :

LUMINOSITÉ 80%

Les murs s'allument, éclairant la pièce. Je m'avance vers les armoires qui m'intriguent tant et ouvre la première. Ce que j'y découvre me laisse sans voix. Des centaines de fioles sont disposées les unes à côté des autres. Je me connecte à la première que je saisis.

COMMUNITY

PUCE ENFANTINE ROBB - MATRICULE 45963578 / ASSIGNÉ LE 05.12.2995 / CHERCHEUR

L'un de mes collègues… Je me souviens de l'avoir croisé quelques fois. Cela m'étonne que sa puce enfantine soit stockée ici. J'en saisis une deuxième, sur une autre étagère.

PUCE ENFANTINE FRANK - MATRICULE 54563479 / ASSIGNÉ LE 09.12.2965 / CHERCHEUR

J'hallucine. Wil garde les puces enfantines de chaque Chercheur de la zone dans son bureau ? Voilà pourquoi il tenait tant à retrouver la mienne, même après mon Assignation… Cet homme est vraiment obsessionnel.

J'ouvre l'armoire suivante. J'y découvre encore des fioles, mais moins, beaucoup moins. J'en saisis une sans attendre.

MÉMOIRE SÉQUENTIELLE ASSIGNATEUR T6 / HÉROLD - MATRICULE 6531456 / NAISSANCE 02.05.2865 / MORT 08.07.2951

Je fronce les sourcils, comprenant que Wil conserve aussi la mémoire des Assignateurs… J'ouvre la troisième armoire et y trouve des cartons, ce qui me surprend. Des dossiers papier ? Je n'en reviens pas de toucher une feuille de mes propres doigts. L'encre qui la couvre n'est plus très lisible, à vrai dire. Elle doit avoir cent fois mon âge…

Je me baisse ensuite pour essayer de trouver d'autres informations. Je cherche des tablettes, des éléments à propos de l'Assignation. N'importe quoi qui pourrait me concerner. Je plonge ma main dans une fourmilière de puces d'enregistrement. En me connectant au hasard à l'une d'entre elles, j'écarquille les yeux.

MÉMOIRE SÉLECTIVE ASSIGNATEUR T6 / WIL - MATRICULE 00256378 / DURÉE 6H

Wil garde-t-il ici toute sa mémoire ? Il y a des centaines de puces dans la boîte… Par curiosité, j'en prends une et l'injecte au bureau derrière moi. Sur le mur, l'image d'un garçon qui s'avance d'un pas hésitant apparaît. Je le reconnais, et mon estomac se noue tandis que les pensées de son père sont retranscrites :

– Allez, Isaak, encore un peu. Tu y arrives, tu vois !

J'active une avance rapide pour voir ce que la puce contient d'autre. Je ne trouve que des souvenirs concernant mon ami. J'en injecte une deuxième dans le bureau. Sur celle-ci, Isaak est plus grand. Il doit avoisiner les 5 ou 6 ans. Il bredouille des sons incompréhensibles.

– Isaak, nous en avons déjà parlé, le réprimande Wil aussitôt. Si tu veux t'adresser à moi, connecte-toi à mon esprit.

– Pardon, papa.

— Ce n'est pas grave. N'oublie pas, mon fils : mes pensées sont les tiennes.

— Et mon esprit est le tien.

— Voilà, c'est ça.

Je coupe la lecture et lorgne la boîte pleine de puces. Voilà pourquoi Wil m'a demandé de filmer son fils...

Il lui manque.

Comme il savait que lui aussi oublierait son enfant s'il ne le voyait plus, il a enregistré et stocké autant de souvenirs de lui que possible pour les revoir encore et encore...

Mes poings se serrent. Wil a été prévoyant, mais la plupart des parents n'ont pas cette chance... à commencer par les miens.

Je retire la puce du bureau et ouvre la dernière armoire. Je cible une étagère et souris lorsqu'une voix dans ma tête m'indique ce qu'elle contient.

ASSIGNATIONS DES CHERCHEURS - CLASSIFICATION PÉRIODIQUE

J'attrape la dernière puce et la connecte au bureau.

CALEB - MATRICULE 45793147

Je la retire aussitôt et prends celle qui se trouve juste à côté. Nous ne sommes que deux nouveaux Chercheurs cette année : au moins, cela facilite mes recherches...

LYAH - MATRICULE 05654231

J'active la lecture. Des données apparaissent les unes après les autres, sur ma personnalité, ma psychologie, mes facultés cognitives, sensorielles, intellectuelles et j'en passe. Lorsque j'arrive à la partie concernant la compatibilité avec les assignés potentiels, je me fige.

ISAAK - MATRICULE 46598761 / COMPATIBLE À 75%

CALEB - MATRICULE 45793147 / COMPATIBLE À 92%

ASSIGNÉ ENREGISTRÉ : ISAAK - MATRICULE 46598761

Mon estomac se noue lorsque je comprends que Wil n'a pas respecté les données d'Assignation me concernant. Voilà pourquoi je suis plus à l'aise avec Caleb... C'est avec lui que j'aurais dû partager ma vie.

Sauf que Wil a choisi son fils. Il a décidé de m'assigner à Isaak, et c'est pour cela qu'il me convoque. Il voulait garder un lien avec lui et il est passé par moi. Ma poitrine me brûle. Je retire mon dossier d'Assignation et cherche celui de Caleb via ma lentille. Peut-être qu'il n'y a pas d'erreur, après tout ? Peut-être a-t-il une compatibilité plus grande avec Élisa qu'avec moi ?

COMMUNITY

Un message d'erreur résonne dans mon esprit.

ASSIGNATION NON DISPONIBLE / AUTORISATION NÉCESSAIRE POUR LA CONSULTER

Cela me convainc encore davantage de la culpabilité de Wil. Je suis persuadée qu'il m'a menti en me disant que les Chercheurs n'avaient pas accès à leur propre fichier d'Assignation : il a juste bloqué l'accès à celui de Caleb et au mien pour éviter que ses manigances ne soient découvertes... Mais maintenant que je suis dans son bureau, j'ai le moyen de voir clair dans son jeu... Je récupère la puce de Caleb sur l'étagère, l'insère dans le bureau et parcours au plus vite ses caractéristiques pour arriver à la partie concernant les compatibilités.

ÉLISA - MATRICULE 48796314 / COMPATIBLE À 61%
LYAH - MATRICULE 05654231 / COMPATIBLE À 92%
ASSIGNÉE ENREGISTRÉE : ÉLISA - MATRICULE 48796314

Il nous ment à tous les deux.

Je suis bouleversée. Je me méfiais de Wil, mais je ne m'attendais pas à ça. Il s'est moqué de moi depuis le début. Je n'ai jamais eu vraiment confiance en l'Assignation et je comprends mieux pourquoi.

Pour le bien de tous ? Foutaises. C'est pour son bien à lui que Wil a agi...

Tout devient plus clair dans mon esprit. Ce que j'ai découvert me conforte dans mon choix. Je récupère mon dossier d'Assignation ainsi que celui de Caleb et m'avance vers la porte. Je dois faire vite : quand il arrivera à son bureau, Wil verra tout de suite que quelqu'un y est entré par effraction pendant la nuit... Je récupère ma météorite, sors dans le couloir en prenant garde à ne pas toucher les bords coupants du verre, puis me hâte en direction de la salle où se trouve le système central de Community. La sphère en métal tourne sur elle-même dans un bruit sourd... Je me connecte à la commande centrale, avant de passer dans le tunnel qui mène à la seconde salle, là où se trouve la sphère de Community 2.0, beaucoup moins bruyante que sa grande sœur. Je m'y connecte également.

Il est temps de passer à l'action... Je lance un ordre simultané aux deux systèmes.

RÉINITIALISATION DES ACCÈS AUX COMMANDES CENTRALES
MOT DE PASSE NÉCESSAIRE POUR EFFECTUER CETTE ACTION

Voilà, j'y suis. J'ai devant moi les huit cases vides auxquelles je ne cesse de penser depuis des jours et je vais devoir deviner comment Wil a choisi de les remplir. Cela pourrait être tellement de choses...

Un nom, un prénom, une date d'anniversaire ou de mort… Ou bien un numéro de matricule. C'est ce qui m'a semblé le plus logique lorsque j'y ai réfléchi hier soir. Les matricules sont omniprésents dans notre quotidien avec les multiples connexions que nous effectuons via Community. Nous ne sommes pas susceptibles de les oublier, même si la puce altère notre mémoire. Mais lequel Wil aurait-il choisi comme mot de passe ? Le sien, tout simplement ?

C'est l'une des possibilités…

```
00256378
```
ACCÈS REFUSÉ

Je souffle un bon coup. Ce n'est pas ça. Je ne pense pas que le mot de passe soit le matricule de l'assignée de Wil, je sais qu'elle ne fait pas partie de ses priorités. Son travail est bien plus important à ses yeux… Athia, peut-être, sa binôme ?

```
96324564
```
ACCÈS REFUSÉ

Je jure alors qu'une voix métallique ajoute dans mon crâne :

DERNIER ESSAI AVANT BLOCAGE DU SYSTÈME

Je grogne. De ce que je sais de Wil, il n'apprécie que trois personnes : lui, Athia et son fils. Le plus logique, à présent, ce serait de tester le matricule d'Isaak. Mais cela me paraît trop simple… Et surtout, ce serait une grossière erreur de la part de l'Assignateur de choisir ce mot de passe. Il est censé accepter d'oublier son enfant, comme tout le monde. Il ne peut pas montrer qu'il s'accroche à lui de la sorte ! Je me concentre, essaye de penser comme Wil.

Qui est-il ?

Un obsessionnel, il me l'a confié. Dévoué à son travail. Pour le présent, mais aussi pour l'avenir. Il veut tout contrôler, que tout se déroule toujours selon ses plans. Et qui est la personne qui se dresse en travers de son chemin ? Qui le contrarie au point qu'il la convoque chaque matin, mais à qui il envisage de confier le futur de la zone ? Qui doit occuper ses pensées autant que lui occupe les miennes ?

Avec appréhension, je compose mon propre matricule.

```
05654231
```
ACCÈS AUTORISÉ

Je souris, victorieuse. Il a raison, nous nous ressemblons. Je sais comment son esprit fonctionne… et c'est ce qui vient de me permettre de me montrer plus maligne que lui.

COMMUNITY

Je réitère ma demande de réinitialisation des accès, et une voix dans ma tête me demande :
MERCI D'ÉNONCER LES MATRICULES AUTORISÉS À SE CONNECTER AUX COMMANDES CENTRALES.
UN SEUL. MATRICULE 05654231

RÉINITIALISATION EFFECTUÉE
Mes mains tremblent. Il ne me reste plus qu'une chose à faire avant de passer à l'action. Je veux déposer l'Assignation de Caleb sur notre bureau, pour qu'il la voie à son arrivée et qu'il comprenne pourquoi j'ai agi comme je l'ai fait.

Je sors dans le couloir et me mets à courir. Tout se bouscule dans mon esprit. Je pourrais encore tout arrêter maintenant, changer d'avis. Mais rien n'y fait. Je pense aux autres, c'est ainsi que j'ai été conditionnée. Depuis ma naissance, on m'a répété que je devais agir *pour le bien de tous*. Et jamais je n'aurai une meilleure occasion de le faire qu'aujourd'hui…

J'atteins mon bureau, dont la porte s'ouvre. Ma respiration se bloque d'un coup lorsque je constate qu'il n'est pas vide.

Les yeux écarquillés, Caleb me dévisage, choqué.

49

Mon ami me scrute, étonné. Je panique. Que fait-il là ? Mes lèvres tremblent. Caleb me fixe en fronçant les sourcils, attendant une réaction de ma part. Il m'adresse une demande de connexion que j'accepte.
– Lyah, qu'est-ce…

Sa voix familière dans mon esprit ne m'aide pas à réfléchir convenablement. J'hésite. Lui dissimuler ce que je suis en train de faire ? Tout lui révéler ? Et s'il n'était pas d'accord ? S'il essayait de m'arrêter ? Non, le risque est trop grand…
– Je ne peux pas te le dire, lâché-je, sur les nerfs.

Caleb se sent trahi, c'est évident. Il me détaille, nerveux. Et pour la première fois depuis que je le connais, son esprit s'emballe. Il ne me dissimule pas ses pensées, j'ai accès à chacune d'entre elles. Elles s'entrechoquent, chaotiques. Il songe à mon changement de comportement depuis quelques semaines, à tout ce qui indiquait que quelque chose n'allait pas bien chez moi. Mais aussi au fait que Wil lui a demandé de me surveiller. Je n'en reviens pas… Encore plus de contrôle de la part de l'Assignateur, hein ?

Les pensées de Caleb se structurent peu à peu. Il a compris ce que je veux faire, même s'il ne peut pas deviner quel est mon plan exact. Je m'avance d'un pas vers lui et lui glisse :
– Ça doit changer, tu le sais, n'est-ce pas ?

Il serre les dents et me renvoie :

— Qu'est-ce que tu as en tête ?

Il recule d'un pas. Je ne réponds pas. S'il me trahit et avertit Wil ou n'importe quel autre Chercheur de ce que je prévois, je suis finie. Je cherche une solution, n'importe quoi qui me permettrait de gagner du temps. Une idée fugace me traverse l'esprit. Je glisse mes doigts dans ma poche, où ils effleurent ma météorite. Elle m'a servi à briser la porte du bureau de l'Assignateur, elle pourrait également me tenir lieu d'arme de fortune…

Je déglutis tandis que Caleb me repose sa question. Mon cœur se soulève. Celui que j'ai appris à aimer ces dernières semaines me supplie du regard, m'implorant de tout lui dire. Ma respiration s'emballe lorsqu'il approche sa main de moi. Je lutte pour contenir mon émotion en répliquant :

— Pourquoi es-tu là, Caleb ? Toi aussi, tu devrais dormir, comme tous les habitants de la zone.

Mon ami baisse les yeux et m'avoue :

— Je voulais des réponses à mes questions.

— Quelles questions ?

— J'ai découvert que je n'ai pas accès à mon dossier d'Assignation. Je voulais comprendre pourquoi. Et toi, qu'est-ce que tu fais ici ?

Je ferme les yeux. Ce que je devrais faire, je le sais. Je ne peux pas mettre mon plan en péril. Je dois m'assurer que Caleb ne donnera pas l'alerte, par tous les moyens. Je devrais prendre ma pierre et l'assommer… Pourtant, je ne cesse de penser à notre pourcentage de compatibilité, aux instants de complicité que nous avons partagés. Je ne me suis jamais sentie aussi vivante qu'en sa présence. Il me comprend, m'apprécie, me complimente. Même mes parents ne se sont jamais montrés si tolérants à mon égard. Sans parler de ce qui gronde dans mon ventre dès que je suis en sa présence… Je ne peux pas lui faire de mal. Je préfère prendre le risque de lui faire confiance.

— Avant que je te réponde, tu dois me promettre de ne rien dire à personne.

— Je ne te trahirai jamais.

Je soupire de soulagement et lui souris. Ses lèvres à lui aussi s'étirent un peu.

— Pourquoi es-tu là ? me redemande-t-il.

Je pince les lèvres. Et s'il me prenait pour une folle ? Et s'il ne comprenait pas ?

– Je te connais, maintenant, même si tu me surprends tout le temps, insiste-t-il. Tu as quelque chose en tête. Dis-moi ce que c'est, s'il te plaît.
– Un changement, lâché-je soudain.
Le visage de mon ami se crispe.
– Qu'est-ce que tu comptes faire ?
Je le fixe, incapable de mettre en ordre mes pensées.
– Me mentir ? reprend-il. Ce n'est pas ce que tu veux, je le sais. Depuis qu'on se connaît, tu as toujours été franche avec moi.
– Justement. Je souhaite la vérité.
Ma gorge se noue. Caleb braque son regard dans le mien. J'ajoute :
– Et je te demande de me faire confiance.
Il soupire avant de faire un pas vers moi.
– Je ne dirai rien, je te le promets.
Je souris. Je songe à toutes nos discussions sur notre vision du monde, à notre travail ensemble. Il m'a dit qu'il voulait être un homme bon, faire une différence dans notre société : je peux lui offrir ça. Je sors de ma poche la puce que j'ai récupérée dans le bureau de Wil, celle qui contient son dossier d'Assignation.
– Moi aussi, j'ai cherché des réponses, dis-je. Les voilà. Regarde ça et rejoins-moi ensuite auprès des sphères.
Il hésite. Je ne le quitte pas des yeux, la puce au creux de ma paume. Je la lui tends, et il la récupère en frôlant mes doigts. Un frisson me parcourt. Les sourcils froncés, Caleb m'observe alors que je m'éloigne à reculons. Nous nous dévisageons tandis que les portes de notre bureau se referment.

Je ne sais pas si j'ai fait le bon choix le concernant. Mais je ne pouvais pas lui faire du mal. Et je crois en lui. S'il découvre que nous aurions dû être assignés ensemble, il ne me trahira pas. Je le désire, et je suis persuadée que c'est réciproque. Isaak est mon ami, mais Caleb est ma moitié depuis que je suis devenue Chercheuse. Nous avons passé beaucoup de temps ensemble à analyser, réfléchir, rire aussi. Quand il saura que Wil nous a menti, il se rangera de mon côté, non ?

C'est ce que j'espère, en tout cas, en descendant les niveaux les uns après les autres pour retrouver les sphères de Community. Je n'ai aucune idée de ce qui va m'arriver à présent. Tout ce qu'il me reste à faire, c'est de croire.

Que je ne me suis pas trompée.
Que mon analyse est juste.
Et que le monde est prêt à l'entendre…

50

J'ai presque atteint les salles des sphères lorsque j'entends un bruit de pas derrière moi. Je me retourne et me fige en voyant que Caleb court pour me rejoindre. Mince, je ne pensais pas qu'il prendrait aussi peu de temps pour consulter son dossier d'Assignation... Je croyais que j'aurais la possibilité de m'enfermer avec les sphères avant qu'il ne me rejoigne. Je ne réfléchis pas plus et me mets à courir moi aussi, aussi vite que je le peux. Au même moment, mon ami active une connexion entre nous.

CONNEXION ÉTABLIE
— Lyah, attends !

Je ne m'arrête pas. La main tremblante, je me jette sur la porte pour la déverrouiller. Caleb n'est plus qu'à quelques mètres de moi...

— Ne fais pas ça ! me lance-t-il.

Je l'ignore, passe la porte et la bloque aussitôt derrière moi. Caleb pose sa main sur la surface en verre pour entrer, en vain. Depuis que j'ai réinitialisé les accès à la commande centrale de Community, il ne peut plus pénétrer dans cette pièce. Il recule d'un pas, paniqué.

— Laisse-moi entrer ! insiste-t-il.

Je serre les dents : je n'ai pas le choix. Je l'observe à travers la vitre : ses yeux brillent d'une lueur que je ne leur avais encore jamais vue.

— Ce n'est pas la solution, nous pouvons y arriver tous les deux, me supplie-t-il. Nous pouvons modifier la puce des Chercheurs pour qu'elle soit accessible à tous sans bouleverser notre société.

Je déglutis.

— Pas avec Wil, Caleb, répliqué-je. Ce n'est qu'un menteur et un manipulateur.

— Je t'ai menti, moi aussi, j'ai caché mes sentiments pour toi. Mais tous les deux, nous pouvons réussir à changer le monde avec notre travail. Fais-moi confiance…

Alors que je l'observe, le doute me gagne. Mais il est trop tard, à présent. Comment pourrais-je cacher ce que j'ai fait ? Caleb ne pourra pas me protéger face à Wil lorsque ce dernier découvrira que je suis entrée par effraction dans son bureau. Je n'ai plus le choix.

— Je peux faire ça beaucoup plus vite, affirmé-je.

Sur ce, je me détourne de mon ami et, déterminée, pivote vers la sphère qui tourne. Je me connecte à l'un des écrans de la pièce et active sa caméra intégrée, puis file dans la seconde salle pour filmer aussi. Je tremble de tous mes membres, comprenant que j'y suis enfin. L'heure avance : Wil ne devrait pas tarder à arriver au Centre. Au fond, j'espère qu'il est déjà là : j'ai envie qu'il assiste à ce qui va se passer…

Je rebrousse chemin et me place face à la première caméra. Je glisse un dernier regard vers Caleb, qui se met à taper contre la vitre.

— On doit être ensemble, je le sais maintenant, me lance-t-il. Mais ne fais pas ça ! Ce n'est pas en désactivant Community que tout rentrera dans l'ordre !

Il me supplie du regard, je détourne la vue. Il a tort. Toute cette comédie doit s'arrêter.

— Notre société est injuste, répliqué-je, amère. Toi aussi, tu le sais.

— Lyah, non !

CONNEXION INTERROMPUE

Aussitôt, une nouvelle demande de connexion apparaît dans mon esprit. Je secoue la tête pour faire comprendre à Caleb qu'il est inutile d'insister… avant de me rendre compte qu'elle ne vient pas de lui.

CONNEXION DEMANDÉE / ISAAK - MATRICULE 46598761

Je l'accepte, curieuse de savoir ce que mon assigné a à me dire.

— Oui ?

— J'ai visionné tes enregistrements, me lance mon ami.

— Et ?

– Qu'est-ce que tu t'apprêtes à faire, Lyah ?

Je pince les lèvres.

– Changer. Je vais tout changer, affirmé-je.

Plusieurs secondes passent. Mon ami ne me répond rien. Je soupire et essuie une larme d'un revers de main, puis déclare :

– Aie confiance en moi, Isaak.

– Je te ferai toujours confiance.

– Merci.

Je coupe la communication. Caleb tape à nouveau contre la vitre. Je l'ignore et me connecte à la commande centrale de Community pour lancer l'ordre fatidique.

CONNEXION MONDIALE DEMANDÉE

VEUILLEZ PRÉCISER UN DEGRÉ D'URGENCE ENTRE UN ET DIX
DIX. URGENCE MAXIMALE.

ACCÈS AUTORISÉ. CONNEXION EN COURS / VEUILLEZ PATIENTER.

Je scrute la jauge devant mes yeux. Une alerte est en train d'être transmise à tous les individus de la planète. Dès lors qu'ils seront tous connectés, je commencerai.

Je jette un coup d'œil à Caleb, qui a sûrement déjà reçu l'alarme. Le regard perdu dans le vide, il fronce les sourcils, perturbé.

Je ferme les yeux pour me concentrer lorsqu'une nouvelle demande de connexion me parvient. Je souris. Celle-là, je l'attendais. Je l'accepte, et la voix de Wil s'infiltre dans mon crâne.

– Bon sang, Lyah, que fais-tu ?

– Je fais un choix. Comme toi avec Isaak et moi.

Moins d'une minute plus tard, il apparaît dans le couloir et se place à côté de Caleb. Les deux Chercheurs me dévisagent. Voir la peur dans les yeux de Wil me rend euphorique… Il essaie d'entrer dans la salle, en vain. Je jubile.

– Ça ne sert à rien, lui dis-je. J'ai réinitialisé les accès.

– C'est toi qui t'es introduite dans mon bureau ! s'énerve-t-il.

Je hoche la tête. Athia et quelques autres Chercheurs déboulent dans le couloir à leur tour. Ils m'observent tous, secoués. Je me détourne d'eux et ordonne au système central de Community 2.0.

LECTURE NON-STOP : *LA FOULE* - ÉDITH PIAF, À TOUS LES CHERCHEURS EN DEHORS DU MATRICULE 05654231

COMMUNITY

La chanson démarre dans leurs têtes. Ils se figent tous, ne comprenant pas ce qui se passe. Wil tambourine contre la porte, affolé. J'augmente le volume de la mélodie uniquement pour lui...

Cette musique fait partie de celles que j'ai écoutées des centaines de fois avant mon Assignation. Ses paroles m'insufflent du courage, me donnent envie de me battre pour la liberté et l'amour... et de rendre le pouvoir à cette foule que les Chercheurs avaient asservie.

À cet instant, la jauge affichée sur ma lentille atteint enfin les 100 %. Une alerte retentit dans mon cerveau.

CONNEXION MONDIALE ÉTABLIE

51

Je me tiens droite, songeant à toutes ces personnes que je viens de réveiller en plein milieu de la nuit. À celles, dans un autre fuseau horaire, que je viens d'interrompre dans leur tâche quotidienne. Aux enfants qui étaient en plein cours à l'Union. Tous ces gens sont reliés à mon cerveau en ce moment même. J'active la caméra pour transmettre au monde entier les images de la sphère Community, afin que tous puissent l'observer sur l'écran le plus proche d'eux. Ceci fait, je tourne la tête une dernière fois vers Caleb et lui souris, avant de déclarer :

– Je m'appelle Lyah, matricule 05654231. Je suis Chercheuse en Zone T6. J'ai été assignée il y a quelques semaines, et ce que j'ai découvert ensuite m'a laissée ébahie. Ce que je vais vous dévoiler dans les prochaines minutes risque de vous bouleverser, mais il est de mon devoir de vous en informer. Comme vous le savez, il y a plusieurs siècles, le professeur Tishira Yuko a conçu Community, ce qui a permis de mettre fin aux guerres qui ravageaient notre monde et de développer une organisation mondiale pour le bien de tous. Cependant, il y a des choses que l'on ne vous dit pas. Community a des failles. On m'a demandé de prêter serment à ce sujet. De ne rien dire, de concevoir en secret, de vous cacher la vérité. Mais aujourd'hui, je ne veux plus vous mentir.

Je cherche dans les bases de données la vidéo de Tishira Yuko que Wil m'a montrée juste après mon Assignation et la diffuse pour que tous puissent la voir. Je n'ose imaginer ce que ressentent mes concitoyens à ce moment précis…

Lorsque l'enregistrement se termine, je reprends :

– Cela fait des siècles que les Chercheurs mentent à tous. La vérité, c'est que nous subissons leurs directives. Car Community altère notre mémoire. Nous concevons des enfants avant de les oublier. Vous ignorez qu'en réalité, nous en avons deux au cours de notre vie. Après l'Assignation du premier, vous l'oubliez, et il vous oublie. Et vous recevez une convocation pour une seconde insémination. Vous ignorez aussi que les Chercheurs sont connectés à une autre puce que la vôtre. On m'a demandé de travailler dessus pour vous l'implanter, mais en réactivant seulement certaines zones de votre cerveau.

J'ordonne à la caméra de la pièce d'à côté de diffuser l'image de la seconde sphère et poursuis :

– Oui, on m'a demandé de trouver le moyen de vous implanter cette version de Community sans que l'ordre mondial ne s'en trouve chamboulé. C'est-à-dire, sans vous rendre votre liberté. Aujourd'hui, on vous oblige à vous concentrer sur vos tâches, et uniquement sur elles. À vous taire, à ne pas prendre de plaisir. Certes, nous vivons en harmonie. En paix. Mais vous n'êtes plus humains.

Je m'arrête un instant, laissant cette idée imprégner les esprits de ces millions de personnes à qui je suis connectée.

– Les fondateurs ont créé des lois pour encadrer Community, rappelé-je ensuite. Ils se sont méfiés de cette technologie et ont compris qu'il nous faudrait peut-être la remettre en question un jour. Ces lois, nous les connaissons tous, mais j'aimerais vous rappeler les deux dernières d'entre elles. « Les lois de la constitution Community sont libres d'être abolies dès lors où elles deviendraient néfastes à la communauté. » « La technologie Community est libre d'être désactivée dès lors où elle nuirait à la santé et à la nature humaine. »

J'ose un regard vers le couloir. Les Chercheurs qui s'y trouvent ont dû réussir à couper la chanson que je leur avais imposée, car ils m'observent avec attention. Caleb m'adresse un sourire avant de hocher la tête. Mon cœur s'emballe. Il a compris, enfin… Athia, elle, semble déboussolée. Comme si le fait que j'énonce nos lois la rappelait à l'ordre. Quant à Wil, il me lorgne, les traits déformés par la colère. Je l'ignore, continuant mon discours :

– Elles ne sont pas là par hasard. Les fondateurs ont envisagé la possibilité de désactiver Community si nous nous perdions. Et je crois que c'est arrivé. Nous nous sommes perdus.

Je m'arrête une seconde, bouleversée moi-même par ce que je viens de dire, avant de reprendre :

– Nous, les êtres humains, qui sommes-nous ? Les fondateurs en avaient une idée. Et pour ma part, j'ai fait il y a quelques semaines une découverte me permettant de répondre à cette question.

Je fais défiler sur les écrans du monde entier des images de l'espace. De l'homme qui pose son pied sur la Lune. De la première mission vers Mars. De planètes aux confins de notre galaxie en tout point identique à la nôtre. Jusqu'à une vidéo d'un astéroïde anéantissant la Terre. Sur ce, je jette un coup d'œil à Wil. Il écarquille les yeux.

– Nos ancêtres ont toujours été captivés par l'espace, dis-je. Ils étaient convaincus qu'il s'agissait d'un formidable champ des possibles à explorer, et ils avaient raison. Mais nous, leurs descendants, nous sommes pris au piège de notre société. Notre présent nous absorbe au point que nous en oublions l'avenir. La Terre est vieille, très vieille. Son âge se compte en millions d'années. Nous ne sommes pas les seuls à l'avoir foulée. D'autres espèces ont péri avant nous ici.

Je soupire, la gorge nouée.

– Pourquoi ne nous en préoccupons-nous plus ? Pourquoi avons-nous cessé de lever notre regard vers le ciel ? La raison, la voilà : Community a altéré notre nature profonde. Elle a endormi ce que nous sommes. Elle a balayé nos pulsions, notre rage de vivre, de conquérir, d'aller plus loin. Et des hommes et des femmes veillent à ce que cela ne change pas. *Pour le bien de tous.*

Caleb ne me quitte pas des yeux, le sourire aux lèvres. Cela me soulage tellement de sentir que j'ai son soutien… Je poursuis :

– Mais cette formule n'est qu'un mensonge. Nous oublions nos enfants, nos parents, nous avons perdu la mémoire, notre ouïe, notre parole. Nous avons oublié qui nous sommes : des êtres uniques. Des individus dotés d'intelligence et de sentiments. Des hommes et des femmes prêts à se battre pour des causes qu'ils considèrent justes. Capables de violence, parfois, mais aussi des plus grandes prouesses. Siècle après siècle, de nombreuses personnes ont essayé de vous alerter. De changer ce monde… Aucune n'a réussi. Je vais peut-être subir le même sort qu'elles. Je risque ma vie pour avoir dévoilé la vérité ainsi. Mais aujourd'hui, je veux vous donner la possibilité de choisir vous-même votre destinée. Je vous rends votre liberté.

Je prends une grande inspiration et fais une annonce qui me choque moi-même :

— Je devrais désactiver Community aujourd'hui. Sur-le-champ.

Wil et les autres Chercheurs semblent abasourdis. Pourtant, je n'ai pas fini.

— Cette technologie nous a emprisonnés. Elle a supprimé notre liberté. Nous devrions la reconquérir, quitte à tout perdre. Quitte à tout réapprendre. Je nous renverrais au point de départ, mais ce serait un *nouveau départ*.

Je pince les lèvres avant de déclarer :

— Je pourrais aussi vous proposer de ne rien changer. De garder notre mode de vie, de continuer à oublier. Mais je ne peux pas vous laisser faire ça. Vous avez le droit, tout comme moi, de vivre et non pas juste de survivre. Je crois en l'être humain et je crois en nos réussites ensemble. C'est pourquoi j'ai une autre solution à vous proposer : Community 2.0.

Je réactive la caméra qui filme la seconde sphère, laissant entrevoir à nouveau cette prouesse technologique.

— Une grande Chercheuse a trouvé le moyen de combler les failles de notre technologie pour nous rendre libres à nouveau. Pour que Community redevienne un moyen de communication et non un instrument d'asservissement.

J'observe Athia. Des larmes coulent le long de ses joues. Elle me paraît... reconnaissante. Elle devait se douter elle aussi que ce qu'on nous demandait, à Caleb et à moi, était impossible. Je retrouve soudain la professeure qui a été si bienveillante avec moi durant toutes ces années. Si je le pouvais, je la prendrais dans mes bras. Comme moi, elle ne souhaitait pas devenir Chercheuse et elle a tout fait pour changer ce monde malgré tout. Je vais continuer son œuvre...

— On m'a demandé de trouver un moyen pour que les personnes à qui cette puce serait implantée restent dociles, dis-je. On m'a demandé de ne pas changer la société. C'était impossible... Et aujourd'hui, je vous propose de retrouver votre liberté. Community est un outil nous permettant de vivre en paix et unis... mais nous ne savions plus pourquoi nous avions besoin de cette paix ni de cette unité. Nous avons mené des guerres les uns contre les autres par le passé. Nous avons aussi combattu ensemble, pour l'amour et la liberté.

Cela, nous pouvons continuer à le faire. Parce que notre planète est éphémère. Nous souhaitons survivre à tout prix, et c'est pourquoi je vous propose de travailler ensemble dans un nouveau but commun : nous tourner vers l'espace. Non, notre planète n'est pas immortelle. Mais l'humain peut le devenir.

Je marque une pause avant d'ajouter :

– Pour que nous retrouvions notre liberté, je peux désactiver Community. Nous ne serions alors plus que des êtres sans parole et sans but autour d'une technologie qu'ils ne maîtrisent plus. Ou bien je peux activer la nouvelle version. Votre puce se déplacera dans votre cerveau, vous permettant d'être enfin vous-mêmes. Cela n'est pas sans risque, sachez-le. Certains d'entre vous mourront, car il se peut que des parties de votre cortex se retrouvent irrémédiablement abîmées. C'est toutefois un risque à prendre, car tout ce que je dis aujourd'hui, vous l'aurez oublié demain, et alors, les Chercheurs vous replaceront sous leur coupe sans que quoi que ce soit n'ait changé. Je vous propose de voter : c'est vous qui allez choisir la voie que l'humanité empruntera.

Je ferme les yeux avant de proposer à chaque puce une alternative simple. Oui ou non, voilà ce que chaque personne doit répondre, dans la minute qui vient. Peut-être la minute la plus cruciale de notre histoire… Activer la nouvelle version de Community ou désactiver totalement notre technologie.

Athia et Caleb me fixent, émus. Le minuteur tourne. Les premiers votes apparaissent. Mes larmes coulent en voyant que le monde entier me répond. Les êtres humains prennent leur décision les uns après les autres. Choisissant leur avenir, là, maintenant.

Et presque tous me demandent d'activer la nouvelle puce.

Ma gorge se noue. Mon cœur bat à tout rompre quand je demande au système central d'engager le protocole d'activation. Bien des personnes vont mourir, mais le monde va changer. Pour le bien de tous. Nous nous relèverons et avancerons, comme nous l'avons fait.

Et enfin, l'humanité redeviendra libre.

É.P.I.L.O.G.U.E.

Vingt ans plus tard
18 octobre 3026. La Base, District 1, Zone T6, Terre.

RÉVEIL DEMANDÉ

J'ouvre les yeux. Il me faut une petite seconde avant de prendre conscience que je suis dans ma bulle de sommeil. J'étais si bien dans mon rêve… Ce n'est que lorsque l'alarme de mon réveil retentit de nouveau dans mon esprit que je me redresse enfin. Je pivote sur ma droite pour observer celui qui partage mes nuits depuis vingt ans maintenant. Je passe mes doigts sur son dos en douceur. Il se cambre légèrement. Je m'approche un peu plus et active une connexion avec lui pour lui glisser :

– On a du travail aujourd'hui.

Il ronchonne. Cela me fait sourire.

– On doit se lever, c'est le grand jour, ajouté-je.

– Encore une petite minute, bougonne-t-il.

Je pose le bout froid de mon nez dans son dos et passe mes mains sur son flanc pour le faire réagir. J'ai bien compris qu'il était chatouilleux à cet endroit. Cela me fait rire. Cet homme est capable d'analyser un individu dans les moindres détails, mais lorsqu'il s'agit de ses petites faiblesses, là, il ne les explique plus. Mes doigts commencent leur torture en douceur tandis qu'il se recroqueville sur lui-même.

– Lyah… C'est de la triche !

Je ne réponds pas et continue. Caleb se retourne soudain et me piège dans ses bras. Coincée, je me débats un petit peu. Rien à faire, il resserre sa poigne, colle son front contre le mien avant de venir chercher mes lèvres. Il m'offre son baiser du matin, doux et affectueux, puis il se recule pour m'observer. Je me perds dans ses iris, heureuse.

— Aujourd'hui, nous devons annoncer le résultat de la sélection, ce qui veut dire que tu dois être en ligne à 10 h… commence-t-il.

Je l'écoute me dépeindre notre journée à venir dans les moindres détails. Il fait ça pratiquement tous les matins, et ce qui m'amuse, c'est que la plupart du temps, les choses ne se passent pas comme il le prédit. Mais cela me divertit… Et puis, rien de ce qui vient de lui ne pourra jamais m'ennuyer.

Il continue son discours tandis que nous nous extirpons de la bulle de sommeil pour nous habiller. Il insiste sur le fait que mon discours doit être parfait. Je le sais déjà, nous avons travaillé assez longtemps sur le sujet tous les deux… Il me rappelle que ce qui est primordial, c'est de ne pas décevoir. Que, bien entendu, des personnes seront chagrinées, mais que je dois leur dire que ce n'est que le début d'une grande épopée à laquelle elles pourront sans doute participer plus tard.

Caleb et moi avons consacré notre vie au projet qui va aboutir aujourd'hui. Tant de choses ont changé depuis ce jour où j'ai activé Community 2.0… Il me suffit de sortir de notre chez-nous pour le constater. Deux fillettes devant chez nos voisins chantent à tue-tête *Twinkle Twinkle Little Star* tout en se dandinant sur leur balançoire. Cela a mis quelques années, mais nous avons retrouvé l'usage de la parole. Les enfants sont encouragés à utiliser leur voix dès leur plus jeune âge, et les adultes peuvent suivre un cours de vocalise…

J'esquisse un sourire, attendrie, en contemplant les deux enfants. Caleb et moi avons décidé de ne pas en avoir, d'un commun accord : les projets auxquels nous nous consacrons sont bien trop prenants. Voir des petites comme celles-ci chanter suffit à me rendre heureuse. Je sais que c'est grâce à moi qu'elles peuvent se sentir si libres…

J'observe Caleb du coin de l'œil tout en marchant. Dans sa combinaison bleue, il se tient bien droit, les épaules en arrière. Je crois que notre zone ne pouvait pas rêver meilleur Assignateur que lui. Wil avait tort, ce n'était pas moi qui étais destinée à lui succéder…

Je soupire en repensant à cet homme qui m'a causé tant de soucis. Je n'ai plus de contacts avec lui : je sais juste qu'il vit dans un autre District auprès de son assignée. Lui qui se moquait de moi et de mes champignons, il cultive dorénavant du maïs. Il s'est mis en retrait immédiatement après mon allocution, préférant, je suppose, ne plus se mêler à tout ça. Après tout, il a bien le droit à la paix, lui aussi…

Mon plus grand regret, c'est de ne pas savoir ce qu'il est advenu de mes parents. J'ai essayé de les retrouver, mais je ne me souvenais plus de rien les concernant. En oubliant leurs numéros de matricule, je les ai perdus à tout jamais… J'espère juste qu'ils ont survécu au déplacement de leur puce et qu'ils ont eu un second enfant, qu'ils ne quitteront plus jamais, grâce à moi… Des ajustements réalisés sur la puce ont permis que Community ne touche plus aux souvenirs que les membres d'une même famille ont les uns des autres. Je suis convaincue que l'humanité s'en trouve enrichie…

– Lyah ?

Je pivote vers Caleb et grimace, confuse.

– Pardon. Tu disais ?

Il retrousse son nez.

– Tu vas devoir te montrer déterminée. Beaucoup de gens auront besoin qu'on les rassure…

Je hoche la tête. Étant la représentante des Explorateurs, je ne peux pas me permettre de donner le mauvais exemple, c'est certain. C'est ce que je souhaitais, après tout, ce que j'ai toujours voulu. Voir les étoiles, parcourir l'univers, me sentir vivante et libre… Aujourd'hui, cela est possible. Rouvrant les dossiers de recherche de nos ancêtres, nous avons repris leurs travaux là où ils s'étaient arrêtés et nous les avons fait progresser pour nous donner les moyens de toucher du doigt nos rêves.

Je me réjouis de ces avancées… Néanmoins, mon cœur est toujours alourdi par les conséquences de ma rébellion il y a vingt ans. Au cours de l'infiltration de Community 2.0 à l'ensemble de la population, 205 692 personnes sont décédées. C'est une marque indélébile dans ma mémoire.

Le cinquième groupe de tâches, les Explorateurs, a été créé quelque temps après, et l'Assignation a été revue. Les Assignateurs indiquent toujours leurs compatibilités ainsi que leurs traits de caractère à chaque individu, mais ceux-ci ont ensuite le choix. Je suis très fière de constater que le nombre de demandes pour rejoindre les Explorateurs augmente d'année en année…

Là où se réunissait auparavant le congrès des Chercheurs, c'est à présent des représentants des cinq groupes, élus par leurs pairs, qui siègent. L'une des premières décisions qui a été prise a été l'ajout d'une dixième loi à notre Constitution. Une loi qui porte mon nom.

Article 10 : Lyah
Les hommes naissent et demeurent libres et égaux en droits. Parmi ces droits se trouvent la vie, la liberté et la recherche du bonheur.

J'ai encore du mal à me rendre compte que c'est moi qui suis à l'origine de tous ces changements…

Nous atteignons la Base, le lieu de travail des Explorateurs. J'ai pu œuvrer pour qu'elle soit construite en surface, et comme mon logement s'y trouve également, cela fait des années que je n'ai plus besoin de me rendre sous terre, à mon grand soulagement…

– Dans cinq minutes, tu seras en communication, me prévient Caleb.

Je rajuste ma coiffure. Elle est toujours aussi simple : une queue de cheval retenue par une ficelle.

– Je dois te parler d'autre chose, ajoute mon compagnon.

Je l'interroge du regard, confuse.

– Le nom d'Isaak est dans la liste… me révèle-t-il. À toi de décider si tu veux l'y laisser ou non.

– Que disait la loterie à son propos ?

– Qu'il fait partie de la mission.

Je réfléchis une seconde. Depuis mon discours mondial, je n'ai revu mon ami d'enfance que peu de fois. Il s'est découvert une compatibilité de 90 % avec Anyah, une Constructrice dont l'assigné a péri lors de l'implantation de Community 2.0. À l'époque, j'ai encouragé Isaak à la rencontrer. Plus tard, il m'a renvoyé ma boîte pleine d'enregistrements en m'indiquant qu'ils devaient me revenir, et qu'il m'avait toujours fait confiance. Cela m'a profondément émue. Mais désormais, il vit en T24, à l'autre bout de la planète…

Caleb me dévisage, attendant une réaction de ma part.

– J'admets qu'avoir ton ancien assigné dans les pattes ne me plaît pas, avoue-t-il.

– C'est parce que tu es jaloux alors que tu n'as aucune raison de l'être. Si la loterie l'a choisi, nous n'avons aucun droit de l'exclure, de toute façon.

Je souris. Pour ma part, lorsque j'ai appris que Isaak s'était porté volontaire pour la mission que je vais diriger, je me suis juste réjouie de retrouver mon ami d'enfance. Celui qui me soutiendra toujours.

Je me retourne pour observer l'estrade juste derrière moi.
— Combien de temps encore ?
— Trois minutes.
— Bien.

Je fais un pas vers Caleb et passe mes bras autour de son cou pour l'embrasser, puis je prends le temps de détailler son visage. Quelques rides entourent désormais ses yeux azur, mais la quarantaine lui va bien…

Il jette un regard vers la droite, me rappelant à l'ordre. Il a raison : je dois être ponctuelle. Je monte sur l'estrade et enclenche une connexion mondiale. Après quelques minutes, une alerte dans mon crâne m'indique que tout est prêt.

CONNEXION MONDIALE ACTIVÉE

Caleb m'adresse un signe de tête pour me donner du courage, et je commence mon discours :

— Bonjour à tous. Je suis Lyah, matricule 05654231, représentante des Explorateurs. Enfin, je pense que vous savez tous qui je suis… Notre monde a bien changé en vingt ans. Nous avons dû tous prendre un énorme risque en activant Community 2.0, mais cela nous a permis d'être enfin nous-mêmes. Et je suis heureuse de vous annoncer que bientôt, nous irons encore plus loin.

Je me retourne, appuie sur le mur derrière moi afin de le rendre translucide et de dévoiler l'Explorer 1.0. Ce vaisseau haut comme un immeuble de trois étages est ma plus belle réussite. La réussite de l'humanité tout entière, en réalité. Les Constructeurs en ont assemblé chaque partie pour le rendre indestructible. Les Cultivateurs ont mis au point un système de cultures autonomes pour en nourrir les occupants. Les Distributeurs ont développé un système complexe permettant d'assurer la ventilation en oxygène. Quant aux Chercheurs, ils ont trouvé le moyen de nous permettre de survivre au voyage : des capsules de sommeil qui vont nous permettre d'aller à des dizaines de milliers d'années-lumière sans prendre une seule ride.

Nous avons œuvré ensemble dans un but commun, et j'en suis incroyablement fière.

— Notre civilisation est à l'aube d'une nouvelle ère, déclaré-je. Nous sommes désormais en mesure d'explorer l'univers… Je tiens à remercier toutes les personnes qui se sont portées volontaires pour notre première mission. Je n'aurais pas imaginé que vous seriez si nombreux. Je vais maintenant vous donner l'identité de ceux qui ont été tirés au sort pour faire partie de l'équipage. Je sais que certains parmi ceux qui n'ont pas été retenus seront déçus, mais nous sommes convaincus que ce n'est que le début.

Je souris à la caméra avant de commencer à énumérer :
— Cassy, matricule 78563241, Chercheuse. Killian, matricule 47896532, Distributeur. Adhy, matricule 63548936, Constructeur. Sandra, matricule 96532456, Constructrice. Alec, matricule 75634697, Chercheur. Julia, matricule 96534853, Cultivatrice. Peter, matricule 56345944, Distributeur. Caleb, matricule 45793147, Chercheur. Isaak, matricule 46598761, Cultivateur. Et moi-même. Félicitations à vous tous. Je salue votre courage, ainsi que votre implication. Nous allons faire ce que personne d'autre n'a fait avant nous, et nous porterons avec nous l'espoir de toute l'humanité…

COMMUNICATION INTERROMPUE

Je prends une grande inspiration, satisfaite de mon discours, et me tourne pour observer le vaisseau quelques secondes en silence. Je triture ma petite pierre dans la poche. Je ne l'ai jamais quittée… Tout comme la nature de l'homme n'a jamais varié. Nous avons toujours voulu mettre à l'abri nos proches. Nous avons toujours été avides de découvertes.

Et nous ne cesserons jamais d'être qui nous sommes.

Des conquérants.

FIN

P.L.A.Y.L.I.S.T.

Last of the Light // Two Steps from Hell

The Calling // TheFatRat

Bolero // Ravel

Blackout // Two Steps from Hell

Sonate pour piano n° 14 // Beethoven

Cornfield Chase // Hans Zimmer

Stronger Faster Braver // Two Steps from Hell

One of Us // Ivan Torrent

La Foule // Édith Piaf

The Blue Planet // Hans Zimmer

Victory // Two Steps from Hell

NOTE DE L'AUTRICE

Community est entré dans ma tête il y a environ un an. Il m'a suffi de peu, à vrai dire. Je me suis arrêtée quelque temps et j'ai observé notre société. Notre façon de vivre et notre planète. Et je me suis posé une foule de questions qui peuvent se résumer à celles-ci : qui sommes-nous, et où allons-nous ?

Pourquoi ne pas avoir pris une autre voie ? Pourquoi nos schémas sont-ils souvent identiques ? Des guerres, des conquêtes, la recherche de nos origines… C'est à cela que j'ai essayé de répondre avec *Community*.

La vérité, c'est que ces questions m'ont hantée.

Je dois également vous dire que la télépathie n'est pas si éloignée que cela. Beaucoup de chercheurs se consacrent déjà à cette évolution à venir. Sans compter que nous sommes déjà très connectés via nos smartphones ou sur les réseaux sociaux…

Dans mon enfance, je devais aller sonner chez une personne pour la voir. Maintenant, il me suffit de l'appeler avec mon nouvel iPhone. Et pourtant, je le fais moins. Notre vision de la communauté change, alors même que la technologie nous permettrait d'être plus solidaires.

Nous avons beaucoup évolué, bien évidemment. Nous ne sommes plus dans une ère meurtrière, et pourtant… nous avons encore beaucoup de chemin à faire.

Il est évident qu'une connexion directe d'un esprit à un autre relève pour l'instant de la science-fiction. Néanmoins, je suis persuadée que cela viendra plus vite que l'on ne croit. Et si *Community* n'est qu'un roman, j'aimerais qu'il vous permette de réfléchir à notre propre société.

J'espère en tout cas que ce récit aura su prouver que nous sommes plus forts lorsque nous travaillons ensemble. Que notre unité est l'avenir, que nous nous devons de nous entraider, de nous soucier davantage des uns et des autres. De demeurer unis, libres et égaux.

Pour le bien de tous.

Luna Joice

REMERCIEMENTS

Les remerciements sont pour un auteur une étape importante, car même s'il est souvent seul derrière son écran, au fond, il ne l'est jamais vraiment. Tout au long de son périple, de l'idée initiale et de ses premiers chapitres jusqu'au mot « Fin », il est entouré. Je tiens particulièrement à remercier ces personnes de l'ombre.

Bien évidemment, ma gratitude va en premier à Fyctia pour avoir fait de moi la lauréate du concours. C'est incroyable de savoir que le récit vous a plu. Alors, merci à toute l'équipe et à Hugo Roman pour votre soutien. Merci à ces petites mains, graphistes, correctrices… qui ont rendu cet ouvrage possible.

Merci à Camille, mon éditrice, qui a compris l'essence même de cette histoire et qui a effectué un travail incroyable. Ça a été un réel plaisir du début à la fin. Ton analyse et ton souci du détail m'ont fait sourire plus d'une fois, mais j'ai adoré que tu sois même devenue une professeure de mathématiques pour moi ! Je compterai bien plus rigoureusement à l'avenir, c'est promis.

Merci à Aurélien, M. Joice, ma moitié qui s'émerveille autant que moi, m'écoute parler de mes romans pendant des heures, me rassure lorsque je suis prise de doutes, réfléchit parfois avec moi sur la tournure que doit prendre l'histoire… Tu fais preuve de patience, tu me soutiens et m'aimes pour ce que je suis. Tu es mon pilier, et je t'aime.

Merci à ma famille, ma mère qui croit en moi et qui a failli avoir une attaque en apprenant la décision du jury. Ne me refais plus une frayeur comme ça, maman. Merci à Daphnée, ma sœur, qui me soutient, mon petit rayon de soleil… Je vous aime plus que tout.

Merci à Alexiane, ma meilleure amie autrice qui me soutient depuis le début. Qui m'écoute, m'oriente, m'encourage et me fait rire. Je ne compte plus le nombre de soirées, de messages ou d'appels entre nous. Je suis toujours aussi ravie lorsque « ma plume de cœur », comme tu l'appelles, t'étonne par mes idées. Merci à toi d'être là et de m'avoir encouragée lors de ce concours. Tu savais à quel point mon rythme était intenable, mais tu m'as aidée à garder le cap. Tu as ma gratitude éternelle, accompagnée d'un thé marmotte.

Merci à Sarah, qui a été ravie quand j'ai décidé de me lancer dans un roman de science-fiction. Je sais que tu aimes ce registre, et malgré ton emploi du temps chargé, ton soutien a été un vrai réconfort tout du long.

Merci à Flora, si je t'écoutais, je dirais maintenant que tu es ma princesse, l'étoile dans mon ciel, la femme de ma vie, la meilleure bêta du monde et j'en passe. Tu ne me pensais pas capable de l'écrire dans mes remerciements ? Tu avais tort… Quoi qu'il en soit, tu es un peu tout ça à la fois, parce que tu m'as grandement aidée. Tu as compris ce que je voulais faire avec cette histoire et tu m'as aiguillée, soutenue, même engueulée grâce à ton œil de lynx. Mais c'est ça, l'amitié, faire confiance. Et je suis heureuse de te savoir proche de moi. Merci pour tout.

Merci à l'équipe BamBam. Merci à ces filles incroyables, Manon, les Émilie, Alexia, Camille, Maloria, Marjy et Fanny qui me font rire tous les jours.

Merci à Mélanie, ma collègue et amie qui me suit depuis le début et qui s'émerveille toujours autant dans mes histoires.

Merci à Aurélie, Anna et Philippe, la meilleure cellule commerciale qui soit. Merci à Anna d'avoir crié alors que j'étais en ligne avec Camille. (Oui, c'était elle qui m'a fait honte. Je te le rends ici.) Merci à vous trois pour les fous rires et pour votre soutien qui m'a fait chaud au cœur.

Merci à tous les lecteurs et lectrices, du début ou les nouveaux. Je le répète toujours : vous êtes ma motivation la plus précieuse. J'espère que cette aventure vous a plu.

Et enfin, un grand merci à Bernard Werber, sans qui tout cela n'aurait pas été possible. Merci à vous pour votre soutien, pour votre vision, pour vos idées, et pour être un exemple pour beaucoup d'auteurs novices comme moi. Merci sincèrement.

Fyctia

LA PLATEFORME FRANÇAISE DES AUTEURS DE DEMAIN !

DES MILLIERS D'HISTOIRES ACCESSIBLES GRATUITEMENT

DES CONSEILS PERSONNALISÉS D'ÉDITEURS POUR LES AUTEURS

LA POSSIBILITÉ D'ÊTRE REPÉRÉ ET ÉDITÉ GRÂCE AUX CONCOURS D'ÉCRITURE

ILS ONT ÉTÉ REPÉRÉS SUR FYCTIA

GAÏA ALEXIA
le MARCHAND de SABLE

VOYAGE INTERDIT

TARA JONES

EMILIE AUTUMN

ASYLUM

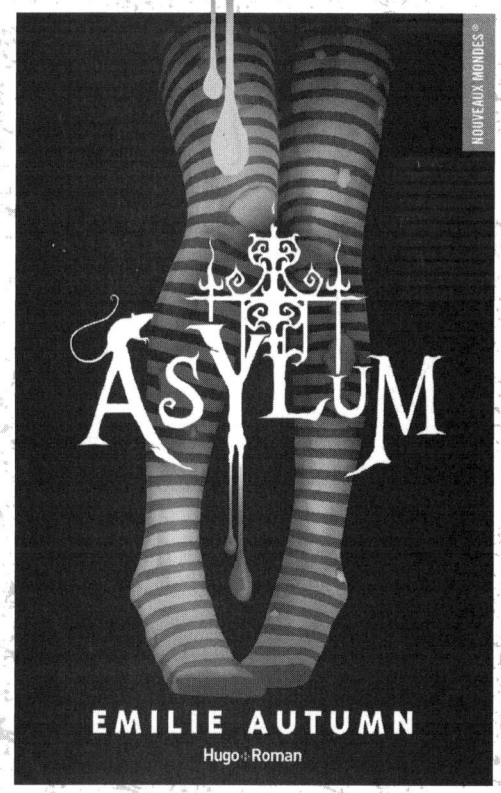

Hugo·Roman